ELLE A TES YEUX, MON AMOUR

TYPHANIE MOINY

ELLE A TES YEUX, MON AMOUR

roman

ARCHIPOCHE

Collection « Instants suspendus »
dirigée par Virginie Fuertes

Retrouvez Typhanie Moiny sur les réseaux sociaux :
Instagram : @typhanie_moiny_auteure

Notre catalogue est consultable à l'adresse suivante :
www.archipoche.fr

Éditions Archipoche
92, avenue de France
75013 Paris

ISBN 979-10-392-0447-7

« L'être pleuré est disparu, non parti.
Nous n'apercevons plus son doux visage ;
nous nous sentons sous ses ailes.
Les morts sont les invisibles,
mais ils ne sont pas les absents. »

Victor Hugo

Le 23 janvier 2019

Quatre jours sans te voir. Sans te serrer contre moi, sans t'entendre respirer. Et je te retrouve, souriant entre ces planches. Aussi livide que mes joues lorsqu'ils m'ont appris la nouvelle.

Ce sourire n'est pas le tien. Il n'est rien. Rien d'autre que l'expertise de deux employés des pompes funèbres qui ont su forcer tes traits. Je les remercie pour l'effort. J'ai eu quatre nuits pour t'imaginer dans cette boîte, ton dernier chez-toi. J'espérais t'y retrouver paisible. Les rares fois où le sommeil m'a enlacée, mes rêves t'ont dépeint habillé de blanc, m'adressant un dernier clin d'œil avant de refermer toi-même le couvercle de ta demeure. Comme si tout cela n'était qu'une mauvaise blague. Tu me répétais souvent que mon imagination était un don, que je devais l'accepter. Ces dernières nuits, le don a laissé la place à ces songes sans queue ni tête qui m'ont privée de repos.

Tu es mort et tu ne devrais pas l'être. Ta place est à mes côtés. Tu me l'avais promis. Tout comme tu m'avais promis de prendre soin de toi. Je t'en veux. Je t'en veux tellement.

Tes proches ont eu la délicatesse de me laisser seule avec toi, quelques instants, pour permettre à mes larmes de couler et extérioriser ce chagrin. Mais seuls les reproches et la colère sont là. Les insultes se promènent sur le bout de ma langue. Je les retiens. Ce n'est plus le moment de te faire une scène.

Mes yeux quittent ton visage et parcourent ton corps. Ta position trahit l'invraisemblance de la situation. Ceux qui t'ont installé là n'ont jamais dormi à tes côtés… Droit comme un piquet – dans un costume inconnu au bataillon –, les deux mains jointes sur le ventre. Où est passée la jambe qui te gênait et qui finissait hors du lit ? Et la main que tu posais sur ton front pour t'assurer un noir complet ?

C'est ainsi que je te retrouvais, lorsque je venais me coucher, et non dans cette posture glacée de directeur de pensionnat.

À la maison, les jours sans toi sont atroces : froids, calmes, dans un appartement trop grand. J'y reste repliée sur moi-même. Seul le manque de ton odeur me déloge du canapé pour retourner dormir dans notre lit. Même si rester allongée à détailler le plafond n'est pas la véritable définition de « dormir », c'est désormais la mienne. En contrepartie, je m'assoupis n'importe où : dans mon bain, sur la table de la cuisine, en travaillant. Ou je cauchemarde, les yeux ouverts.

Ne t'inquiète pas, mon homme. Pour pallier le manque de sommeil, je mange. Qui dort dîne, comme on dit. Moi, je dîne de 11 heures à 2 heures du matin. Ce n'est plus de la faim, c'est une nécessité. Mon estomac n'a jamais autant crié famine, mais je n'ai pas frappé chez la voisine, ni même quitté l'appartement. J'ai vidé les placards. Tu n'y trouverais plus aucune boîte d'olives, paquet de chips, cornichons, ni biscuits au chocolat. Tu as cessé de vivre, je cesse de prendre soin de moi. À quoi bon ?

On frappe à la porte. Délicatement. Pas assez pour m'empêcher de sursauter dans cette étrange ambiance. Un homme, que je ne connais pas, m'indique qu'il est temps de laisser la place. Ils sont nombreux à désirer te dire au revoir. Tu dois être soulagé de ne pas avoir à perdre ton énergie en politesses. Ils te saluent, tu n'as pas à répondre, ni à t'assurer que tout le monde va bien, que chacun a ce qu'il lui faut, que rien ne manque.

Aujourd'hui, c'est toi qui nous manques.

Des regards vagues, meurtris, et des sourcils froncés accompagnent ma sortie du funérarium. Je reconnais certains visages et les évite. Je me souviens de leurs photos que tu avais pris le temps de me montrer, le cœur empli d'amour pour eux, en cajolant le papier, à défaut de me les présenter en personne. Plus de deux ans sans que tu aies eu le courage de le faire. Vois dans quel pétrin tu me mets. Regarde-moi déambuler au milieu de ces inconnus.

J'espère que tu m'entends me plaindre de l'au-delà ! Que ma colère dissimulée derrière ce visage impassible perce les nuages jusqu'à toi. L'au-delà… Je n'y ai jamais cru mais, tout de suite, je prie pour qu'il existe. Ce serait injuste que tu n'aies pas à assumer tes responsabilités, à ressentir la douleur, la peur, la rancune et le désespoir que tu nous infliges.

Le vent frais gifle mes joues. Je l'interpelle d'une caresse. Ma main danse en suivant son souffle. Qu'il m'emporte avec lui ! Ailleurs. Loin des gens, de ma peine et de ton souvenir. Mais il fuit seul et m'abandonne ici, à mon triste sort, à une vie sans toi, bercée par le regret.

Sur le trottoir, j'attends le départ en direction de l'église. Ce coin, je le connais mal, et c'est sans toi que je le découvre. Bientôt nous quitterons Barneville-Carteret pour Portbail, le village de ton enfance. Tu ne m'y as jamais emmenée. Le risque d'y croiser un membre de ta famille était trop élevé, sans doute.

Des murmures gagnent en volume. Les gens se confient et se remémorent. Ils t'ont aimé et se le disent alors que je le garde pour moi. Des rires discrets parviennent jusqu'à moi. Ils naissent de leurs souvenirs en ta compagnie.

Puis une main se pose sur mon épaule et m'invite à me retourner. C'est ta maman, tailleur noir, chapeau noir, yeux bleus perçants et cheveux blancs bouclés. La surprise sur mon visage est telle qu'elle doit se lire depuis ton nouveau chez-toi.

— Amandine ?

— Oui, c'est elle. Enfin, c'est moi, balbutié-je.

Ma voix sonne faux, comme détachée de mon corps. Pesante, corsée, à mille lieues de celle qu'on s'attend à découvrir en voyant mon petit mètre soixante, mes cheveux roux et ma tenue colorée. Oui, j'aurais pu faire un effort. Je n'avais ni envie de transformer tes costumes en tailleur ni d'arpenter les boutiques à la recherche d'une tenue parfaite pour l'occasion… Quelle occasion ! Mais j'avoue que face à ta mère, les yeux inondés de chagrin, je regrette de ne pas être descendue au magasin du bout de la rue.

— Je suis Annick, la mère d'Olivier. Nous nous étions croisées par…

— Par erreur.

Les mots m'ont échappé, mais c'est la triste vérité. Je me revois, à plusieurs reprises, cachée dans ton ombre, lui rendant son signe de la main pendant que vous échangiez des banalités. La dernière fois, les doigts de pied plantés dans le sable de la plage de Collignon, je prétendais ne pas vous entendre en regardant les familles se promener et les courageux se baigner malgré le ciel gris. Je n'ai jamais compris pourquoi elle montait sur Cherbourg si souvent. Pour le marché et ses amies, me répondais-tu… Ou pour espérer te voir, tout simplement.

— … Par chez vous. J'allais dire par chez vous, poursuit-elle.

Les yeux rivés au sol, elle rougit. C'est aimable de sa part de venir me saluer. La pauvre n'y est pour rien si tu n'étais pas capable d'assumer la situation. Pourquoi, Olivier ? Te répétaient-ils que j'étais trop jeune ou que c'était trop tôt ? Souhaitais-tu préserver tes enfants ?

D'une voix plus douce, je reprends :

— Votre photo est encadrée dans le salon, alors je vous reconnais facilement.

Ta mère cache aussi mal ses émotions que toi, mon amour. L'embarras se lit sur les traits de son visage déjà tendu par le deuil. Dans son cœur de maman, tu as passé tes dernières années avec une inconnue. Elle n'a aucune idée de qui tu étais à mes côtés et ne le saura jamais.

— Merci d'être venue, Amandine, déclare-t-elle d'une voix tremblante.

— C'est normal.

Bien sûr que c'est normal. Tu étais tout pour moi. Je n'allais pas te laisser partir sans te dire au revoir. Même si pour cela je dois naviguer au milieu d'étrangers et sortir le bouclier sous les regards interrogateurs. Je suis là, comme je te l'avais promis. Il faut bien que l'un d'entre nous tienne ses promesses.

Le silence tombe sur ta mère et moi, comme le déluge dans la région : lourd et inquiétant. Pour le briser, je lui adresse cette phrase de circonstance :

— Toutes mes condoléances à vous et vos proches…

— Amandine…

Elle me retient par le bras alors que je m'apprête à partir m'isoler. J'attends la suite, redoutant chacun de ses mots.

— Bon courage…

Je me détends et pose ma main sur la sienne, toujours attachée à mon avant-bras. Ma réponse s'accompagne d'un léger, très léger, sourire :

— Merci. À vous aussi.

Morphée m'a pressée contre lui dans le fond de la vieille église. Bercée par l'homélie, j'ai sombré dans ses bras.

C'est donc avec les yeux pas tout à fait en face des trous que je t'observe rejoindre le tien, croisant les doigts pour que la pluie nous épargne. Ta dernière demeure a été choisie par tes proches : à Portbail, non loin de la maison de ton enfance. Ils ne se sont pas moqués de toi. Tu as vue sur mer. Il te suffirait de traverser la route pour en profiter. Tu vas être bien, ici, enveloppé par cet air iodé.

Je ne te promets pas de te rendre souvent visite – les pierres tombales, ça n'a jamais été mon truc –, mais je te parlerai tous les jours, comme je le fais depuis ton départ.

Le vent se déchaîne de plus belle et fait vibrer les cordes qui épaulent la descente de ton cercueil. Une vieille dame plaque son chapeau sur sa tête, ta mère serre des roses contre elle tandis qu'un oncle referme son parapluie. Sur les joues de tes proches, les larmes coulent à torrents. Ils ne se donnent plus la peine de les essuyer, sachant pertinemment que d'autres les remplaceront aussitôt.

Appuyée contre le mur de pierres, la paume de ma main en a adopté les contours. D'ici, j'observe discrètement la scène. Je soupçonne certains de tes collègues de contenir un fou rire – je comprends cette envie irrépressible de rire au mauvais moment. Le prêtre prend la parole. Je ne distingue pas ce qu'il dit, cela importe peu. L'essentiel est d'être là, pour toi, en souvenir de nous. Et le souvenir est tout ce qu'il me reste. Dans quelques jours, ils débarqueront à la maison, dans notre chez-nous, pour récupérer tes affaires. Je me demande lesquels d'entre eux hériteront de cette lourde tâche. Je ne me laisserai pas faire. Tu peux compter sur moi.

Les roses défilent de main en main avant de t'être confiées. Les derniers mots te sont adressés, ceux que l'on prononce de vive voix. Ta femme et ton fils se soutiennent l'un l'autre dans cette épreuve. Ils te parlent longtemps, et mon ventre se tord. Pas au point de ne plus avoir faim, non. La fleur qu'ils tiennent en main me rappelle celle que tu m'avais offerte, tu te souviens ? Le trompe-l'œil en pâte d'amandes. Ce jour-là, tu avais appris que je n'aimais pas ça, la pâte d'amandes.

Votre discussion s'achève. J'ai peur de ce qu'ils ont bien pu te dire, surtout elle. Peux-tu me tromper de l'au-delà ? Peux-tu changer d'avis et décider de veiller sur elle ? Reste avec moi. Invite-toi dans mes rêves, emplis-moi de nostalgie. J'ai besoin de toi.

Ils cèdent leur place à ta mère qui s'effondre aussitôt, un genou au sol. L'inquiétude me gagne tandis que les gens s'attroupent autour d'elle et me bloquent la vue. Une silhouette se maintient à l'écart du groupe. Apparemment, je ne suis pas la seule à observer la scène de loin. Elle est grande, jeune et belle. Son buste tourne dans ma direction, ses bras se croisent et ses lèvres se pincent, comme pour dire : regarde ce que tu as fait. Fait-elle référence à l'état de ta mère, ou à ta mort ? Je n'en ai aucune idée.

Je délaisse ma cachette et entame quelques pas vers elle. Je ne peux m'en empêcher. Elle m'attire, j'ai besoin de comprendre. Le groupe se remet en mouvement, ta mère se porte mieux. Appuyée contre l'un de tes oncles, elle fait signe à tout le monde de la suivre.

La jeune femme, hésitante, les rejoint en direction de la sortie du cimetière. Je presse le pas pour ne pas la perdre de vue. Elle se retourne, les sourcils écrasés sur les paupières et me fusille du regard. Je comprends le message. Je ne suis pas la bienvenue. Je lui pardonne.

Elle a tes yeux, mon amour.

Le grain de sel

— Tu exagères. Tu ne vas pas faire la tête parce que j'ai rajouté trois grains sur ma pizza ? s'inquiète-t-il.

Bien sûr que si. Il me connaît si mal que ça ?

— Sur une pizza ! Personne ne remet du sel sur une pizza. C'est du tout fait, du tout prêt. Il n'y en a pas besoin ! Tu l'as goûtée avant ?

Les bras croisés, une moue accrochée aux lèvres, comme à celles d'un petit garçon pris en flagrant délit, il se justifie :

— Non, pas la peine. Je la connais celle-là et j'en ajoute toujours…

À mon tour de croiser les bras.

— Oui, toujours, comme tu dis, et pas que sur la pizza…

Il respire profondément et passe une main dans ses cheveux poivre et sel. Ils ont forcé sur l'assaisonnement eux aussi…

— Ma chérie, je sais que tu es bienveillante, mais là, c'en est trop… Tu n'es pas mon médecin.

Il faut qu'il comprenne, qu'il m'écoute, qu'il prenne soin de lui. Il ne s'en tirera pas aussi facilement. Ce n'est pas de la bienveillance de ma part, mais de l'égoïsme. J'ai besoin de lui à mes côtés et en bonne santé pour longtemps. J'attaque :

— Et que t'a dit ton médecin ?

— Que j'étais en forme !

— En forme de salière…

— T'es bête.

Il ne peut s'empêcher de sourire. Installé dans le canapé, les assiettes toujours posées devant lui sur la table basse, il ouvre les bras et m'offre son épaule. Mon emplacement attitré en cas de contrariété. Je m'exécute.

— Fais attention à toi, s'il te plaît. C'est tout ce que je te demande, murmuré-je sans réussir pour autant à déplisser le front.

À peine posée contre lui, les tensions me quittent. Le parfum de lessive bio – que je le force à utiliser – se mélange à la perfection à son odeur de fin de journée. Ces effluves m'apaisent. Son étreinte me réconforte. Tout cela pour quelques grains de sel…

— Ne t'inquiète pas, Mandine. Tout va bien. Tu n'es pas près de te débarrasser de moi.

Dans mon dos, je croise les doigts discrètement.

— J'espère. Je t'aime.

— Moi aussi, je t'aime.

— Alors, tu vas faire attention à toi ?

— Je te le promets.

Il dépose ses lèvres sur mon front et les presse de longues secondes, comme pour mieux y faire entrer ses mots.

*

— Je vais me coucher, tu viens ?

— Pas tout de suite, je te rejoins dans quelques minutes.

Une fois seule, loin de ses bras, sans leur pouvoir anesthésiant, l'angoisse me saisit : je vais le perdre. L'histoire est trop belle pour être vraie. Un jour, il me quittera : pour une autre, pour ailleurs, par lassitude ou pour s'éteindre. Il ne me restera qu'un goût amer et salé de n'avoir pas su le garder.

Dès demain, régime pour tout le monde, qu'il le veuille ou non. En attendant, quoi de mieux pour se détacher de ces funestes pensées que de regarder une comédie romantique ? Ce soir encore, je ne trouverai le sommeil que lorsque le personnage principal aura trouvé le bonheur.

Les minutes se changent en heures, tandis qu'Olivier s'est assoupi depuis longtemps. Il me considère comme une couche-tard et je ne le contredis pas. Je ne lui avoue pas non plus que, souvent, c'est pour lutter, seule, contre l'inquiétude. Et ce soir, c'est avec Bridget Jones que la bataille intérieure aura lieu.

Le 31 janvier 2019

La peur de te perdre m'a quittée désormais. Tu lui as coupé l'herbe sous le pied. Il faut croire que ce n'était pas une simple crainte, mais une prédiction.

La faim m'a abandonnée également. Heureusement, mes vêtements commençaient à s'en plaindre. Après des jours à m'empiffrer et à vivre au milieu d'emballages vides, plus rien n'accepte de traverser mon œsophage. De courageux aliments ont tenté de forcer le passage pour en être aussitôt délogés. Ton départ me rend malade. Des tisanes bien sucrées et de pauvres heures de sommeil, par-ci par-là, m'aident à subsister.

Ce matin, je vais troquer mon canapé et Netflix pour mes baskets, mon imperméable et l'air normand. Je ne supporte plus de tourner en rond au milieu de tes affaires. Alors, j'irai tourner en rond dans mon coin favori de La Hague : le Landemer. La marche pourrait m'ouvrir l'appétit.

*

L'écharpe serrée autour du cou, j'avance. L'air frais m'emboîte le pas tandis que je suis docilement le chemin. Je foule le sentier des douaniers à la recherche d'un peu de sérénité. Mais mon cerveau s'acharne à me rappeler ton absence. À la moindre pensée qui m'éloigne de toi, ce dernier contre-attaque et projette ton souvenir à mes côtés.

Cette sortie est un échec. Quitter l'appartement devait être salvateur, c'est ce qu'ils me répètent tous, il n'en est rien. Le vent effleure mes joues déjà rougies par l'effort. Il ne me reste que quelques jours avant de reprendre le travail. Aide-moi, mon amour. J'en suis incapable.

Tu reconnais cet endroit ? Je te l'ai décrit si souvent, sans avoir l'occasion de t'y emmener. Laisse-moi me rattraper. Olivier, voici mon jardin secret. Tu vois la roche au loin, celle qui pointe vers le ciel comme pour essayer d'y percer les nuages ? Je me ressourçais souvent ici après nos disputes. C'est ici que j'espérais que tu me rejoignes, un jour, un bouquet de fleurs sauvages à la main, pour me demander de t'épouser.

Les goélands pleurent. Je me concentre sur leurs cris. Les fougères, rabougries par l'hiver, témoignent du temps qui passe. Ce temps que je maudis à présent. Il continuera sans moi. Il prendra plaisir à faire défiler les aiguilles et augmenter les chiffres dans les cadrans. Il surprendra des âmes innocentes et en aidera d'autres à concrétiser leurs projets. Je le laisserai filer, impassible, insensible, le cœur et les mains vides.

Comment suis-je censée poursuivre lorsque le futur m'a été arraché ? Comment regarder devant quand rien ne m'y attend ?

En réponse, le brouillard avale peu à peu la côte escarpée. Il surgit du lointain, parade sur les vagues et se régale de la roche humide. Il ne devait pas se manifester avant plusieurs heures, mais le temps rit de moi.

La sage décision serait de faire demi-tour. Tu me connais, Olivier. Je n'ai jamais été sage. Alors mon pas s'allonge, comme déterminé à foncer dans ce mur de brume. Le rejoindre me demande quelques foulées supplémentaires dans le silence. Les goélands se sont tus.

Sois prudente, ma chérie. À ces mots, mon cœur s'emballe. Olivier ? *Qui veux-tu que ce soit d'autre ?* Ravie de te savoir ici. Pour la prudence, tu vas être déçu… Tu as aimé une tête de mule. Tête de mule, je resterai.

Les vagues lèchent la falaise. La mer s'est teintée du même gris que le ciel. La bruine emboîte le pas au brouillard. *Fais demi-tour, s'il te plaît.* Tu rêves. Je connais ce chemin par cœur. La météo ne contrariera pas mes plans. Plus déterminée que jamais, je suis le sentier et serpente le long de la côte en direction du hameau Gruchy.

Mes chaussures se tapissent de boue tandis que mon esprit se pare d'un désir de vengeance. Non, je ne ferai plus attention à moi et vivrai comme tu l'as fait, en pensant que rien ne pourra m'arriver. L'eau pénètre le tissu de mon survêtement et modifie l'odeur des plantes alentour. L'inconfort ralentit ma cadence.

Rentre au chaud, Mandine! Là où tu ne m'attends plus? Dans cet appartement que je ne souhaite pas quitter, et dont le loyer excède mes moyens? *Pardon.* Non. *Pardon, ma chérie...* Non!

Le mot jaillit de ma bouche en un hurlement. Il résonne sur la roche et me revient en pleine figure. Il me déstabilise; j'ai perdu le contrôle. Non seulement j'entends des voix, mais je frôle l'imprudence. Comme pour mieux me le prouver, les rafales s'intensifient et les nuages grondent. La grêle martèle la pierre et mon corps. Je dois m'abriter de cette glace au plus vite.

Tu es content, de là-haut? Un coup de tonnerre résonne et m'arrache un cri de peur. Les larmes montent alors que je pensais leur réservoir vide. Les vagues se heurtent avec véhémence à la falaise et projettent leur crachin jusqu'à moi. Désormais noyées dans les nuages, seul leur son me parvient. Malgré cet orage et le terrain glissant, il faut que je rejoigne le hameau. Je fonce.

Tu fonces ou tu tombes? Je tombe. Une racine sournoise m'envoie valser. Surprise, mes muscles me font faux bond et s'emmêlent les pinceaux. Le manque de nourriture me fait tourner la tête. Puis c'est l'incompréhension. La terre me percute à plusieurs reprises et les ronces déchirent mes vêtements. Les plus téméraires se faufilent jusqu'à ma peau. La douleur que cela me procure est faible à côté de celle qui s'est emparée de ma cheville. Puis, c'est le calme.

Ma descente achevée, je trouve enfin la force de crier. Les injures et appels à l'aide s'envolent sans dénicher d'oreilles auxquelles s'accrocher.

Ma tête me lance. Une migraine en prend possession jusqu'au moindre recoin. Mes mains parcourent mes cheveux, persuadées d'y trouver des rivières de sang, mais ce n'est que de l'eau. Soulagée, je souffle. Le surplomb de la falaise me protège des éléments. Le chemin ne doit être qu'à quelques mètres au-dessus de moi, il m'est impossible de le voir. La Manche, déchaînée, me menace en contrebas.

Quelle cruche ! *Je n'ai pas osé le dire, Mandine...*

J'extrais mon téléphone du sac à dos, priant pour qu'il ait survécu à tout cela. Ouf, le coin gauche de l'écran explosé ne l'empêche pas de fonctionner. Connectée au réseau des îles Anglo-Normandes, il est temps d'appeler à l'aide.

— Allô, Cédric ?

D'un ton faussement enjoué et déjà préoccupé, il me répond :

— Salut, Amande. Comment vas-tu aujourd'hui ?

Depuis la mort d'Olivier, l'inquiétude est son unique mode de fonctionnement. Elle est présente dans ses messages et, malgré ses efforts pour me le cacher, elle a pris le contrôle de sa voix à l'instant.

— Je me suis cassé la figure... lui expliqué-je.

Autant aller droit au but, avant qu'une nouvelle catastrophe n'aggrave la situation.

— Pour changer, tiens.

Plus rien ne l'étonne.

— Ne ris pas ! Tu es de garde ?

— Non, repos aujourd'hui.

Le silence s'invite quelques secondes sur la ligne avant que je n'ose poursuivre :

— J'aurais besoin que tu viennes me chercher.

— Tu es où ? se renseigne-t-il avec précipitation.

— Au Landemer. Sur le sentier des douaniers. Enfin, presque, quelques mètres en dessous…

— Qu'est-ce que tu as encore fichu ?

Dans sa voix, la colère a pris le pas sur l'appréhension. Je tente de dédramatiser la situation :

— J'ai glissé, chef…

— Tu es blessée ?

— Je ne crois pas, mens-je en passant la main sur ma cheville. J'ai la tête qui tourne et je suis fatiguée.

Les mots poussés par une urgence nouvelle, il me sermonne :

— Surtout Amande, reste éveillée. Envoie-moi ta position par SMS, j'arrive.

— Merci… et prends une corde !

Le dos contre la pente, assise en tailleur sur cette minuscule plate-forme, j'évite de regarder en bas. Ma tête repose sur la mousse qu'elle épouse parfaitement et, depuis mon oreiller de fortune, j'inspecte le ciel. Les nuances de gris s'y enlacent amoureusement et ne laissent aucune chance au bleu de revenir.

Une main froide me caresse le visage. Mes yeux s'ouvrent et ne me transmettent aucune donnée. Tout est noir :

— Je t'avais dit de ne pas t'endormir, Didine.

La main continue son geste tendre. Je me frictionne les paupières pour chasser la nuit. Cédric en profite pour prendre mon pouls. L'image se dessine peu à peu : le crâne rasé de mon frère, ses yeux gris, ses pommettes anguleuses, ses lèvres pincées. Il me demande de suivre son doigt. Je louche. Je dois loucher convenablement puisqu'il semble rassuré.

— Peux-tu te relever ?

— Je peux essayer, hésité-je.

Chacun de ses gestes est doux et maîtrisé. À la courte échelle, sur ses mains, je me hisse au-delà du surplomb.

— Ne regarde pas en bas ! me conseille-t-il.

— Je n'en avais pas l'intention…

C'est son tour. Je lui tends une main qu'il refuse. Puis nous remontons ce qui m'a pris quelques secondes à dégringoler. Les ronces nous ralentissent. Ma cheville me lance, je le garde pour moi. Cédric serait capable d'envoyer un hélicoptère. Entre deux souffles, il m'observe de haut en bas et se permet une taquinerie fraternelle :

— Au moins, tu étais facilement repérable !

Ce matin, comme souvent, j'ai sauté dans ce que j'avais sous la main : un survêtement violet, un K-way vert, une écharpe orange et des baskets roses.

— Je ne suis pas venue pour participer à un concours de beauté… précisé-je.

— Ça, c'est sûr ! Tu te prépares pour une course d'obstacles nocturne ?

Je peux toujours compter sur lui pour me faire rire en toute situation. Je savais qu'il ne me parlerait ni de l'enterrement, ni de ces derniers jours que j'ai passés murée dans le silence.

— Tu me connais : toujours partante pour l'aventure…

— Sous l'orage ? Toi, qui escaladais le lit superposé pour te planquer sous ma couette au moindre coup de vent ?

— J'avais six ans !

Il glousse tout en me poussant le derrière pour franchir l'ultime monticule. Les deux pieds enfin posés sur le chemin, je me confie :

— Je voulais lui prouver…

Le sourcil levé, Cédric me fait face :

— Prouver quoi ? À qui ?

— À Olivier.

Silence.

— Que moi aussi je pouvais lui faire peur, ne pas écouter les autres, ni prendre soin de moi.

Mon frère secoue la tête :

— Allez viens, je te ramène chez toi.

Il me tire par la main et la plainte m'échappe. Je n'étais pas préparée à contrôler la douleur :

— Aoutch !

Cédric me lâche aussitôt. Je suis démasquée.

— Qu'est-ce qu'il t'arrive ? m'interroge-t-il, les bras croisés.

— Ma cheville… Elle me fait mal.

— Et tu ne pouvais pas le dire plus tôt ?

Le tonnerre gronde à nouveau tandis qu'il me foudroie du regard.

— Je ne voulais pas t'inquiéter. Je pensais que ça allait passer.

— Didine, je t'aime… Mais tu me fatigues ! (Je les fatigue tous.) Tu gères ton deuil comme tu l'entends, mais il y a des limites à la bêtise. Tu as mal, tu le dis ! Tu as peur, tu fais demi-tour. Tu es triste, tu pleures. Au lieu de te mettre en danger.

Il a sorti sa voix patriarcale et ouvert la porte du mécontentement. J'obéis et pleure. Jamais il n'avait eu à me parler ainsi. C'était ton rôle de gérer mes coups de folie.

— Pardon, petit frère… balbutié-je pour l'amadouer.

Raté. Son ton demeure autoritaire :

— Il n'y a pas de quoi me demander pardon. Fais simplement attention à toi, s'il te plaît !

J'ai déjà entendu cela quelque part. C'est toi qui lui as soufflé cette réplique, Olivier ?

— Grimpe sur mon dos !

— Tu plaisantes ? m'indigné-je.

— Tu as une autre solution ? Allez, vite, avant qu'on se prenne une nouvelle averse.

Sur le dos de mon petit frère – pas si petit que cela – je me rends compte de ma bêtise et de la chance que j'ai eue de ne pas avoir fini plus bas.

Tu vois ce que tu me fais faire ? J'aurais pu te rejoindre et j'avoue y avoir pensé… Ce n'était pas mon heure. Tu as toujours eu de l'avance sur moi, mon amour, et la sagesse et les rides qui vont avec. En avance au coucher, au lever et en avance sur la vie de famille. Deux beaux et grands enfants alors que je n'ai eu qu'un chat, disparu depuis.

Et ça ne te suffisait pas ? Il fallait que tu meures. Avant tout le monde, avant moi, avant ta mère…

Cédric, courageux, ne bronche pas sous l'effort. Comme si mes soixante-six kilos ne représentaient rien pour lui. L'avantage d'avoir un pompier sportif dans la famille.

Ballottée par le rythme de sa marche, le sommeil se suspend à mes paupières. En contrepartie, je sais déjà qu'il me fuira ce soir. Alors j'en profite et l'invite à me rassurer après cette désastreuse aventure.

*

— Entorse, annonce le médecin.

— Entorse… grosse ou petite ? le questionné-je.

D'un ton moqueur, il reprend :

— Entorse moyenne, attelle, béquilles et séances de rééducation dans trois semaines si tout va bien.

Il avait pourtant l'air sympa, ce médecin. Je me retourne vers mon frère :

— J'ai un mariage dans deux semaines !

Le médecin tente de me rassurer :

— Avec les béquilles et du repos, d'ici là, rien ne vous empêchera de profiter de la journée.

— Je suis la photographe…

Le 5 février 2019

D'une voix marquée par l'honnêteté et la honte, je répète :

— Encore une fois, je suis vraiment navrée.

— Du moment que tu nous rembourses l'acompte, tout va bien. Ne t'inquiète pas.

— Et la photographe qui me remplacera est très professionnelle. On se ressemble beaucoup, notre travail aussi, tu verras, la rassuré-je.

— Pas de problème.

Pas de problème ? Moi qui m'attendais à avoir une *bridezilla** au téléphone et à recevoir la lettre d'un avocat pour abandon et mise sous pression de la future mariée, je suis stupéfaite.

— Si ce n'est pas indiscret. Comment as-tu fait ton compte ? s'intéresse-t-elle.

— Fauchée par un cycliste…

— Ma pauvre !

---

* « *Bridezilla* » : mot anglais, décrivant une femme sur le point de se marier, qui devient difficile et désagréable en voulant contrôler tous les aspects de son mariage.

Oh, ça va. Je t'entends rire de là-haut ! Je n'allais tout de même pas lui raconter la roulade dans les ronces sous la grêle. Pour elle, et pour tous les prochains événements à annuler, ce sera : cheville en miettes à la suite d'un terrible accident… Et on s'y connaît en accident, toi et moi.

L'attelle au pied, j'attrape les béquilles et sautille en direction de chez mes parents, au numéro 52 de la rue Victor-Hugo. C'est là que j'ai passé mon enfance, en plein centre de Flers. Là que j'ai caché mon premier petit ami dans le fond du jardin, le temps que mes parents s'en aillent. Là que j'ai révélé, à trois ans, mon âme d'artiste en barbouillant les murs de fard à paupières. Là que j'ai couru, à maintes reprises, après mon frère pour le forcer à me suivre dans de grandes aventures. Cédric était bien trop sage à mon goût à l'époque. Il s'est rattrapé depuis. J'en ai des histoires à raconter à ses enfants.

Deux correspondances, presque quatre heures de train et me voilà chez mes parents. Il faut vraiment que je les aime pour supporter un tel voyage. Mais je ne peux rien leur reprocher, la fautive, c'est cette fichue cheville qui m'empêche de conduire – ce qui aurait réduit de moitié le temps de trajet…

Des briques rouges encadrent la porte et chaque fenêtre, comme sur les façades voisines. J'ai toujours trouvé notre maison banale. Pas étonnant qu'enfant j'ai ressenti le besoin de parer les murs de couleurs. Mais c'est ailleurs que se cache la beauté du lieu. Un ailleurs que je suis pressée de retrouver.

Je sonne. J'ai à peine retiré le doigt du bouton que ma mère m'ouvre la porte. Je la soupçonne de m'attendre dans l'entrée depuis quelque temps déjà. Chemisier à fleurs, cheveux permanentés et les yeux qui brillent. Elle est belle ma mère, ronde et belle.

— Amande ! Ma puce !

Je me demande bien pourquoi ils se sont entêtés à me donner un prénom à huit lettres si c'est pour n'en prononcer que la moitié. Dans la bouche de mon petit frère, c'était mignon, là beaucoup moins. Elle m'étreint de toutes ses forces. Les béquilles m'empêchent de lui rendre la pareille.

— Bonjour, maman.

— Entre. Entre vite !

— Dès que tu m'auras lâchée…

— Oh, pardon, ma puce.

Elle se retourne vers l'intérieur de la maison et s'égosille :

— Chéri, elle est là. Elle est normale, elle va bien !

À quoi s'attendait-elle ? Que je me sois fait tatouer le visage à ton effigie, mon amour ? Que j'aie perdu vingt kilos en deux semaines ? J'attends qu'elle me regarde à nouveau pour lever les yeux au ciel, une manie qui remonte à l'adolescence. Il n'est pas question de m'en départir aujourd'hui. Surtout devant ma mère : je sais à quel point cela la met en rogne. Mon père arrive, moustachu, ventru, tout sourire, et déclare :

— Effectivement, tu es normale. Aussi normale que quelqu'un qui s'est vautré dans un ravin.

Le rire au bord des lèvres, il m'ouvre les bras.

— Contente de te voir, papa.

J'enjambe la marche de l'entrée et me pose contre lui.

— Moi aussi, Didine.

— Va falloir vous mettre d'accord sur un surnom à la fin, lancé-je.

Il glousse et s'adresse à sa femme, partie dans le salon.

— Tu as raison, Chantal. Elle n'a pas changé, ta fille.

Installée à la table de la cuisine, immergée dans les odeurs de mon enfance, j'observe ma mère tandis qu'elle nous sert son fameux thé citron et verveine du jardin, accompagné de roses des sables pralinées. Elle a toujours été aux petits soins avec moi. Mousse au chocolat maison à chaque anniversaire. La même recette chaque année, dont je ne me lasserai jamais. Mais surtout, elle m'a constamment encouragée dans mes passions. Je me remémore ses mots, un sourire aux lèvres. « Voyons Amande, il faut cesser de dessiner partout sur les murs du salon ! Utilise plutôt ceux du garage de ton père. Ils sont bien blancs… » Ou bien « Non, tu ne peux pas sauter dans les flaques du jardin en robe. Mets-toi toute nue pour ça ! » Et encore « Ma puce, je ne peux pas demander au voisin d'arrêter de tondre sa pelouse parce que tu ne t'entends plus chanter "L'Air du vent" de *Pocahontas*. En revanche, je peux t'inscrire à la batterie pour lui faire les pieds. »

— Ma pauvre bichette. Tu as bien fait ton compte. Tiens, sers-toi ! lance-t-elle en me tendant l'assiette de gourmandises. Heureusement que ton frère était là.

Je rectifie :

— Il n'était pas là, maman. Je l'ai appelé.

— Oui, bon, quand même… Il est souvent là pour toi.

Elle a raison. Je rentre la tête dans les épaules.

Olivier, tu vas être content de l'entendre, je ne suis pas fière de m'être mise en danger. Je sais ce que c'est que de perdre quelqu'un qu'on aime et je ne voudrais pas leur infliger ça. Le regard sombre, elle se tourne vers mon père :

— Tu aurais pu aller la chercher à la gare, tout de même.

Lui, la bouche pleine, n'a pas le temps de se défendre. À peine sur le banc des accusés, déjà jugé coupable.

— C'est juste à côté, maman ! interviens-je.

Puis, elle change de sujet de conversation et me relate les potins du quartier que j'écoute seulement d'une oreille.

Tu te souviens, mon amour, de votre première rencontre ? Mon père n'en menait pas large face à ton mètre quatre-vingt-dix et tes épaules de rugbyman. Il t'avait observé sans un mot durant tout le dîner alors que ma mère lui distribuait des coups de pied sous la table pour l'encourager à t'adresser la parole. On ne va pas se mentir : le fait que tu aies dix ans de moins que lui semblait moins dérangeant que les vingt centimètres de plus. Quant à ma mère, elle n'avait pas attendu pour te cuisiner dans les règles de l'art.

— Tu sais que tu peux rester ici autant que tu veux, ma puce ? Tu es la bienvenue.

— Je sais, maman, merci. Mais je repars après-demain. J'ai plein de choses à faire. Trier les affaires d'Olivier, gérer l'administratif, essayer de ne pas perdre mon logement…

— Dans quel pétrin tu t'es mise encore ! commente-t-elle.

Mon père lui adresse un regard lourd de sens et marmonne entre ses dents :

— Elle n'y est pour rien.

— N'empêche qu'il y aurait eu moins de risques avec un homme de son âge. C'est tout ce que j'ai à dire.

Je ne relève pas les mots de ma mère. Bien qu'ils me percent les entrailles, ils ne reflètent que ses peurs et sa tristesse. Et je me les suis déjà dits.

— Tu t'entends, Chantal ? Tu as perdu la boule ?

— Une crise cardiaque, c'est plus rare à la trentaine. Et regarde notre Amande, bientôt à la rue !

— Reprends du sucre, tu lâcheras moins d'âneries, lui assène-t-il.

Mais, d'un geste déterminé, ma mère repousse le morceau de rose des sables déjà dans la main de mon père.

— Je sais ce que je dis…

— Tu es médecin, toi, maintenant ? la sermonne-t-il.

Mon regard fuit par la fenêtre. Après avoir picoré quelques miettes, je n'ai plus faim. Un moineau atterrit dans la jardinière, dépourvue de fleurs en cette saison. Il m'observe en dodelinant de la tête. La conversation de mes parents se mélange à ma rêverie jusqu'à ne devenir qu'un bruit de fond.

Ma mère n'a jamais su prendre de pincettes. Je ne m'attendais pas à autre chose en venant ici que de recevoir ma triste réalité en pleine face. Ce sont les règles du jeu dès que l'on pose un pied dans cette maison de fous (même avec un pied dans l'attelle, pas de pitié). L'avantage étant que petits, avec Cédric, nous avions le droit de répondre. Souvent, nos invités nous considéraient comme ingrats et mal éduqués. Ils n'avaient peut-être pas tort. Tu avais été choqué également, mon amour. Par leurs propos d'abord, puis par notre façon de riposter.

L'oiseau s'envole. Je quitte mes pensées et interromps l'échange entre mes parents :

— Vous n'étiez pas censés vous séparer, vous deux ? raillé-je, fière de moi.

Ma mère, bipolaire non diagnostiquée, et mon père, habitué à vivre avec, se sourient.

— Très drôle, ma fille ! rétorque ce dernier en jouant avec sa montre.

— Pardon, ma puce, déclare ma mère.

Elle se recoiffe, comme si leur bataille avait dépassé les mots.

— Papa va monter faire ton lit, poursuit-elle.

Mon père proteste, les yeux grands ouverts :

— Ah, bon ?

— Oui. Pendant que je débarrasse ici. Au cas où tu ne l'aurais pas remarqué, ta femme n'a pas quatre bras ! lui rétorque-t-elle. Amande, je sais où tu meurs d'envie de te rendre. As-tu besoin d'aide pour descendre la marche ?

— C'est gentil, maman. Ça va aller.

Les deux ormes qui dérangeaient nos voisins trônent fièrement au fond du jardin. Ils étendent leurs branches nues au-dessus de l'herbe. Eux sont encore là, les voisins sont partis.

À quelques pas, le merisier héberge notre cabane. S'y aventurer est désormais déconseillé. La moitié des planches, rongées par l'humidité et le défilé des saisons, risquerait de laisser passer au travers toute personne qui s'y hasarderait. L'autre moitié a déjà été remplacée par Cédric et mon père, qui ont promis de terminer la rénovation l'été prochain.

Mes béquilles écrasent le gravier tandis que je me dirige vers ma merveille. Au bout du sentier réside un véritable cocon, là où j'ai passé le plus clair de mon temps pendant mon adolescence. Un atelier qui est rapidement devenu le mien. Le panneau « Défense d'entrer », toujours cloué à la porte, en témoigne et jure avec le charme des lieux.

Des bonshommes, faits de bois et de vieilles ficelles, bordent la fin de l'allée : mes premières sculptures. Petit, Cédric les avait en horreur. Le soir, les lumières du jardin envoyaient danser leurs ombres sur le mur de pierres. Il les appelait les Géants du marais.

L'atelier a été vidé. Mes toiles sont en sécurité à l'intérieur de la maison. Pourtant, l'appréhension me gagne à l'idée de pousser la porte. Ce lieu reste chargé d'histoires et de souvenirs. Les chanceux qui furent autorisés à pénétrer dans ce repaire se comptent sur les doigts d'une main, et tu en fais partie.

La porte grince. Je laisse mes yeux s'habituer à l'obscurité. Un rai de lumière tente de pénétrer par une fenêtre, mais la poussière qui la tapisse lui complique la tâche. Sur les murs, des restes de peinture séchée commencent à se dessiner. Les pots, remplis de pinceaux, montrent leur vrai visage. Celui du temps qui passe. Des toiles d'araignées parcourent leurs pointes abîmées. Un vieux drap recouvre le chevalet. Seuls les pieds en dépassent.

Derrière moi, l'élément principal de ce musée des souvenirs m'invite à me retourner. Son appel me brûle l'arrière du crâne. Je ne peux lui résister. Mes yeux se posent sur l'empreinte de deux mains : l'une de peinture rouge, l'autre de peinture verte. Elles étaient censées représenter notre amour, mais aujourd'hui je n'y vois que mon deuil.

Malgré l'attelle à la cheville qui m'empêche de la plier et l'état lamentable du sol, je m'y assois. Je n'ai pas le choix : ton absence m'assomme. La vue de nos mains, côte à côte, m'est intolérable. Tout a basculé, une saleté de matinée, il y a quinze jours à peine. Tout cela à cause d'une frayeur que ton cœur n'a pas supportée. Tu ne devais pas mourir, tu n'allais pas mourir. Ce n'était qu'un cerf, un animal. À vouloir l'éviter, tu t'es retrouvé dans le fossé, avec rien d'autre qu'un phare abîmé. Mais ton cœur a lâché. Tu étais fatigué. Le contrecoup d'une vie qui t'en a toujours trop demandé. Tu n'es plus là, tu n'es plus. Tu te reposes, enfin. *Tu ne dis plus que c'est la faute du sel...* Tais-toi...

Les projecteurs du jardin s'allument. Les monstres en bouts de bois se réveillent. Les oiseaux ont déserté les lieux. Combien de minutes, ou d'heures, suis-je restée prostrée ici ?

Le temps me joue des tours. Il me semble qu'hier encore je peignais dans ce chalet, à l'abri des douleurs de la vie. En quelques années, j'ai quitté le statut de l'adolescente excentrique pour celui de la veuve fatiguée, sans même avoir été mariée.

Des bruits de pas dans les graviers – ceux de ma mère, j'en suis certaine – sont accentués par le calme de la nuit.

— Tout va bien, Amande ?

Je me relève comme je peux et dépoussière mon pantalon. Elle ne doit pas me voir dans cet état.

— Oui, maman. J'étais partie dans mes souvenirs.

Je la rejoins dehors. Encore aujourd'hui, elle n'ose pas braver l'interdiction de pénétrer dans mon refuge. Une bourrasque chargée d'hiver me gifle le visage. Ma mère, les bras repliés sur son gilet, me propose d'une voix encourageante :

— Si tu souhaites peindre, il doit rester des toiles vierges dans le garage et tu n'auras qu'à t'installer au chaud dans le bureau.

— C'est gentil, maman. Mais je n'en ai pas envie.

— Comme tu veux.

Elle est déçue, mais reprend comme si de rien n'était :

— Ta grand-mère désire te voir. Elle va venir manger ici demain soir, ça ne te dérange pas ?

— Plus on est de fous…

Bien sûr que non, cela ne me dérange pas. Je l'aime, ma mamie. C'est la plus dingue d'entre nous. Elle manie l'art de la réflexion acerbe comme personne. C'est sans doute elle qui a donné le ton à toute la famille.

— Allez, rentre au chaud, ma grande blessée.

Appuyée sur mes deux béquilles, je la suis. Avant d'ouvrir la porte qui mène à la cuisine, elle s'arrête et se tourne vers moi :

— J'ai eu peur pour toi, tu sais, déclare-t-elle, en passant un doigt le long de ma joue.

— Je sais, et j'en suis désolée.

Je plonge mes yeux dans les siens pour souligner la sincérité de mes propos.

— Sois prudente à l'avenir. Tu as la tête ailleurs en ce moment…

— Ça s'appelle le deuil, maman.

Ma voix se veut plus dure que ma pensée.

— Justement, tu es bien placée pour savoir qu'un accident est vite arrivé, que la vie peut basculer à tout moment.

— Parfois c'est beau, les accidents… chuchoté-je juste pour moi.

L'EXCÈS DE POLITESSE

— Allez-y. Passez, je vous dis !

Dans la voiture d'en face, sur le parking Napoléon du centre de Cherbourg, le conducteur m'indique, pour la seconde fois, qu'il me laisse l'honneur. Le geste de la main est élégant et le sourire ravageur. Cet homme se montre bienveillant, mais il me fait perdre mon temps. J'enclenche la première et commence à avancer, puis me rends compte qu'il fait de même. Cachée derrière la vitre, le vouvoiement ne me paraît plus si approprié :

— Qu'est-ce qu'il fout ! Si tu veux y aller, vas-y !

Gêné, son sourire s'élargit davantage et ses yeux rétrécissent. De mon côté, je ne lui offre ni sourire ni regard qui pétille. La bienveillance, surtout quand je suis en retard, je l'envoie valser.

Il me fait signe d'avancer, je fais de même, et ce qui devait arriver arriva. Le choc a beau être léger, il m'arrache une injure. Là, c'est sûr, je peux renoncer à mon rendez-vous et dire adieu au contrat avec l'école de danse. Qui embaucherait une photographe qui n'est pas fichue de se présenter à l'heure à l'entrevue ?

Nous allons devoir faire un constat. Ça va prendre un temps fou… Et qu'inscrire comme motif? Excès de politesse?

Dans le véhicule d'en face, la tête posée sur le volant, le conducteur ne bronche pas. En colère et inquiète, je me précipite hors de ma voiture pour ouvrir la porte de la sienne.

— Tout va bien, monsieur? Monsieur?

Ma main sur son dos, je le secoue comme pour réveiller un enfant le jour de la rentrée des classes. Aucune réaction, mais un drôle de bruit émane peu à peu de ce grand gaillard.

— Monsieur? Vous… riez, monsieur?

Cette question a le don d'accentuer son fou rire. Il se redresse enfin et laisse le son occuper l'espace. Les yeux rouges, et sous mon regard incrédule, il prend la parole:

— Vraiment, désolé. Je ne veux pas vous manquer de respect. Quelle journée pourrie!

Dits avec ce sourire, ces mots en deviendraient presque poétiques. Cet homme est touchant. Un frisson me parcourt le dos. Un frisson agréable qui me fait abandonner toute animosité:

— Nous sommes montés dans le même bateau apparemment… déclaré-je.

— Et où va-t-il, ce bateau?

— Dans le mur…

Son regard perçant et rusé plonge dans le mien:

— Vous avez donc l'habitude de foncer dans les obstacles sans regarder devant vous? se permet-il.

Ses lèvres se hissent dans le creux de ses joues et y soulignent l'espièglerie. Bien joué. S'il tente de me charmer pour mieux me déclarer coupable sur le constat, je ne me laisserai pas faire.

— Vous pouvez parler… Et où va le vôtre ?

Son sourire disparaît au profit d'une ride du lion prononcée :

— Ce n'est pas où il va qui importe, mais d'où il vient…

Le chagrin s'installe dans son regard comme la pitié en moi. De quoi, presque, me faire oublier la lourdeur et le manque de naturel de ses mots. Pour détendre l'atmosphère, je lui réponds :

— Laissez-moi deviner, vous avez pris un thé avec Grand-Mère Feuillage avant de monter dans l'embarcation ?

Intrigué, il se détend :

— Avec qui ?

— Ah, désolée. Vous êtes sans doute trop vieux pour avoir la référence…

— Très drôle, soupire-t-il. C'était une boutade par rapport à mon moment de sagesse, c'est ça ? Voyons… Ça vient d'un dessin animé ?

— Oui ! (J'abrège ses souffrances.) De *Pocahontas*.

Il se redresse sur son siège, fier comme un paon, et m'annonce :

— Je l'ai vu, en plus, celui-ci !

J'exagère ma surprise pour lui faire plaisir :

— Non, c'est pas vrai ?

Il affiche une moue déconfite et précise :

— Avec mes enfants…

J'oublie tout : le rendez-vous, mes difficultés financières, ma rupture récente, l'épuisement à tenter de développer mon entreprise seule et glousse devant cet inconnu bourré de charme qui ne me laisse pas indifférente. Le cœur plus léger et l'âme curieuse, je l'interroge à nouveau :

— Et alors, d'où vient votre bateau ?

— De chez le notaire.

Le cœur empathique, j'attends la suite, en silence. Il semble prêt à se confier à une inconnue. Une inconnue qui a embouti sa voiture, qui plus est.

— Ma maison est vendue… soupire-t-il. Dans quelques semaines, je quitterai ce lieu dans lequel mes enfants ont grandi. Puis, ce sera au tour de l'avocat et de la signature du divorce.

Il remporte le trophée de la journée pitoyable haut la main !

— Vraiment désolée pour vous, compatis-je.

Sans réfléchir, je lui tends la main, autant surprise que lui par mon geste. Il plisse les yeux et scrute les miens, comme pour mieux déchiffrer mon dessein. Puis, il la saisit. Son pouce en caresse le dos tandis que je l'aide à sortir de sa voiture. Nous restons debout l'un en face de l'autre, maladroits. Puis il rompt le silence :

— Olivier, enchanté.

— Amandine.

Le 10 février 2019 (15 h 10)

Madame Fleury,

Je me permets de vous contacter suite au décès de M. Olivier Roche, le 19 janvier dernier. Bien qu'il fût alors en couple avec vous, ses affaires appartiennent à Mathilde et Ludovic, ses enfants, nos enfants (et bim, dans ma tronche !) *Je compte sur vous pour nous les restituer sans histoire.*

Je vous invite à empaqueter ses possessions : vêtements et papiers officiels compris, au plus vite. (Cela ne va pas être simple avec une cheville en moins…) *Nous nous organiserons pour passer dans les prochains jours* (ben voyons). *Merci de vous tenir prête à nous recevoir.* (Oh que oui, tu peux compter sur moi…)

Un devis est en cours auprès d'une entreprise de déménagement dans le but de récupérer les meubles et autres objets encombrants qu'il avait gardés après notre divorce. Vous trouverez la liste détaillée en pièce jointe. Nous comprendrions qu'en deux ans certaines choses aient été jetées ou revendues. J'en appelle à votre bonne foi et votre honnêteté pour nous rendre ce qu'il reste. Si de nouvelles possessions ont été acquises en son nom durant les deux dernières années, je vous prie de nous en faire part.

Je suis sûre que, tout comme nous, vous préférez régler tout cela à l'amiable. Merci de votre compréhension, en vous souhaitant bonne réception de ce message. (Tu sais ce que tu peux en faire, de ton message ?)

Sylvie Legrand

Trois jours que j'ai reçu cette missive. Trois jours passés à la relire et à paniquer à chaque bruit sur le palier.

Je vais leur rendre tes affaires… Pas besoin d'être si désagréable. *Est-elle vraiment désagréable, Mandine ?* Ne me dis pas que tu la défends ? *Non. Je t'encourage seulement à te mettre à sa place. La situation n'est évidente pour personne…*

Évidente ou non, tu sais ce que j'aimerais en faire de son message ? Où est passé le temps des lettres papier que l'on pouvait froisser, déchirer et sur lesquelles on pouvait se défouler ? Malgré tes propos, je suis incapable de me mettre dans ses baskets et suis à deux doigts d'envoyer valser mon ordinateur. Qu'est-ce qu'ils souhaitent à la fin ? Collectionner tes chemises et faire un album souvenir de tes fiches de paie ? Ils n'ont pas le droit de te sortir de ma vie ni de m'effacer de la tienne. Mais j'ai peur de ne pas être de taille. Quinze ans de mariage contre deux ans et demi de relation. Sylvie fut, est, et restera la femme de ta vie, celle qui te connaît le plus, celle qui t'a vu grandir, vieillir, évoluer. Celle qui t'a donné de beaux enfants.

Le cœur brisé, à la recherche d'un moyen pour me changer les idées, je balaie la pièce du regard. Un peu de ménage et d'aération ne feront pas de mal. Rien n'a bougé depuis ta mort. Tout s'est additionné, accumulé : la vaisselle, le linge, les mouchoirs remplis de larmes et le courrier. Il y en a partout. Le désordre trouble la décoration minimaliste.

Il m'a fallu lutter contre la bordélique ancrée en moi en emménageant ici, chez toi. Aujourd'hui, j'ai ouvert à nouveau sa cage et plus rien ne semble l'arrêter.

Après le passage des déménageurs, je n'aurai ni canapé, ni buffet, ni table basse. Au revoir vase de grand-mère, diplôme encadré, carte du monde vintage. Cela m'importe peu. Ce qui m'importe est de garder des trésors, des preuves que notre relation était plus belle, plus intense et plus importante que ce qu'ils peuvent penser. *Tu ne serais pas en train d'essayer de te convaincre toi-même ?* Ne gâche pas tout, mon amour. Et dis-moi plutôt ce que je vais faire dans cet appartement vide ? *Et bien trop grand pour toi...* Je sais, il l'était déjà pour nous deux. *Alors pourquoi insistes-tu pour y habiter ?* Parce que c'est tout ce qu'il me reste. Je t'y vois et t'y retrouve à chaque recoin. *Et c'est une bonne chose ?* Tais-toi. *Tête de mule ! Tu n'as jamais aimé cet appartement, trop placide, dans une rue passante. Tu rêvais de murs en pierre, de pièces modestes, de jardin et de vue sur la mer.* C'était chez nous et ce sera chez moi.

Je n'aurai qu'à condamner la chambre d'amis – vide de toute façon –, le bureau et la seconde salle de bains, décorer à mon goût, recouvrir le mur noir du salon – dont j'ai horreur – par un blanc lumineux, et voilà. *Tu devrais déménager surtout.* Et toi, tu devrais être en vie !

Non sans difficulté, je m'assois sur la valise pour en forcer la fermeture. Tes chemises et pantalons protestent un temps avant de se rendre à l'évidence : ils ne font pas le poids. Il n'y aura plus qu'à loger le reste dans tes sacs de sport, préparer un ou deux cartons de chaussures et manteaux, et le tour sera joué : armoire vidée.

Cette étape est la plus simple. Que veux-tu que je fasse de tes vêtements propres qui sentent bon la lessive ? Alors que c'est dans le linge sale et sous ton oreiller que j'ai trouvé mon bonheur. Là où chaque fibre porte encore ton odeur. Je garde pour moi quelques t-shirts, ton sweat spécial dimanche au chaud et une de tes chemises de travail. Ils pourront me laisser sans casseroles, sans grille-pain, sans canapé ni machine à café, je m'en moque. Jamais ils ne me priveront de ces morceaux de toi.

Sur le chevet, ton ordinateur n'a pas bougé depuis ton départ. Il renferme nos photos de vacances et nos conversations sur Messenger : nos déclarations d'amour tout comme nos engueulades. Il doit y avoir également quelques portraits de moi, nue… Eux aussi, ils reviennent à tes enfants ?

J'ouvre le clapet et l'allume. Je m'en doutais. Il me demande ton mot de passe. C'est le moment de me répondre, Olivier. Frappe-moi d'un éclair de génie. Quel est ton mot de passe ? *C'est toi...* Moi ? Amandine ? Mandine ? Ma chérie ? Tu ne peux pas m'aider davantage ? J'essaie tout, jusqu'à ce que l'interface me mette en garde : « Mot de passe incorrect ». J'abandonne.

La fatigue me surprend. Les murs se mettent à tanguer au rythme de chaque battement de cœur résonnant derrière mes paupières. Depuis la chute, cela m'arrive de plus en plus souvent. Il faudrait que j'avale quelque chose. Je m'appuie sur le lit en attendant que la pièce retrouve sa forme habituelle puis me dirige dans la cuisine.

Il est 16 heures. J'ai envie de tomates. Le bac à légumes étant vide, je me rabats sur une glace à la fraise. Ben quoi ? C'est rouge et c'est du fruit !

Je repense à l'inquiétude de ma grand-mère ce week-end, après qu'elle eut posé les yeux sur moi. Ses mains sur mes épaules, elle m'a détaillée de haut en bas.

— Tu devrais manger davantage, Amande ! Tu es sec comme un haricot et blanche comme un cul de Parisien sur la plage le premier jour des congés payés.

— Merci, mamie. Moi aussi je suis contente de te voir...

Une fois à table, elle s'était mise – avec l'aide de ma mère – à énumérer ce que je devais faire pour remonter la pente. Leur inventivité était sans limites. C'est fou le nombre d'activités que l'on peut pratiquer une jambe en moins selon elles, et le nombre de jeunes célibataires présents dans leur entourage. Et bien sûr, elles m'ont conseillé, encore et toujours, de reprendre la peinture.

À intervalles réguliers, mon père tentait de me défendre. Ses propos étaient rapidement balayés d'un geste de la main par les femmes de la famille.

— Vous voulez bien la laisser respirer un peu ? Pas étonnant qu'elle n'arrive pas à manger depuis tout à l'heure, avait-il protesté dans le vide.

— Chéri, on ne t'a pas sonné, s'était emportée ma mère.

— Ou c'est parce que c'est répugnant ? avait-il poursuivi en m'adressant un coup de coude complice. Si c'est le cas, faut le dire. Ta mère ne se vexera pas. Elle a l'habitude.

— Michel ! s'était plainte cette dernière.

— Tout va bien, papa, je n'ai pas très faim, c'est tout.

— Amande, nous voulons juste t'aider à aller mieux, avait soupiré ma maman. Il faudrait que tu comprennes qu'il te reste quantité de choses à vivre.

Et par là, elle suggérait : « Te marier et faire des bébés ». Tu n'étais parti que depuis quelques jours. C'était la goutte de trop, celle qui avait fait déborder le vase et bien plus. J'avais couru aux toilettes, pour y rejeter le peu que j'avais réussi à avaler. Puis, je les avais rejoints, les jambes tremblantes et les yeux rougis, tandis que mon père sermonnait mes bourreaux.

— Je vous avais prévenues. Mais non ! Mesdames savent mieux que tout le monde le fonctionnement de l'être humain ! Amande, vous ne la connaissez pas, derrière son mordant et sa volonté de fer, elle reste fragile.

Maman s'était excusée et mamie m'avait serrée dans ses bras. Puis fatiguée, au bord des larmes, je m'étais rassise, la tête entre les mains.

— Pas les coudes sur la table ! avait grondé ma grand-mère.

J'avais alors relevé le menton et soutenu son regard :

— Mamie, mamie chérie… Je t'aime, mais avec tout le respect que je te dois, fous-moi la paix !

— Moi aussi, je t'aime, ma petite-fille chérie.

Je leur ai laissé un cadeau, mon amour. Le soir même, pour leur faire « plaisir », j'ai demandé à mon père de ressortir une toile et mes pots de peinture. Il m'a suffi d'en ouvrir un pour faire de la toile nue une œuvre d'art. Barbouillée de noir - tout comme la moitié du sol du bureau -, ma création était achevée.

Elles ont raison : l'art, c'est libérateur. Je n'avais jamais ressenti autant de plaisir juste en renversant un pot. Tu aurais dû voir leurs têtes lorsqu'ils sont montés admirer le résultat. Seul mon père portait un regard triomphant, comme pour leur dire : « Je vous l'avais bien dit, il ne faut pas l'embêter, ma petite Amande. » Je pense qu'elles ont saisi le message.

On sonne à la porte. Le sucre de la glace encore collé aux lèvres, je panique, quitte ton t-shirt pour un des miens et m'attache les cheveux. On sonne à nouveau.

Je pourrais les laisser poireauter sur le palier indéfiniment. La moitié des cartons ne sont pas prêts. D'un autre côté, il me faudra bien les affronter un jour. J'attrape un sac-poubelle et y glisse ce qui recouvre la table basse.

— Deux minutes, j'arrive !

J'empoigne mes béquilles. J'ai appris à me débrouiller sans dans l'appartement, mais elles m'aideront, je l'espère, à amadouer l'ennemi.

Voilà le plan : j'ouvre, je dis bonjour poliment et prétexte un rendez-vous urgent. *Tu vas donc te virer toute seule de chez toi et sortir sans raison ?* Je n'en sais rien. Tu as une meilleure idée ? Si j'annonce que j'ai du monde, ils vont penser que je suis déjà passée à autre chose. *Et alors ? Depuis quand te préoccupes-tu du regard des autres ?* Tu n'as pas tort. J'y vais. Je te préviens, si c'est ta femme…

L'EX-FEMME ET L'AUTRUCHE

— Arrête de l'appeler « ma femme », s'il te plaît !

Ses mots ne livrent aucune colère, mais une exaspération sincère. Il a franchi la porte, il y a cinq minutes, et je l'agresse déjà. Ma journée a été éprouvante. Sa soirée sera pire.

— Et comment veux-tu que je l'appelle ?

Les mains plongées dans la farine, mon énergie négative tente, en vain, de passer dans cette fichue pâte. J'ai beau la travailler, la frapper, la triturer, rien n'y fait. Elle sera élastique, c'est sûr. Olivier reste à distance.

— Mon ex, mon ex-femme, ou par son prénom.

— Je n'en suis pas capable… Désolée.

— Qu'est-ce que tu lui reproches, à la fin ?

Je lève les yeux au ciel, bien qu'il ne puisse les voir :

— À elle ? Rien…

Surpris, il reste silencieux quelques instants avant de soupirer :

— Qu'est-ce que j'ai encore fait ?

La pâte, filmée et rangée, ne peut plus rien pour nous. Ma fureur ne sait plus sur quoi se déverser, si ce n'est sur moi-même. Les larmes montent et rajoutent du sel dans la suite de ma recette.

— Rien, justement ! Tu ne fais rien. Tu ne veux pas t'engager…

Penaud, il amorce un pas dans ma direction :

— On habite ensemble, ma chérie. Et je suis là, actif et présent dans notre relation.

Il connaît la suite de la conversation. Cette dernière tourne en boucle depuis des semaines. Je la range dans un coin de mon esprit, régulièrement, rassurée par ses mots. Puis le doute jaillit à nouveau – tel un cauchemar dont on se passerait bien – et vient altérer ma vision des choses :

— Et le mariage, et les enfants ? poursuis-je.

Il recule, laisse sa main voyager sur l'arrière de sa nuque et déclare posément ce qu'il m'a répété tant de fois :

— Tu connais ma position.

Le four préchauffe et moi je bous. Je me tourne vers lui, agitant la cuillère en bois :

— L'autruche ? La tête dans le sable ? C'est ça, ta position ?

Il s'assoit à la table de la cuisine, celle qui nous sert pour le petit déjeuner. Je le fatigue, je vois bien que je l'épuise et ne sais comment faire autrement.

J'ai besoin de preuves supplémentaires :

— Je suis là pour toi, Mandine, tous les jours. Je te soutiens et je t'aime. Ce n'est jamais assez.

Ma cuillère sombre dans la sauce tomate alors qu'il baigne dans la vérité. Je compte tout de même remporter la manche :

— Ravie que ça te suffise. Mais dans ce cas, laisse-moi l'appeler « ta femme » parce que je ne suis pas la tienne.

Ses sourcils dépeignent son mécontentement mieux que n'importe quels mots pourraient le faire :

— C'est petit. Très petit.

Je me justifie, la voix tremblante.

— J'ai mal, Olivier.

Sa position change. Les poings posés sur la table, il ne me regarde plus et chuchote :

— Je ne veux pas être responsable de ce mal.

C'est facile. Si vraiment il ne le voulait pas, il aurait agi. Je le condamne à voix haute. La pique m'échappe :

— Alors, pars…

— Je t'ai déjà dit de faire attention à tes mots. C'est ce que tu veux ?

Il se lève. J'ai peur d'avoir été trop loin et me mure dans le silence. Le son de la télé me confirme que j'ai de la chance. Il est toujours là, réfugié dans le salon. La tension reste palpable pendant le reste de la soirée.

Je ne cherche pas à le perdre, mais le pousse constamment vers la sortie. Puis j'attends qu'il s'ouvre à nouveau à moi ou que mes larmes chassent l'amertume.

J'attends.

Tous les soirs, fâché ou non, Olivier a l'habitude de me souhaiter une bonne nuit. Ce soir, ses mots ont un goût de crève-cœur. Mon attitude le blesse sans cesse un peu plus. Je vais le perdre et je l'aurai mérité.

— Bonne nuit, ma chérie.

— Bonne nuit, mon homme.

Il m'embrasse discrètement sur le front. Le silence pèse sur nous deux. Je suis désolée, mais incapable de le lui avouer. Il s'apprête à se lever du canapé. Ma main, naturellement, comme elle l'a toujours fait, saisit la sienne.

— Je te fatigue ?

— Un peu… avoue-t-il.

Puis, tendrement, il accompagne ma tête jusqu'à son torse et m'incite à me poser sur son cœur :

— Mandine, il serait temps que ces doutes cessent et que tu me croies lorsque je te dis que c'est toi que j'aime.

Toujours contre lui, la pulsation régulière me berce. J'en veux à mes sentiments trop forts, à mon caractère de cochon et à mes accès de colère, à cette sensibilité qui fait de moi une bonne artiste, mais une mauvaise compagne.

— Je ne sais pas comment faire.

— Fais-moi confiance.

Sa main glisse jusqu'à mon menton et m'oblige à le regarder dans les yeux. D'un ton solennel, il reprend :

— S'il te plaît. Ce n'est pas plus compliqué que ça.

Ses prunelles, d'un brun noisette, scrutent ma réaction. Ses doigts se perdent dans mes cheveux. Mes pointes de pied s'étirent et mes lèvres se rapprochent de son cou :

— Pardon, mon amour. Je fais de mon mieux, assuré-je.

Il m'enlace avec affection, malgré tout. Malgré l'énergie que cette relation et moi-même lui demandons :

— Je sais bien…

Mon souffle parcourt sa peau. Son étreinte s'anime d'une urgence dont je reconnais le dessein. Ce soir, je me laisserai porter par son désir, savourant sa volonté de rester à mes côtés en dépit de mes faiblesses. Un jour viendra où il ne sera plus assez solide et, tout comme les précédents, il fuira celle qui en exige toujours trop. Celle qui réagit au quart de tour pour un rien, qui bouillonne autant qu'elle aime et qui s'habille en arc-en-ciel.

Le 10 février 2019 (17 h 45)

Ce n'est pas ta femme. Ma fierté et moi sommes déçues. Nous nous étions préparées mentalement à l'altercation et à la guider sournoisement dans notre chez-nous, qu'elle puisse être témoin des vestiges de notre vie de couple : nos affaires qui se mélangent, le menu de notre pizzeria préférée accroché au frigo, les factures à nos deux noms sur le buffet. Ce n'est que partie remise.

Sur le palier, mon amie reste distante, hésitante, ses cheveux châtains tombant sur l'une de ses épaules en une queue-de-cheval élégante. Le visage de Rose-Marie annonce clairement le conflit qui l'anime. Le regard empli de pitié tranche avec son sourire enthousiaste. Sa voix hésite entre plusieurs tonalités :

— Coucou, Didine. Comment vas-tu ? Enfin, je sais comment tu vas. Forcément, tu vas mal. Mais je suis censée dire quoi moi ? Je…

Je la coupe pour lui venir en aide :

— Du calme, ma Rosie. Respire.

Son sourire s'efface pour laisser place à un pincement de lèvres alors qu'elle se caresse le poignet, le gauche, celui tatoué d'une petite orque discrète.

— Je me doutais que je n'étais pas prête à te revoir, que je ne serais pas assez solide, soupire-t-elle. Tu as besoin de piliers, en ce moment, autour de toi. Pas d'une hypersensible…

— Tout va bien, ma cocotte. Je suis contente que tu sois là. (De l'index, je désigne mes béquilles abandonnées contre le mur.) Et j'en ai deux, des piliers. Tout neufs en plus. Allez, entre !

Mon amie est redevenue elle-même, comme je l'ai toujours connue : pragmatique. Les yeux plissés, elle m'interroge :

— Comment vas-tu faire pour le loyer ?

Rose-Marie en sait quelque chose. À son compte depuis moins longtemps que moi, elle vit toujours chez ses parents – ce qui lui complique les choses dans la recherche de la femme de sa vie.

Avachie sur le canapé à ses côtés, je hausse les épaules :

— Je mangerai des pâtes et ferai des économies. Je ne mange presque plus rien de toute façon. La nourriture me dégoûte.

— Ça se voit, Didine. Tu sembles avoir perdu pas mal de poids.

Un air faussement exaspéré collé au visage, je ronchonne :

— Je sais, on n'arrête pas de me le répéter. La postière s'y est mise récemment…

Mon amie pose sa main sur ma cuisse :

— Elle se fait du souci, tout comme moi. Tu as perdu combien ?

Je regarde par la fenêtre. Les lampadaires habillent la ville de la couleur d'une autre saison. Leur teinte orangée réchauffe le froid de l'hiver. Les soirs de semaine, la rue est paisible. À 19 heures, les derniers rideaux de fer grincent, quelques pas résonnent puis c'est l'accalmie. Le chuchotement des téléviseurs des appartements voisins prend le dessus sur les murmures de la vie commerçante.

— Pas beaucoup… mens-je.

— Combien ?

— Cinq kilos.

— En si peu de temps ? Tu devrais aller voir un médecin.

Le visage toujours tourné vers l'extérieur, je cache ma propre inquiétude dans la dérision.

— Pour qu'il me dise quoi ? Le diagnostic est sans appel, madame Fleury, vous êtes en plein deuil !

— Didine…

Elle va pleurer pour moi. Lâchement, je fuis pour ne pas en être témoin. Avec difficulté, je boite en direction de la cuisine sans regarder derrière.

Tu as toujours adoré Rosie, mon amour. Tu te souviens de ce que tu me disais à son sujet ? Créative, mais la tête sur les épaules. Maternelle, mais pas étouffante. Sensible, mais forte. *Tu as besoin d'elle, ma chérie. Ne reste plus si longtemps sans la voir.* La dernière fois que je l'ai vue, c'était le soir de ta mort, il y a exactement vingt-deux jours.

En ouvrant la porte, j'avais compris : tu ne rentrerais pas. Je n'avais pas eu de nouvelles de toi depuis trop longtemps et l'arrivée de Cédric et Rose-Marie, droits comme des piquets et les yeux rouges, avait confirmé mes craintes. Avec tes papiers et ton nom, les gendarmes avaient retrouvé ta femme et tes enfants. Personne n'avait pensé à prévenir celle qui, pourtant, partageait ta vie. Dans les couloirs de la caserne, mon petit frère avait entendu l'histoire d'un M. Roche, décédé au volant.

Cédric avait fait preuve de professionnalisme et de retenue alors qu'il annonçait à sa sœur qu'elle venait de perdre l'amour de sa vie. L'énergie que cela lui demandait l'avait privé de son éclat et de sa capacité à me regarder dans les yeux.

Ce fameux soir, après son départ, Rose-Marie avait pris le relais et avait contemplé les flots s'écouler en silence, en passant sa main dans mes cheveux et mêlant ses larmes aux miennes. Elle avait observé mon corps tressaillir et s'agiter au rythme des sanglots et des cris, jusqu'au petit matin.

Rosie dévore les nems réchauffés au four. Ils m'ont fait de l'œil dès que j'ai ouvert la page Internet du restaurant. Depuis leur livraison, ils ont patienté sagement dans le frigo. Ce soir encore, je n'ai pas le courage de croquer dedans et laisse mon invitée en profiter. Quant à moi, mon dîner se compose d'une tisane à la camomille et d'une madeleine.

— J'ai eu ta mariée au téléphone, déclare mon amie après sa bouchée. Merci pour la recommandation.

— De rien, ma belle. Je suis contente que tu y ailles à ma place. Au moins, je ne me suis pas foulé la cheville pour rien. Ça m'évite d'être témoin de la vie parfaite des autres : les mariages, les familles unies, les grossesses… Je ne peux plus.

— Pour l'instant ?

— Ou pour toujours, je ne sais pas. Je suis déboussolée.

— Laisse-toi du temps. Ne te décide pas sur un coup de tête. Tu es faite pour ce métier. C'est normal de tout remettre en cause en ce moment.

Et pourtant, le coup de tête, c'est mon unique mode de fonctionnement. N'est-ce pas, Olivier ?

— Tu ne devrais pas me pousser à continuer, tu sais. Tu récupérerais mes contrats. C'est tout bénef ! raillé-je en touillant le miel au fond de ma tasse.

— Je perdrais une collègue en or. Sans compter que c'est toi qui m'as tout appris.

— Tu n'exagères pas un peu, là ?

Elle repose un nem, s'essuie les mains et sort son téléphone, un énorme sourire aux lèvres.

— Attends, on va se marrer.

Je sais pertinemment ce qu'elle cherche :

— C'était il y a plus de dix ans, poursuit-elle. Tu te rends compte ? Je l'ai !

Madame,

Actuellement étudiante en première année de BTS Métiers de la mode au lycée de Tocqueville, je compte profiter de l'été pour m'ouvrir à d'autres horizons. Je cherche à accompagner un photographe lors d'événements ou de séances photo. Je me propose en tant qu'assistante pendant la prise de vue et pour les retouches, ou en tant que simple observatrice.

J'ai visité votre site Internet et votre page Facebook et, bien que vous soyez dans le métier depuis peu, la sincérité et l'esthétique de votre travail me font me tourner vers vous.

Je serais honorée de vous voir travailler et de découvrir comment vous créez de telles images. Aimable, sérieuse et motivée, je vous offrirai mes compétences en échange de cette opportunité.

Rose-Marie arrête sa lecture :

— Je t'épargne les formules de politesse.

— Qu'est-ce que tu étais lèche-bottes, dis donc ! la taquiné-je, émue par ce souvenir.

— Et alors ? Ça avait fonctionné !

Elle porte le verre de vin blanc à ses lèvres. Il faut bien que quelqu'un en profite.

— Je ne te l'ai jamais dit, je t'ai choisie à ta photo de profil, avoué-je.

— Comment ça ?

— J'avais tapé ton nom sur Facebook et tu avais une tête sympa…

Il s'en est fallu de peu pour qu'elle recrache son sauternes.

— Et mon CV en pièce jointe ? Tu l'avais ouvert ?

— Oui, pour avoir ton nom de famille et ton âge, souris-je.

Mon instinct a constamment été mon moteur. Il m'avait poussée à la contacter tout comme il m'avait invitée à te saisir la main. En général, j'agis, et je réfléchis après.

Rose-Marie m'avait accompagnée lors d'un mariage, puis deux, puis six. Nous nous étions vues et revues tout l'été. Pendant sa seconde année d'études, je l'avais embauchée pour plusieurs prestations : soirées étudiantes, portraits en entreprise et j'en passe. Je n'avais pas vraiment besoin d'elle, j'appréciais sa présence. Nos fous rires comblaient le temps lorsqu'il se faisait long. Après l'obtention de son diplôme, elle s'était mise à son compte, pour devenir à la fois ma « concurrente » principale et ma meilleure alliée. À deux, nous étions plus fortes et nous nous sommes serré les coudes depuis. Dans la vie professionnelle comme dans la vie privée.

Dehors la pluie tombe. J'espère que le vent se lèvera. À quoi bon la pluie si l'on ne l'entend pas, alors que c'est dans le tambourinement de ses gouttes contre le verre que se cache sa beauté ? Surtout si nous l'écoutons et l'épions bien à l'abri, au chaud, derrière la vitre.

Rosie est sur le point de partir, ton parapluie à la main – ton dernier cadeau de Noël, avec tes initiales gravées sur le manche : O.R. Une chose de plus qu'ils ne récupéreront pas.

— Tu es sûre que ça ne te dérange pas ?

— Tu me le rendras plus tard, je ne peux plus le tenir avec les béquilles, de toute façon. Reviens quand tu veux, Rosie. Ça m'a fait beaucoup de bien d'avoir de la compagnie.

Elle danse d'un pied sur l'autre :

— Je ne savais pas trop si tu voulais qu'on parle. Ou que je te pose des questions ? Ou que…

— Stop. Un repas, des rires, des souvenirs, c'est très bien. Merci encore, rentre bien.

Rassurée, elle me sourit. Je tente de lui rendre son sourire du mieux que je peux. Mon cœur n'y est pas. Mon amour, ce soir, je t'ai oublié. Pas longtemps : quelques minutes par-ci par-là, cela ne m'était pas encore arrivé depuis ton départ. J'ai peur de commencer à m'y faire. Je ne veux pas abandonner le deuil ni délaisser cette peine. Elle me rappelle que tu as existé, que nous nous sommes aimés et que tu me manques. Ne me quitte pas, mon homme, pas une seconde fois. Reste là, empêche-moi de manger, de rire, de vivre, mais reste.

La main sur la poignée, Rosie et son hypersensibilité ont perçu mon changement d'humeur.

— Tu veux que je reste encore un peu, ma belle ?

— Non, ce n'est rien. Ça va aller. File.

— Tu es sûre ?

— Oui, insisté-je en tentant de garder le contrôle.

Son regard pèse lourd. Elle attend. Comment lui dire que je suis impatiente d'expérimenter à nouveau la solitude pour sentir ton absence et vivre ton manque comme il se doit ?

— Comme tu voudras. Appelle-moi bientôt.

Une ultime embrassade et elle s'en va. Sur le palier, elle croise une jeune femme à qui elle adresse un bonsoir.

Cette dernière ne répond pas. Assise sur les marches, trempée, le visage camouflé par une mèche ruisselante, elle précipite son regard aigri dans le mien, qui n'exprime qu'une surprise grandissante. Les yeux que j'aime, tes yeux, sont de nouveau là devant moi.

Ils sont parés d'une noirceur que je ne leur connais pas. Ils me dévisagent comme si j'étais la dernière personne qu'ils souhaitaient voir sur Terre. Ils sont pourtant venus à moi.

Rose-Marie s'est arrêtée et étudie nos visages. Je lis sur ses lèvres :

— Tu la connais ?

À voix haute, et sans aucune émotion, je lui révèle :

— La fille d'Olivier.

Les yeux écarquillés, filant de l'une à l'autre, mon amie demande :

— Oh… Je vous laisse, alors !

Ta fille se lève.

— Oui, c'est ça. Laissez-nous qu'on en finisse !

Je préférais son regard noir à ce ton amer. Rosie, inquiète, attend un signe, une réaction de ma part. Mais j'ai confiance, ta fille doit être bien plus perdue et impressionnée que moi. Je connais cette haine qu'elle affiche pour se protéger, c'est comme cela que j'ai survécu à l'adolescence et au passage à l'âge adulte.

— Vas-y, Rosie. Je t'appelle.

— OK, alors bon courage…

Ta fille, frappée par le sens de ces mots, fronce les sourcils. Puis je l'invite, pour la première fois, chez nous. Il a fallu que tu partes pour qu'elle en franchisse la porte.

— Entre, Mathilde.

— Ne m'appelle pas Mathilde. (Elle n'est pas décidée à me faciliter les choses.) Ne fais pas comme si on se connaissait. C'est le prénom donné par mes parents. Et toi et moi, on n'est rien.

Elle me dépasse, me poussant de l'épaule en chemin. Je garde mon équilibre, pourtant fragile, et ne relève pas l'agression :

— Ça va être pratique… Alors je t'appelle comment ?

Cette visite surprise promet une belle fin de soirée…

Le 10 février 2019 (19 h 50)

La jeune fille extrait un calepin de son sac à dos. Je sais comment l'appeler désormais : Mme Dupont, huissière de justice, assermentée par l'État. L'État étant ta femme.

Je ne peux m'empêcher de la dévisager. Ses longs cheveux blonds peinent à sécher et encadrent son visage rond, de la même rondeur que celui des nouveau-nés. Ta fille a perdu l'innocence de l'enfance, mais a gardé ses joues rebondies.

— Si je comprends bien, ta mère t'a envoyée au charbon ?

La mine du stylo se décolle de la feuille.

— Elle ne désirait pas venir ici, c'est tout.

Une partie de moi est soulagée par sa décision. L'autre aurait bien aimé la rencontrer, enfin. Il me faut continuer à poser des questions à ta fille. Elles ne proviennent pas d'une soudaine curiosité, mais de mon besoin de ne jamais quitter son regard – ton regard – peu importe si je m'expose à la foudre.

— Et pourquoi pas ton frère ? l'interrogé-je.

Son haussement d'épaules manifeste l'évidence de sa réponse :

— Il n'a aucune envie de te voir.

Elle me tend le bâton pour se faire battre. À mon tour, je lui présente un sourire en coin et offre un regard pétillant de ruse.

— Donc toi, oui ? Tu avais envie de me voir ?

Offusquée, elle reporte son attention sur la liste et coche une nouvelle case. Même les yeux rivés sur son calepin, sa réplique ne se fait pas attendre :

— Moi, tu ne me fais ni chaud ni froid. Et je suis plus courageuse que lui.

— Alors, élégamment, tu t'es sacrifiée ?

Ma pique restera sans réponse. La preuve, sans doute, que je ne lui fais, effectivement, ni chaud ni froid.

A-t-elle toujours été comme ça ? Tu me parlais d'une âme bienveillante qui risquait de se faire mener par le bout du nez pour cause de gentillesse et altruisme extrêmes. Tu te félicitais d'avoir une fille qui, après des années difficiles, avait quitté la crise d'adolescence avec grâce et respect. Elle se rattrape. Ton départ remet tout en cause, Olivier. Pour moi, pour elle, pour tous ceux qui t'ont connu.

Depuis quelques jours, je ne pleure plus, tu sais ? Pas une goutte, réservoir vide. La colère, également, me quitte peu à peu, laissant la place au néant. Parfois, j'essaie d'être triste à nouveau, par respect pour toi et pour vérifier que je suis encore en vie, que je ressens quelque chose. Je serre les poings, ferme les yeux et m'imagine dans tes bras, mais rien ne se passe. Les mouchoirs qui traînent ne sont que des vestiges du passé et synonymes de flémingite aiguë.

Mon quotidien consiste à contempler le temps et le sentir filer entre ces murs et entre mes doigts. Rien. Pas de projets, pas d'ambition, juste attendre. Et attendre quoi ? En partant, tu as embarqué le sens de ma vie pour l'enterrer à tes côtés. Et, au vu des derniers jours, il semblerait que mon appétit vous ait rejoints.

Le bruit des gouttes sur le parquet rompt le silence qui s'est installé dans l'appartement. Le manteau de ta fille, suspendu à une patère près de l'entrée, est responsable de ce fond sonore. Les yeux de Mathilde parcourent la pièce et slaloment avec précision entre nos photos de vacances. Comme si notre bonheur avait le don de lui brûler les rétines. Ou est-ce le fait de croiser ton regard qui l'insupporte ?

Elle se dirige vers le couloir et choisit de contourner le canapé sur lequel je suis installée, plutôt que de passer à quelques pas de moi :

— Je ne mords pas, tu sais ? commenté-je.

— Non, tu fais bien pire.

— Pardon ?

Luttant contre moi-même pour garder une expression neutre, j'appréhende la suite, l'attaque qu'elle me prépare.

— Tu détruis des familles…

J'ai beau m'y attendre, ses mots me déstabilisent. C'est ce qu'elle cherche. Postée dans l'encadrement de la porte, elle savoure sa victoire en me regardant me décomposer.

Le clic répété de son stylo commence à m'agacer. Rien ne m'empêcherait de la virer de chez moi, de chez nous. Si ce n'est mon amour pour toi. Tu ne me pardonnerais pas de mal agir envers elle et je ne me le pardonnerais pas non plus. *Et tu ne peux pas te passer de ses yeux...*

Alors, je prends sur moi et réponds :

— Tes parents étaient en train de se séparer.

— Sans toi, papa aurait pu changer d'avis. Il aurait pu revenir. Tu l'as enfermé dans tes griffes, tu l'as forcé à rester en jouant les fragiles.

— Merci du compliment, murmuré-je.

Elle ne relève pas mes propos. D'un ton sec et autoritaire, elle poursuit :

— C'est par où, la chambre ?

— Pourquoi la chambre ?

Je croise les bras. Elle contrôle à nouveau sa liste :

— Il avait gardé un cadre de lit et une table de chevet.

— C'était vieux et moche. On a tout jeté, protesté-je.

Ta fille joue son rôle à merveille et pianote impatiemment son carnet :

— Dans tous les cas, j'ai besoin de vérifier.

— La confiance règne...

Je me lève, la rejoins à l'entrée du couloir et tape le bout de ma béquille sur la porte en question pour lui indiquer le chemin. Elle la pousse et s'y engouffre sans un mot.

D'où tire-t-elle la force de déambuler dans ces pièces où tu m'as aimée sans se défaire de son masque ? Comment fait-elle pour tenir tête à celle qui, dans son esprit, l'a privée d'une famille heureuse ?

Ce petit bout de femme, du haut de ses vingt ans, m'épate. À son âge et à sa place, si j'étais venue chez cette inconnue, la copine de mon père, ça aurait été pour tout casser, pour laisser ma colère et le deuil s'exprimer dans le fracas.

Une rayure sur son calepin et l'experte est de retour dans le couloir. Il est tard. Je lutte pour lui cacher mes faiblesses : ma fatigue, ma cheville qui me lance et mon cœur qui palpite sans raison. Une nausée violente, comme celles qui rythment mes journées, me force à baisser la garde :

— Je dois retourner m'asseoir dans le canapé.

Je lie le geste à la parole et le soupir au geste.

— Vas-y. Fais comme chez toi, se moque-t-elle.

Très drôle.

— J'ai fini de toute façon. Je vais y aller, dit-elle en refermant ses notes.

Par politesse, je me relève. Trop vite. Le salon défile devant mes yeux. Cela ne va pas recommencer ? Je l'entends. Au milieu du vertige, son cri résonne, inquiet. Bien plus inquiet que je ne l'aurais cru. Puis le noir frappe.

*

— Elle revient à elle ! (La voix reprend, désormais orientée dans ma direction.) Madame ? Vous m'entendez, madame ?

Oui, je l'entends, par-dessus des bruits de moteur, et je la vois, mais je reste incapable de lui répondre.

La sapeuse-pompière me sourit. Ta fille est là aussi. Le teint pâle, assise sur un strapontin, elle tient entre ses mains mon sac et mon manteau.

— Que s'est-il passé ? arrivé-je à marmonner au bout de quelques secondes.

— Vous avez fait un malaise et cette charmante jeune fille nous a appelés. On vous emmène à l'hôpital, ils vont prendre le temps de contrôler tout ça.

Charmante jeune fille… Je ne vois qu'une boule de nerfs, le front plissé, se rongeant les ongles et évitant mon regard. De ma bouche, ce mot risque de lui brûler les oreilles et l'ego, mais je dois tout de même le prononcer :

— Merci…

— J'allais pas te laisser crever, fulmine-t-elle.

La sapeuse-pompière, gênée, s'affaire sur mes sangles et prétend vérifier que ces dernières sont assez serrées. Je réitère ma déclaration, espérant que, cette fois-ci, ta fille me regarde.

— Merci, Mathilde.

Ses jambes trahissent sa nervosité et ses yeux restent englués au sol. Sans toutefois perdre le nord, elle me répond.

— J'ai besoin de vous pour trier les affaires de papa. Ça ne va pas se faire tout seul…

Elle m'a vouvoyée, je ne rêve pas ? Il aura fallu que je m'évanouisse pour qu'elle m'offre une marque de respect. Je m'en réjouis.

Nous arrivons aux urgences. Les infirmiers et les pompiers collaborent pour nous mettre – ma cheville en vrac et moi - sur un nouveau brancard. Un, deux, et trois ! Les joues de ta fille se sont colorées de rouge. Je la soupçonne de contenir un fou rire. Je me retrouve à devoir rouler pour les aider et termine le t-shirt retroussé jusqu'au nombril et une chaussette perdue dans la bataille. Ridicule.

Les soignants essoufflés reprennent le cours de leur soirée tandis qu'un pompier entame son compte rendu à l'infirmière de l'accueil : « Malaise chez elle, sans raison apparente. Inconsciente pendant dix bonnes minutes. Tension basse à notre arrivée, remontée depuis. Pas de choc. Heureusement, la jeune fille a adouci sa chute. »

Mathilde... Elle aurait donc tes yeux et ton cœur. Je ne suis pas surprise. Touchée, reconnaissante, mais pas surprise.

En attendant la prochaine étape, je ravale ma fierté et envoie un message à Cédric pour le tenir au courant. L'hôpital ne se trouve qu'à quelques rues de mon appartement, mais une jambe en moins et sans béquilles, le retour paraît compromis. Une nouvelle fois, mon petit frère devra abandonner femme et enfants pour venir à ma rescousse.

Assise derrière son ordinateur, l'infirmière concentrée entame l'interrogatoire. Mathilde se tient à mes côtés, mal à l'aise.

— Vous faites souvent des malaises ?

Ma cheville en vrac peut en témoigner... Si le vertige ne m'avait pas saisie pendant la chute, j'aurais réussi à rester dans ce fichu chemin ! Enfin, c'est ce que je me répète.

— Récemment oui… expliqué-je, penaude.

— Et vous mangez correctement ?

Le mensonge est tentant. Cependant les pizzas, les sushis, les salades avocat-crevettes-pommes de terre me manquent. Il va falloir que je sois honnête pour qu'ils guérissent mon estomac et m'aident à retrouver l'appétit.

— Pas vraiment.

— À quand remonte votre dernier repas ?

— J'ai mangé une madeleine en début de soirée.

— Et un vrai repas, entier ?

— Hier. Je crois. Plus grand-chose ne passe. La nourriture m'écœure et me rend nauséeuse.

— Date des dernières règles ?

Ta fille m'examine. J'ai senti son énergie changer sans même me tourner vers elle. La panique se lit dans ses traits. Ses yeux se rabattent sur mon ventre et tentent d'y percer les couches de vêtements et la peau, à la recherche d'une réponse.

— Je ne sais pas. Il y a… plusieurs semaines ? bredouillé-je.

Mathilde aboie :

— Pourquoi poses-tu la question à cette pauvre infirmière ? Ce n'est pas elle qui va te répondre !

Tu fais de beaux enfants, Olivier. Agressifs, mais beaux. Même l'âpreté lui va comme un gant. Elle est sublime ta fille. Et elle a raison. Je dois me concentrer.

— J'aurais dû les avoir il y a quelques semaines, il me semble…

L'infirmière continue, le plus calmement du monde :

— D'autres symptômes ? Seins douloureux, fringales, fatigue ou sautes d'humeur ?

Je me défends et ma voix se fait plus brute que nécessaire :

— Non ! Rien de tout ça. Si ce n'est la fatigue. Mon sommeil est agité…

Une moue sceptique au visage, elle tape les informations à toute vitesse sur son clavier et en note une partie sur une fiche. Je ne peux pas être… ? Il me faut éclaircir la situation au plus vite. Surtout devant ta fille qui risque d'ici quelques minutes d'avoir besoin, elle aussi, d'un brancard.

— Je traverse… Nous traversons un deuil, expliqué-je.

— Oh, toutes mes condoléances.

— Est-ce que ça peut influencer un cycle ? ajouté-je.

— Oui, tout à fait. Ça et la malnutrition. Chaque traumatisme, moral ou physique, peut compromettre le retour des règles.

Ouf, sauvée. Un regard à Mathilde et, d'une voix lourde de sens, je réponds :

— Merci. C'est bon à savoir.

Si on m'avait dit un jour que l'idée de ne pas être enceinte me procurerait joie et soulagement, je n'y aurais pas cru. Tu te souviens, Olivier ? Un sujet sensible. Ça me semble si loin désormais, tout comme l'envie de porter ton enfant.

Un bracelet à mon nom attaché au poignet, je patiente. Le brancardier s'apprête à me transporter de l'autre côté des portes vitrées et se retourne vers Mathilde.

— Mademoiselle, vous allez pouvoir vous installer en salle d'attente, déclare-t-il en lui adressant un sourire charmeur. Ne vous inquiétez pas, nous allons prendre soin d'elle.

— Ne vous sentez pas obligé, lâche Mathilde, les yeux pétillants de malice avant de se diriger vers la sortie.

L'ATTENTE ET LA DÉSILLUSION

— Cinq mois. Ça fait cinq mois que j'attends cette réponse. Tout ça pour ça ?

Quelle andouille ! La trahison me brûle le cœur. Il en a profité. Il m'a gardée à ses côtés, pour rien. Rien d'autre que son plaisir, sans volonté d'avenir.

— Tu m'as demandé d'être honnête, ma chérie, se justifie-t-il en tendant la main vers moi.

Cette dernière reste en suspens, puis elle s'éclipse, gênée, et se pose sur son torse.

— Tu aurais dû l'être dès le début ! Il y a des mois que je crois à ce rêve… lancé-je, honteuse d'avoir été la seule.

— Pardon, ma chérie. J'avais besoin de temps pour être sûr. Tu avais accepté de me laisser ce temps…

Tout est donc de ma faute.

Ces derniers mois, j'avais trouvé de l'espoir derrière chacun de ses mots. Il m'a dit adorer les enfants. Il m'a souri tendrement lorsque, au supermarché, une petite inconnue m'a réclamé un câlin. Il accrochait les dessins de ses arrières-petits-cousins sur le réfrigérateur. Mais surtout, il posait sa main sur mon ventre. J'avais laissé faire, persuadée que cela avait du sens, qu'il me témoignait son envie d'y loger un bébé.

Il me dégoûte. Plus jamais il ne me touchera.

Olivier m'observe, en silence, la tête rentrée dans les épaules. Il a de la chance d'être nu, d'être beau et de réussir à me plaire même en pleine dispute.

Je souffle. J'ai besoin de comprendre et, pour cela, il me faut quitter le lit et fuir sa peau, au risque de lui pardonner trop facilement.

Je m'enroule dans le drap pour protéger mon corps de son regard et me lève. J'entame les cent pas dans la chambre, me prenant les pieds à plusieurs reprises dans le tissu. Puis, ma voix s'adoucit et rompt le silence à la recherche d'un peu d'espoir.

— Et là, tu es sûr ? frémis-je.

— Oui. (Il plonge ses yeux noisette dans les miens.) Je vois bien le mal que je te fais, mais je n'ai pas le choix, soupire-t-il.

— Si, tu as le choix, aboyé-je au bord des larmes. C'est moi qui ne l'ai plus… Tu m'imposes de renoncer à la maternité.

Mon ventre se serre alors que la conversation s'éternise. Comme si chaque mot prononcé avait le don de révéler mes émotions, de dévoiler la vérité. Olivier se redresse, appuie son dos contre le mur et attrape son oreiller pour cacher sa nudité :

— Tu as encore le choix… chuchote-t-il.

— Celui de partir ?

Ses yeux se ferment un instant. Ses poumons se remplissent d'air, puis il ajoute d'une voix tremblante :

— Je t'aime, Mandine. Mon but n'a jamais été de te rendre malheureuse. Si ma décision est trop dure à accepter, je comprendrais que tu veuilles me quitter. Je ne veux pas être responsable de ta peine ni te priver d'une vie de famille.

La colère ride mon front et tapisse mes cordes vocales :

— Tu veux que je parte, c'est ça ?

— Ce n'est pas ce que j'ai dit…

Mais, comme à mon habitude, il m'est impossible de m'arrêter. Les émotions me submergent :

— En choisissant de dire non, en décidant de ne pas avoir d'enfant avec moi, as-tu pesé le pour et le contre ?

— Oui… répond-il un sourcil levé et se demandant dans quel piège il est tombé.

— Donc tu as pris en compte le risque de me perdre, poursuis-je, et ça n'a pas fait pencher la balance ! Tu t'en moques donc que je parte…

Sous toutes mes attaques se terre le besoin d'être rassurée. Les choses seraient plus simples si j'arrivais seulement à lui dire.

— Ne parle pas à ma place, ma chérie. Tu sais bien que ça me met hors de moi.

Un Olivier hors de lui, c'est aussi plausible qu'un téléfilm de Noël qui finit mal… Je garde cette pensée secrète et continue la bataille :

— Et moi, ça me met hors de moi de devoir faire le deuil d'un ventre rond, d'un enfant et d'une vie de famille, à des années de la ménopause ! Je suis jeune, Olivier. Je vais en souffrir, à lutter contre ce désir qui me brûle littéralement le ventre. Et je n'ose même pas penser à la tristesse et la rancœur qui s'installeront après, quand il sera trop tard…

— Je sais bien. Je n'aurai pas la force d'assumer, Mandine. Je suis trop vieux.

Il plonge la tête entre ses mains pour mieux souligner ses dires. Je contrôle ma méchanceté à temps : il n'est pas vieux, il est lâche.

— Ça va, tu n'es pas croulant non plus…

Toujours caché par ses mains, il prend le temps de m'expliquer :

— Je ne peux pas. Je ne veux pas repartir là-dedans : les nuits courtes, les peurs à chaque montée de fièvre, la responsabilité, l'école, les crises, les études.

— Arrête, tu ne m'aimes pas assez, c'est tout. Ce n'est pas plus compliqué que ça, sangloté-je.

Il relève la tête, les yeux brillants. Il force ses lèvres à y accrocher un sourire et tente de m'amadouer.

— Au contraire. Je t'aime, Mandine. Viens dans mes bras, s'il te plaît. On est bien tous les deux. Juste tous les deux.

— Eh bien, tu seras bien tout seul ! lâché-je en quittant le drap et en enfilant une culotte.

Dans ses yeux, la panique a remplacé la tendresse :

— Mandine… Tu t'en vas ?

— À ton avis ? vociféré-je.

— Où vas-tu ?

— Ça ne te regarde plus.

Je me dépêche d'enfiler mes chaussettes et en perds l'équilibre. Je me raccroche au lit, l'évitant du regard.

Je ne veux plus le voir. Seule sa voix m'indique son désespoir. Il l'a bien cherché.

— Ne fais pas ça, ma chérie. Pas sur un coup de tête, pas comme ça. Pas maintenant, supplie-t-il.

— Et pourquoi pas? Il y a une manière plus agréable de se séparer?

— S'il te plaît…

Je ne parle plus, je grogne:

— Quoi, s'il te plaît?

— Reste. On va discuter.

— Je n'en reviens pas que tu aies profité de ma naïveté. Cinq mois de plus pour te régaler de ma jeunesse. Tu souhaitais seulement gagner du temps et moi j'ai tout perdu…

— Je n'ai profité de rien du tout. Je suis là, Mandine. Et je t'aime. Je suis prêt à construire.

Pour la forme, pour qu'il comprenne et pour qu'il lise ma peine, je plonge mes yeux dans les siens, une dernière fois:

— Tu veux me faire un enfant?

— Non…

Je saute dans mon pantalon et me laisse engloutir par un pull trop grand. J'attrape un sac, y fourre deux trois bricoles et reprends:

— Tu changeras d'avis un jour?

— Non…

— Alors, salut!

Le 15 février 2019

Je me souviens du bruit discret de tes sanglots tandis que j'enfilais mes chaussures et la porte de la chambre claquée sans que tu me coures après.

Tu ne le faisais jamais, tu me laissais libre de m'enfuir, libre de t'en vouloir alors que j'attendais l'inverse : les beaux gestes, les grandes déclarations, les « non, ne pars pas, tu es tout pour moi ». À la place, tu avais choisi de me respecter. Je ne le supportais pas.

Je me souviens, également, de ma boule au ventre, du sel sur mes joues, de la crainte d'avoir été trop loin et de te perdre à jamais.

L'errance s'était terminée chez Rosie. La nuit porte conseil, comme on dit. Cette nuit-là n'avait pas souhaité m'aider. Plusieurs jours s'étaient écoulés avant que j'accepte de te parler à nouveau. Nous étions déboussolés, toi comme moi. Incapables de communiquer.

Après de longs messages et une intense négociation, j'étais revenue à l'appartement. Nos retrouvailles n'avaient eu aucun sens et singeaient parfaitement notre rencontre. Un pas l'un vers l'autre, chacun notre tour, mais jamais en même temps.

À force de nous céder la priorité, nous nous étions épuisés. La fatigue avait entraîné des larmes, certaines difficiles à laisser couler, d'autres libératrices. Accompagnées de mots doux, d'écoute et de compréhension, elles nous avaient guidés vers la réconciliation. Ce ne fut pas simple. Pas simple d'accepter que tu me touches à nouveau. À quoi bon faire l'amour ? « Pour le plaisir », m'avais-tu répondu. Le temps avait fait son œuvre et la blessure, non cicatrisée, était restée cachée, ensevelie par le quotidien.

Je me remémore tout cela, à l'abri des gouttes, sous le porche, tandis que j'attends Cédric qui ne devrait plus tarder.

Un sac plastique enroulé autour de mon attelle, mes béquilles appuyées contre la porte de l'immeuble, j'hésite. Je n'ai pas réussi à le faire jusque-là. Ça me paraît anormal, irrespectueux envers toi. Qu'en penses-tu ? *Vas-y, ma chérie. Essaie.* Tu es sûr ? Tu ne dis pas ça pour me faire plaisir ? *Tu as conscience que je n'existe pas ? Mon avis importe peu.* Je te connais suffisamment pour te faire vivre encore un peu dans mon esprit… *Dans ce cas, pense à moi et pose tes deux mains sur ce fichu ventre.*

Je t'écoute et ouvre mon manteau. Chaque doigt se presse un à un sur le bas de mon pull. Comme si mon corps n'était plus que porcelaine, le toucher se veut délicat.

Enceinte. Je suis enceinte.

À la recherche du moindre mouvement, d'un ressenti, d'une preuve que cela est bien réel, je ferme les yeux. Le monde extérieur ne parvient plus à mes sens. J'oublie le froid, le vent, l'odeur de la pluie et les craintes que cette nouvelle a engendrées.

Ma concentration est à son maximum. Mais rien. Je ne sens rien et n'éprouve rien.

Les larmes montent devant l'incompréhension et le néant. Ce n'est pas le moment, je les retiens et continue l'exploration. J'expire, inspire et caresse la maille usée par le temps.

Mon amour, regarde-toi. Je suis si heureux pour toi. Tu as l'enfant que tu voulais tant!

Mes mains brûlent de honte. Elles quittent subitement mon ventre. Tu n'as rien compris, si tu crois que ça me fait plaisir, que c'est un miracle, un cadeau du ciel, tu te trompes! Ce que je désirais de toi, ce n'étaient pas tes spermatozoïdes, mais une vie de famille, un bonheur à trois.

J'espérais tes mains sur mon ventre, entrelacées aux miennes. Je rêvais de devenir maman sous tes yeux, de voir la joie et la fierté dans ton regard. Ce n'est pas un cadeau que tu m'offres, ou si c'est le cas, il est empoisonné.

Au loin, Cédric me fait signe. J'attrape mes béquilles et le rejoins. Mon petit frère, mon pauvre petit frère, à qui j'en demande trop également, m'accompagne à l'échographie. Je vais finir par épuiser tous les hommes de mon entourage…

Dans la salle d'attente, mal à l'aise, les bras fermés sur le ventre, comme s'il avait peur que le sien s'arrondisse également, mon frère m'interroge:

— Pourquoi n'as-tu pas demandé à maman de t'accompagner ? Elle aurait fait le trajet, tu sais ?

— Je sais. Mais je préfère ne pas lui en parler avant d'en savoir plus…

Nerveux, il me regarde comme si je descendais d'une autre planète :

— Plus sur quoi ? Un bébé, c'est un bébé. Tu veux vérifier qu'il n'a pas la peau verte et des nageoires à la place des pieds ?

Je ne réponds pas. Il fait craquer ses phalanges tout en battant le rythme avec ses talons. Son soutien m'est indispensable dans cette épreuve. Mais il ne semble pas avoir conscience que pour moi, c'en est une, d'épreuve.

Olivier, que se passera-t-il si j'entends le cœur ? Si le fœtus est assez grand pour qu'un petit nez se dessine sur l'écran ? Ou au contraire si mon utérus est vide ?

Je ne parviens pas à savoir si je désire cet enfant ou non. Je veux prendre le temps de te dire au revoir comme il se doit et continuer à traverser mes journées, dans tes vêtements, te faisant la conversation dans ma tête. Je ne peux pas m'embarquer dans cette aventure et porter une telle responsabilité. Pas comme ça.

Cédric me dévisage :

— Que t'arrive-t-il, Amande ? Pas de pique ni grognement ?

Ma voix se teinte d'ironie et tente de masquer la tempête qui se déroule à l'intérieur de moi :

— Regarde comme je ris. Tu vois à quel point j'ai envie de rire ? raillé-je. Je veux juste m'assurer que tout aille bien. Maman se ferait tout un film. Ça pourrait être une fausse alerte, une grossesse extra-utérine, des triplés.

— Extra quoi ? ricane-t-il. J'aurais pas dû parler de peau verte s'il y a un risque que tu aies été fécondée par un extraterrestre !

Ses tocs nerveux s'estompent un instant. Il glousse, sous les regards interrogatifs des autres patientes. Je lui souris :

— Tu as raison. J'aurais dû emmener maman.

Elles sont de moins en moins nombreuses à attendre leur tour. La pression monte. Je souffle pour mieux lui barrer le chemin et l'empêcher de me faire perdre mes moyens. Les murs jaunâtres de la salle me donnent la nausée, tout comme l'odeur de désinfectant qui imprègne les lieux.

En face de moi, une femme au ventre démesuré se passe les mains sur les hanches. Une autre, jeune – trop jeune – regarde ses pieds. Une femme de mon âge broie les doigts de son compagnon.

Des histoires, des attentes, des peurs, des regrets et des espoirs différents. Ici, tout se mélange, racontant l'étrangeté de la vie. Sur les murs, des posters d'informations sur la contraception se perdent au milieu de ceux exposant des ventres de femmes enceintes. Une affiche, discrète, parle d'avortement et de soutien psychologique.

Là où certaines luttent, d'autres célèbrent ou regrettent.

La main de mon frère saisit la mienne :

— Comment te sens-tu, Amande ?

— Bizarre…

— Tu l'as toujours été.

— Alors, bien plus encore…

L'arrière de ma tête appuyée contre le mur, je ferme les yeux. La bonne nouvelle, c'est que je sais pourquoi mon estomac me joue des tours et pourquoi les vertiges font désormais partie de mon quotidien.

Je suis enceinte et, par-dessus tout ça, je n'ai pas pris soin de moi, persuadée de ne mettre que ma personne en danger. J'ai peur. Sans le vouloir, je lui ai fait du mal. Je redoute un verdict sans appel, un embryon non viable, à retirer au plus vite. Peut-être en serais-je soulagée ?

— Madame Fleury ?

— Oui, c'est moi.

— Allons-y.

D'un geste bienveillant, la gynécologue m'invite dans son bureau. La main toujours dans celle de mon frère, je l'emmène de force avec moi, m'appuyant sur lui et abandonnant mes béquilles dans la salle d'attente.

Après avoir ouvert mon dossier dans son logiciel, la quadragénaire croise les bras et me demande, souriante :

— Que puis-je faire pour vous ?

Jouant avec une mèche de cheveux rebelle, j'annonce bêtement :

— Je suis enceinte.

Elle tapote alors sur son clavier :

— Test de grossesse ?

— Prise de sang.

Tremblante, je sors les résultats d'analyse de mon sac et les dépose sur son bureau, comme s'il s'agissait d'une grenade prête à exploser. Par-dessus ses lunettes, elle observe ces chiffres que j'avais eu bien trop peur de décoder.

— Eh bien dites-moi, elle n'est pas récente, cette grossesse, déclare-t-elle.

Bien sûr que ce n'est pas récent. Tu es mort le mois dernier, mon amour. Mes jambes tressaillent, je tente de les apaiser discrètement. Mes paumes posées sur les genoux, je respire calmement, incapable de relever le menton.

— Pas récente à quel point ? l'interroge mon frère.

Enfermée dans ma bulle et mes propres peurs, j'en ai oublié sa présence. Il prend la discussion en main et je l'en remercie par un sourire manquant cruellement de naturel.

— Ça, c'est une question à laquelle seule l'échographie peut répondre, explique la médecin. Si vous voulez bien me suivre, c'est par là.

Olivier, j'aimerais tellement que tu sois là. Cédric reste assis dans un coin de la salle pendant que je me déshabille.

Je me sens seule. Seule avec mes pensées qui vont trop vite et mes doutes qui prennent trop de place.

— Très bien. Allongez-vous. Je vous préviens, c'est froid et ça surprend, mais détendez-vous et tout se passera à merveille.

Elle m'invite à écarter les jambes. Peut-on m'expliquer pourquoi, dans les films, les femmes découvrent leur grossesse grâce à une télécommande qui se promène sur leur ventre, alors qu'elle s'apprête à m'introduire un bâton dans le vagin ?

Effectivement, c'est froid et désagréable. Comme si le contexte n'était pas assez malaisant et, pensant bien faire, elle ajoute :

— Est-ce que le papa souhaite nous rejoindre et vous tenir la main ?

La douleur me coupe la parole. Celle qui vient de me lancer dans le bas de l'abdomen tandis que la sonde y déambule, tout comme celle qui a surgi dans mon cœur endeuillé.

Mon esprit s'était rattaché à l'absurdité de la situation : moi, les jambes écartées sur deux étriers, avec mon frère à proximité. Mais lui et moi avions l'air d'un couple et je n'avais rien dit. J'avais fait l'autruche, pour ne pas affronter la réalité.

Le mot a été libéré : « papa ». Que tu le veuilles ou non, le voies ou non, que je le garde ou non, là, maintenant, tu es papa. *Et tu es donc maman…*

Cédric interrompt le flot de mes pensées. Les joues rosies par la gêne, il déclare à ma gynécologue :

— J'accepte de tenir la main de ma… grande sœur, mais il va falloir la couvrir davantage.

— Oh. Vraiment désolée. Venez plutôt de ce côté-ci, au niveau de sa tête et vous ne verrez rien d'inapproprié.

Sur l'écran noir et blanc, les ondes peinent à retranscrire une image précise. Les sourcils froncés du médecin témoignent de sa concentration.

Juste avant que les pixels ne prennent du sens, un son puissant, inexplicable, inoubliable nous paralyse, Cédric et moi.

Le cœur.

Le cœur du bébé. Tu l'entends de là-haut, mon amour ? Notre bébé. Tu ne peux que l'entendre. Il est assez fort pour traverser les nuages, assez fort pour remettre en cause mon avenir et venir ajouter de nouvelles questions par-dessus les doutes. Et pour commencer, une question bien stupide :

— Il est vivant ? bégayé-je.

Avant qu'elle ne puisse répondre, un autre bruit nous surprend toutes les deux. Cédric se mouche violemment.

— Ah non ! Ne me fais pas ça, frérot. Ravale tes larmes tout de suite ! (Je lui désigne l'image sur l'écran.) Ce n'est même pas un bébé, c'est un têtard !

La gynécologue intervient :

— Je vous assure, ce n'est pas un batracien, mais un beau fœtus. Laissez-lui le temps de grandir et de se former. Voyons voir… ajoute-t-elle alors qu'elle entame les mesures.

Nous restons silencieux. Et si je ne désire pas lui laisser le temps de se former ? Si je ne suis pas prête à l'assumer et à être maman sans toi ?

— 2,2 centimètres. Vous devez être à environ neuf semaines de grossesse, précise-t-elle. Ce qui voudrait dire que la conception aurait eu lieu autour du 15 décembre.

Je m'étrangle :

— Si loin que ça ?

Ignorant ma remarque au profit de sa concentration, elle vérifie sur un petit dépliant :

— Oui, c'est bien ça. Conception à la mi-décembre, accouchement vers le 4 septembre.

— Le 15 décembre ? Vous en êtes sûre ? répété-je, hébétée.

— À trois jours près.

*

Qu'a-t-on fait ce jour-là ? Nous devions être en pleins préparatifs de Noël. Mon cerveau tourne à vive allure à la recherche d'une explication logique, tandis que je verse à boire à mon frère. Il faut que je me raccroche à un souvenir pour concevoir l'inconcevable.

Si je suis enceinte depuis la fin de l'année dernière, j'ai donc passé les fêtes à boire de l'alcool avec un bébé dans le ventre ? Quant à la date d'accouchement, elle m'est déjà sortie de la tête. Elle m'importe peu. Ce qui m'importe est de savoir que ce bébé et toi avez vécu plus d'un mois ensemble.

Te doutais-tu de quelque chose ? Est-ce pour ça que tu as fui de la sorte ? Cédric ne te laisse pas le temps de répondre :

— Tu vas le garder ?

Je hausse les épaules et cache ma peur derrière une moue enfantine :

— Je ne sais pas…

Il reprend une gorgée de sa bière, sans doute pour effacer l'indélicatesse qui lui traîne au fond de la gorge…

— Tu as entendu ce qu'elle a dit ? Il ne te reste plus beaucoup de temps si tu veux t'en… débarrasser.

— Cédric ! protesté-je en m'asseyant à ses côtés autour de la table de la cuisine. Je ne suis pas en train de me demander si oui ou non je vends ma voiture !

— D'ailleurs, tu devrais peut-être. Si tu deviens maman, il va t'en falloir une plus grande. C'est que ça prend de la place ces petites bêtes-là.

Trop, c'est trop. Depuis que nous avons franchi le seuil de l'appartement, il me force à me projeter et à réfléchir à la situation alors que je n'ai qu'une envie : filer au lit.

— Qu'est-ce qui t'arrive, frangin ? C'est violent tout ça. Laisse-moi du temps pour m'y faire.

— Pardon, Amande. Je suis stressé.

Mon frère ? Stressé ? Lui qui part tête baissée affronter des flammes qui font trois fois sa taille ? Ce n'est tout de même pas un têtard à l'intérieur de mon ventre qui va tout chambouler.

Je lui lance un regard bienveillant :

— Et moi donc… Mets-toi un peu à ma place, s'il te plaît. Tu te rends compte de ce qu'il m'arrive et de la décision qui m'attend ?

Il pose sa bière, joue avec ses doigts, souffle et reprend :

— Je suis désolé que tu aies mal interprété mes propos. Je me suis dit qu'en te secouant les puces, en te mettant face à la réalité, tu trouverais peut-être la réponse plus rapidement. Pardon, Didine.

Je lui souris. Je la connais la réalité. Je n'ai nullement besoin qu'il me secoue. Je suis enceinte d'un bébé que j'ai désiré pendant des années. Son manque et son absence me tordaient le ventre et me faisaient t'en vouloir.

Et à présent, il est là quand il ne le faut pas et que je n'ai plus les épaules. Il est là et toi non. Comment accepter une vie sans toi et un enfant sans père ?

La course en bord de mer

— Tu n'as pas trop froid ? s'enquiert-il.

Je m'arrête, remonte le col de mon manteau et tire une nouvelle fois sur mon écharpe qui profite de la moindre rafale pour s'échapper.

— Non, ça va. Ne t'inquiète pas.

— Bien sûr que je m'inquiète…

Oliver saisit ma main dès qu'elle a fini de s'activer. Il est attentionné au possible. Il en a des choses à se faire pardonner. Enfin, surtout une. Toujours la même.

— Je suis désolé.

— Je sais.

Le fracas de la mer contre la roche accompagne notre escapade. Ce chahut berce nos silences et dépeint la blessure qui se cache derrière nos visages fermés.

Je me cramponne à sa main, à sa chaleur sur la mienne et à la douceur de sa peau. Je m'accroche à cette sensation que, malgré le sacrifice qu'il me demande, cet homme est fait pour moi. Il est bon pour moi. Hésitante, je l'interroge :

— Tu m'aimes ?

Il plonge ses yeux dans les miens. Ce n'est pas de l'amour qu'ils expriment, mais un épuisement, une lassitude teintée d'imploration.

— Oui. Je t'aime.

C'est la cinquième fois qu'il me le dit aujourd'hui mais, face à ses mots, je ne ressens plus rien. Il a accepté de m'accompagner dans l'espoir de regagner mon cœur. Tout ce qu'il risque de gagner, c'est un bon gros rhume.

Côte à côte, dans le froid de l'automne, nous reprenons la marche. Ses yeux plongent dans l'horizon et se plissent lorsqu'ils rencontrent le reflet du soleil sur les vagues.

Les miens surveillent tour à tour les siens et l'endroit où poser mes pieds. Pourtant, ce chemin côtier de la Manche, je le connais par cœur : de la plage de la Mondrée au fort du Cap Lévi. Je l'ai arpenté maintes fois, en passant par le port Pignot et le phare, dans un sens ou dans l'autre et par toutes les saisons.

Aujourd'hui, le granit rose me laisse de marbre et les appels du phare restent sans réponse. Seule la mer attire de temps en temps mon attention. La mer et lui.

La peine que je lui inflige se lit sur son visage, sur son front plissé et ses lèvres scellées. Elle n'est rien comparée à celle qui me parcourt le corps. Elle voyage entre mes tripes, mon cœur et mon cerveau, sans savoir où se poser.

Tantôt à vif, la blessure prend toute la place sous ma poitrine, puis elle se teinte de sagesse et se coince dans ma mémoire. Elle commence à y guérir, à cicatriser, mais l'injustice la réveille, la secoue. Elle fonce alors tout droit dans le bas de mon ventre et j'ai envie de crier. Sur lui et sur la terre entière.

Personne ne peut m'empêcher de vouloir être mère. Personne ne peut me priver de ce bonheur. Personne à part moi. Et en restant avec lui, c'est pourtant ce que je m'inflige.

Je lâche sa main. Il ne dit rien. De mes sautes d'humeur, de mes changements de cap, il a l'habitude.

Notre couple est construit sur ces drôles de fondations. Ce n'est pas le tout de tomber amoureux d'une artiste excentrique et sensible, il faut en assumer les conséquences.

Mon pas se veut plus pressant. Lui traîne des pieds et me laisse fuir librement. Dans le chemin, tout comme dans notre relation, nous nous éloignons l'un de l'autre.

Dans quelques jours, l'hiver sera là. Il balaiera les dernières fougères et mettra à l'abri les bestiaux. Il rendra les cols roulés à la mode et augmentera les ventes de paires de gants. Mais surtout, il forcera les fratries et les amoureux à passer du temps ensemble, bien au chaud, entre les murs de leur foyer.

En ce moment, notre foyer n'est fait que de braises sur lesquelles nous soufflons en vain pour ne pas qu'elles s'éteignent. J'aimerais connaître la joie des grands feux, des flammes qui dansent le cœur léger en voyant naître les plus petites. Je souhaiterais plus qu'un couple : une famille, sans devoir le quitter.

C'en est trop. Je craque. Je cours. Je crie. Le vent siffle dans mes oreilles. Les effluves se mélangent :

ceux de la mer et de la poussière, balayée par mon passage. Mon écharpe n'en fait qu'à sa tête et moi aussi.

Je ne sais pas ce que je cherche, je sais seulement que je ne contrôle plus rien. Fatigué par ces questionnements insensés qui me tiennent éveillée la nuit, mon corps a besoin d'agir, d'exprimer ce que mon cœur renferme. De mes foulées imprécises, je martèle le sol.

Mes cheveux me fouettent régulièrement le visage. Les poings serrés et les cuisses douloureuses, je longe le vide et la mer sans regarder derrière.

Au bout de quelques mètres, le cœur haletant, je m'arrête. Les mains sur les genoux, je tente de reprendre mon souffle.

Doucement, je relève la tête. En face de moi se dresse la maison de mes rêves. Celle que je contemple avec jalousie depuis des années. Vue sur le port et sur la mer, jardin bercé par les embruns, murs de pierres, tuiles orange en terre cuite. Elle brave les intempéries depuis des décennies avec dignité et tempérament, et alimente mes fantasmes depuis mon enfance.

Olivier m'a rejointe. Droit, le regard lourd de sens, il tente de cacher son essoufflement, les va-et-vient de son torse le trahissent. Il me tend la main :

— Ça va mieux ?

Entre deux reprises d'air, je murmure :

— Oui… (J'accepte sa main, comme si de rien n'était.)

— On rentre ?

*

Ce soir encore, l'appel de la chair est plus fort que l'épreuve que nous traversons. Contre lui, j'oublie tout : l'incertitude, le rêve qui s'éloigne, l'utérus qui crie famine et voudrait être rempli.

Le lit se défait sous la passion de nos ébats. Ses mains effleurent ma peau et la couette glisse sur le sol. Les oreillers nous dérangent et sont chassés l'un après l'autre. Puis mes ongles s'accrochent à son torse, mes yeux se plissent, ma voix susurre que c'est bon de le retrouver.

Il me murmure qu'il m'aime et à cet instant, je le crois. À cet instant, je le sens. Je me cramponne à ce sentiment, celui qui me confirme que je suis à ma place contre lui et je lâche prise.

Après l'orgasme viennent souvent les larmes. Ce soir, elles devront attendre. Avant de lui en vouloir, avant de lui reprocher ce rapport sans aucune chance d'avoir un enfant, je l'aime. J'ai besoin de l'aimer. Si fort que tout le reste n'importe plus.

Je l'aime, en souffrance, mais je l'aime.

Le 23 février 2019 (11 h 30)

« À trois jours près », m'a dit la gynécologue.

Lors de cette balade, nous étions le 13 décembre. Tu m'as fait un enfant, mon amour, à quelques jours de Noël. Sans cette crise et sans cette envie de se retrouver, je n'aurais pas aujourd'hui à prendre cette décision. Peux-tu au moins m'y aider ? Qu'en penses-tu ? Je le garde ? M'en délivre ? Je le subis ? Aide-moi !

Rien n'arrive par hasard, ma chérie. C'est tout ce que je peux te dire. Et tu le sais depuis le temps.

Je sais également que la vie nous teste, qu'elle nous tend parfois des perches qu'il faut savoir refuser pour rester dans le droit chemin. *Quel droit chemin ? Qu'est-ce qui t'attend, désormais ?* Tu as un sacré culot de me poser cette question ! C'est toi qui as rendu l'itinéraire sans issue.

Je n'ai plus la force de continuer cette réflexion. J'ai besoin de te voir, Olivier. Tu t'effaces. La nuit dernière, ton absence est venue me frapper en plein sommeil. La moitié du lit inoccupé, la lumière encore allumée sans personne pour s'en plaindre, et ton parfum qui ne se mêle plus au mien.

Dans ton vieux sweat, j'ai erré, de pièce en pièce, à la recherche de ton souvenir. Les mains posées sur mes propres épaules, j'ai respiré profondément, t'imaginant à mes côtés ; rien n'y a fait. Il me faut autre chose, quelque chose de tangible. Reviens, s'il te plaît. *Tu sais ce qu'il te reste à faire…* Oui, je sais.

J'attrape mon ordinateur et y ouvre ma boîte mail.

Madame Sylvie Legrand,

Comme vous le savez sans doute, la visite de Mathilde a été brutalement interrompue et il me semble qu'elle n'avait pas fini de prendre les mesures de certains meubles. C'est donc par souci d'honnêteté et de bonne foi (ça lui rappellera ses propos…) *que je désire lui proposer de revenir dès aujourd'hui, pour terminer sa mission. Je serai présente dans l'appartement et prête à la recevoir* (elle et ses yeux noisette) *entre 15 heures et 19 heures.*

Bien cordialement (tout ça, tout ça),

Amandine Fleury
(l'ex-future madame Roche, la seule et unique)

*

Mes mains sur mon ventre, j'étudie sa circonférence. Est-ce que cela se voit ? Une bosse, infime, nouvelle, m'empêche de fermer grand nombre de mes pantalons. Est-ce que le regard noir de Mathilde aura la capacité de percer mon secret ? Je prie pour que la réponse à cette question soit négative et vais tester cette théorie sur mes parents ce midi.

Le miroir me renvoie mon reflet maladif : pâle, les cernes profonds, les joues creusées, les cheveux de plus en plus secs et frisés. L'image de la femme enceinte rayonnante, épanouie, ce n'est apparemment pas pour moi.

L'appétit me fuit toujours comme la peste, tandis que les nausées me collent aux basques. Les quelques fringales s'en vont aussi vite qu'elles arrivent.

Malgré le froid de l'hiver, je ressors une jupe d'été, celle dont l'élastique accepte encore de faire le tour de mon bassin. De vieux collants en laine, étirés au maximum, complètent ma tenue.

Je suis habituée à déambuler avec une bottine au pied droit et une chaussette sous l'attelle au pied gauche, mais j'avoue avoir hâte de voir la tête que feront mes parents devant cet accoutrement.

Bientôt, ils sauront la vérité. Leur inquiétude, face à leur fille de plus en plus pâlotte, obtiendra enfin des réponses. Bientôt, mais pas aujourd'hui. Il me reste deux petites semaines pour prendre ma décision. Après quoi, il me faudra quitter la France si je souhaite me défaire de… De quoi ? De l'embryon ? De notre bébé ? De ce futur ? De ma dernière chance de nous voir vivre encore un peu ?

J'attrape mon manteau, qui ferme toujours, par chance, et pars les rejoindre, non sans coller un faux sourire au creux de mes joues pour ne pas les effrayer.

L'hiver nous rosit le nez et le vent ébranle nos coiffures. Dans la rue piétonne, les pigeons nous libèrent le passage, dérangés dans leur promenade par le bruit des béquilles sur le pavé. Plus que quelques jours avant d'être débarrassée de mes jambes numéro trois et quatre.

Ma mère secoue la tête à chaque fois qu'elle pose les yeux sur moi. Mon père, quant à lui, a le sourire. Il est même fier comme un paon. Un bras par-dessous le mien, je le soupçonne de nous imaginer marchant tous les deux dans l'allée d'une église. Mais la mariée boite, une chaussette rose en guise de soulier de verre. Son bras me dérange plus qu'autre chose et m'empêche de contrôler mes béquilles correctement. Je le laisse faire et ne peux lui reprocher de vouloir prendre soin de sa fille.

Je ne suis pas dupe. Leur envie d'un séjour express dans le Cotentin n'a rien à voir avec la beauté des paysages, mais une belle excuse pour garder un œil sur leur fille et son état.

— On tente le Ty-Billic ? propose ma mère.

— La crêperie rouge ? Pourquoi pas. Ça fait longtemps, s'enthousiasme mon père.

— Non !

L'objection a quitté ma bouche avec bien plus de ferveur que je ne l'ai voulu. Ma mère s'arrête net.

— Tout va bien, Amande ?

— Oui, c'est juste que j'y suis allée jeudi soir avec Rose-Marie. Je préférerais autre chose, mens-je.

La crêperie en famille, je connais. Au menu : crêpe pommes de terre-lardons et bolées de cidre, dont je raffole d'ordinaire. J'imagine déjà la moue interrogatrice de ma mère lorsque sa fille ne suivra pas la tradition familiale et refusera d'accompagner son assiette par une boisson qu'elle adore.

Ailleurs. Faites qu'ils acceptent d'aller ailleurs.

— J'ai envie d'un burger, pas vous ? tenté-je en toute innocence.

Mon père prend sa voix la plus douce, celle qu'il réserve à Tom et Maxime, ses petits-enfants :

— Ça te ferait plaisir ?

Assise au restaurant Le Yalta, en face d'un monstre dégoulinant de ketchup dont même les rondelles d'oignons aspirent à s'échapper, je regrette ma décision.

L'odeur de friture me chatouille les narines et ferme les portes de mon estomac. Les yeux de ma mère, rivés sur moi, me confirment que ce n'était pas l'idée du siècle :

— Bah alors, ça ne te fait plus envie, maintenant ?

— Si, si… Je prends seulement mon temps. Je savoure cet instant avec vous.

Un coup de pied sous la table à mon père pour attirer son attention et elle l'interroge, la voix emplie de doute :

— Tu y crois, toi, à cette histoire de « savourer l'instant » ?

Le menton sur la poitrine, je plante la fourchette dans une feuille de salade et la fais danser sur le rebord de l'assiette telle une patineuse artistique en plein entraînement.

— Si elle le dit, rétorque mon père.

Il déchiquette un morceau de son dessous de verre tandis que le commissaire Ma-mère, les sourcils froncés, continue de le prendre à partie :

— Tu parles ! Elle nous cache quelque chose, je la connais comme si je l'avais faite.

— Tu l'as faite…

— Et pas toute seule ! peste-t-elle en tapant du poing sur la table, indifférente aux têtes curieuses qui se tournent vers nous. Il serait temps que tu t'occupes de ta fille au lieu de te contenter de dire que ça ira mieux un jour et qu'il faut la laisser respirer.

La bouche désormais pleine et l'air surpris, mon père mâche le plus vite possible pour lui répondre, mais trop tard. Son temps de parole est écoulé.

— Je te le dis, quelque chose ne va pas. Quelque chose de bien plus gros que le deuil.

— Ce burger ?

Ma tentative d'humour et de diversion est un échec. J'ai pour seule réaction le regard attendri de mon père. Ses yeux s'excusent encore une fois de la maladresse de ma mère.

Je profite de son attention pour engloutir ma première bouchée en souriant et ainsi le rassurer. Je garde pour moi la sensation de brûlure qui s'empare aussitôt de mon estomac. Ce dernier a faim, il me met en garde. Mais il souhaite également se débarrasser du morceau de viande qu'il vient à peine de recevoir.

Détends-toi, respire. Ne pense pas aux nausées et tout se passera bien. Me détendre ? Tu me demandes de me détendre alors que ma mère se doute de quelque chose ?

Je ne suis pas prête à ce qu'elle découvre mon secret, pas prête à avouer à haute voix que ma vie est gâchée, que je n'ai plus qu'à me rouler en boule et me jeter au fond d'un trou. *Tu exagères... Le seul au fond du trou, c'est...* Toi! Oui, je sais, mais tout ne tourne pas autour de toi. Et c'est la vérité. Quoi que je décide, seule la tristesse m'attend: avoir un enfant, qui me rappellera ton absence tous les jours, ou ne pas l'avoir et me questionner éternellement sur mon choix. Merci du cadeau!

— J'ai lu un article sur les troubles alimentaires récemment. Les symptômes concordent. C'est de l'anorexie, continue ma mère.

— Ma fille? Grande amatrice de tes roses des sables et qui vient de nous demander d'aller au Yalta pour un burger serait anorexique?

Le dos bien droit, les yeux plissés, ma mère ne se démonte pas:

— Crois-moi. Je connais bien le sujet. L'amie d'une des sœurs de la meilleure amie de la fille d'une collègue en est atteinte. Tu verrais sa pauvre mère, elle aurait perdu vingt kilos elle aussi, juste par inquiétude.

— Et si c'était le cas, tu penses que le mentionner au beau milieu d'un repas au restaurant l'aiderait?

Sourde à cette remarque, elle continue sa plaidoirie, contemplant le port de l'autre côté de la vitre:

— Il faut qu'elle rentre avec nous!

— D'accord, murmure-t-il.

Mon père passe en mode automatique, comme je l'ai vu faire si souvent durant ma tendre enfance. Je souris et observe ce dialogue à sens unique.

— Elle sera mieux à la maison, dans un cocon rassurant. On va la chouchouter, Michel.

— Bien sûr.

— Il faudra débarrasser sa chambre et racheter de jolis draps, plus modernes. Pourquoi pas quelques plantes !

— Tout à fait.

Il fait profil bas tandis que le cerveau de ma mère est en pleine réflexion. Plus rien n'existe pour elle. Rien, sauf ses peurs. Pour s'en défaire, elle n'a qu'une seule solution : agir. Peut-être est-ce là l'origine de mon impulsivité ? *Je te l'ai toujours dit. Tu lui ressembles plus que tu ne le penses.* Mais elle, elle organise, planifie et ordonne, là où je fonce sans réfléchir.

— Le temps de reposer sa cheville et retrouver l'appétit.

— Parfait.

— Personne ne résiste à mon coq au vin et mes salades de fruits ! Je pourrais aussi l'encourager à reprendre la peinture. On irait faire du shopping toutes les deux.

— Bonne idée !

Les plans continuent sans moi. Mon gourmand de père en profite pour mâcher, heureux, son hamburger végétarien supplément viande.

J'attaque avec dégoût le quartier de tomate solitaire. La salade de fruits de ma mère en tête, je salive. Des fruits, de délicieux fruits juteux et sucrés. Des pommes, des cerises, une clémentine, un kiwi. Un kiwi ! Mon ventre se tord, il me faut un kiwi. Le besoin devient vital et me pousse à me lever.

— Où vas-tu ? s'inquiète ma mère, de retour dans la réalité.

— Aux toilettes !

J'attrape mes béquilles et, dans la seconde salle du restaurant, à l'abri des oreilles de mes parents, agrippe le premier serveur qui passe.

— Vous avez des fruits ? Il me faut un fruit !

La frénésie et l'intensité de ma voix me terrifient, je ne maîtrise plus rien. Le regard hébété de l'employé m'effraie davantage que cette perte de contrôle.

Qu'est-ce qu'il attend pour me répondre ? Le doute aux lèvres, il m'adresse enfin la parole :

— Vous désirez la carte des desserts ?

Complètement inutile celui-là. Un autre me frôle. Sans parvenir à maîtriser mon geste, je l'arrête net. Un bruit fracassant, des sursauts, des éclats de voix et des bris de verre se font entendre. Ma main, encore sur sa manche, est jugée coupable.

Le premier serveur se précipite au sol pour ramasser les olives, quelques cacahuètes et les plus gros débris. Le second retire brusquement ma main de son bras, pose son plateau désormais vide et, les dents serrés, entre politesse et agacement, il m'interroge :

— Vous allez bien, madame ?

La honte ne m'empêchera nullement d'accomplir ma mission. Les joues rouges, les deux paumes contre le bas de ce ventre qui me rend folle, je me justifie, les larmes aux yeux et la voix tremblante :

— Non, ça ne va pas… J'ai besoin d'un fruit, un kiwi idéalement.

Le visage fermé devant ce qu'il considère comme un caprice, il attend la suite, la phrase qui légitimera ce besoin vital, la logique derrière mon égoïsme.

— Vous voyez, je suis… Je suis…

Je suis quoi ? Folle ? Perdue ? Enceinte ?

— Je suis diabétique…

Son expression se transforme. Sa bienveillance s'affiche au grand jour. Il me prend par le bras et m'invite à m'asseoir :

— Ne bougez pas, nous allons vous chercher quelque chose !

Il me sourit, de ce beau sourire qu'on a dû lui enseigner à l'école hôtelière, un sourire qui vous fait croire que dans les prochaines secondes, il ira vous décrocher la lune. Il interpelle une collègue :

— Clémentine ? Madame ne se sent pas bien. Peux-tu aller lui chercher un fruit et un biscuit en cuisine, s'il te plaît ? Elle est diabétique.

Des pas se précipitent et, la main sur le cœur, ma mère s'exclame :

— Ma fille ? Diabétique ?

Et mince !

Le 23 février 2019 (14 h 45)

Après m'avoir bordée et embrassé le front, ma mère accepte, enfin, de quitter l'appartement. J'imagine déjà le programme de son après-midi : profiter du trajet jusqu'à leur gîte pour harceler son moteur de recherche à propos du diabète de type 2 et contacter son médecin sur son numéro personnel dès leur retour, demain, à Flers.

Je sais. J'ai menti. C'est mal. La culpabilité, en pensant à ces gens réellement malades, se cogne à répétition dans un coin sombre de mon cerveau. Juré craché, dès que j'aurai pris ma décision, elle saura la vérité.

En attendant, je lui ai promis une sieste pour me remettre de mes émotions et me suis bien gardée de lui avouer qu'à peine la porte d'entrée claquée, j'allais me relever pour me préparer à recevoir la visite de ta fille. J'ai hâte, mon amour. Cette impatience me fait presque oublier mon envie de kiwis, presque…

Rien n'est prêt. J'aurais dû finaliser les cartons, débarrasser les tiroirs et dépoussiérer les meubles. Mais la nuit, lorsque ton deuil me prive de sommeil, je retouche des photos, je monte des albums et prends de l'avance sur la comptabilité.

Alors, le jour, les cernes creusés et l'estomac brouillon, je me repose. *Tu veux surtout faire durer le plaisir…* Quel plaisir ? *Celui de passer du temps avec Mathilde.* Peut-être. Il s'agit de sa dernière visite, avant que cette partie de toi me quitte et retourne auprès de ta famille, de ta femme. *Hum, hum…* Ton ex-femme, pardon. Même mort, tu ne vas pas me lâcher là-dessus ! *Non…*

Olivier, merci. *De quoi ?* D'être toujours là. *Je suis là dès que tu penses à moi.* Et je pense à toi encore plus en attendant ta fille.

Les mains dans les poches, le sac sur le dos, Mathilde rentre dans l'appartement. Son front plissé, avant même qu'elle m'adresse la parole, témoigne de sa joie d'être de retour. Le regard planté au sol, elle m'en refuse l'accès.

Je brise le silence, qui pèse aussi lourd que le secret que je porte au creux de mon ventre.

— Je te laisse accrocher tes affaires.

Un grognement pour réponse et la voilà qui abandonne son sac et son manteau sur le sol avant d'entreprendre les cent pas dans le salon, carnet en main.

Malgré mon crime prémédité, je me justifie innocemment :

— Désolée pour le bazar, je n'ai pas eu le temps de tout finir comme prévu avant ta venue.

Un second grognement s'accompagne d'un discret coup de pied dans un carton vide. Je continue le monologue, le plus calmement possible, pour ne pas m'attirer ses foudres. Je ne sais pas quand je la reverrai et si je la reverrai, alors je profite de l'instant et de ce petit bout de toi en colère qui se balade dans l'appartement.

— Avec ma cheville, tu sais, ce n'est pas facile. Mais avec ton aide, on devrait avoir fini d'ici quelques heures.

Elle relève la tête :

— Quelques heures ?

Le ton glacial de sa voix n'est rien comparé à ce qu'exprime son regard. Je me plonge longuement dedans à la recherche du tien, en vain. Celui-ci m'envoie tout droit en Antarctique, au milieu des glaçons. Ce qui me gèle le cœur, c'est d'apercevoir les flocons prêts à dévaler la pente et recouvrir ses joues.

Sans prévenir, et à ma grande surprise, elle lâche son carnet et se laisse tomber sur le sol, le dos appuyé contre le buffet, la tête entre les mains. Elle me prive à nouveau de tes yeux. J'aimerais tant être là pour elle, mais ne sais pas comment. Elle ne peut même pas me voir en peinture… Peinture !

Je file dans notre chambre en clopinant et en reviens un paquet en main. Ta fille n'a pas bougé. Je n'ai toujours pas les mots, mais j'ai ça :

— Tiens, c'est pour toi.

— Je n'en veux pas… déclare-t-elle, sans même relever le menton.

La phrase siffle entre les dents serrées de la boule de nerfs qui squatte mon sol. Elle souffre. J'oublie mon besoin de la voir seulement pour ses yeux. Je me détache de ma propre peine, mon propre deuil, et plonge dans le sien.

J'inspire et rejette ton image qui m'empêche de voir plus loin que le bout de mon nez. J'expire et me mets à la place de cette jeune femme qui se construira sans père. J'inspire et les larmes me piquent les yeux. Je lutte pour qu'elles ne s'en échappent pas. J'expire et habille ma voix d'une douceur maternelle toute neuve :

— Ne t'inquiète pas, Mathilde. Tu changeras d'avis dès que tu auras découvert ce qui se cache derrière le papier kraft.

— Je n'en veux pas, je t'ai dit !

C'est fou comme le tutoiement chez elle n'est pas preuve de sympathie. Elle a le droit. Elle a le droit d'être en colère. Elle se le doit. Si cela l'aide à mieux vivre ta disparition, j'accepte d'en faire les frais.

— Ça aurait fait plaisir à ton père que tu l'aies.

Silence. Je pose le paquet contre le pied du luminaire. Je meurs d'envie de m'asseoir et de quitter le mode flamant rose, mais n'ose plus bouger en attendant un mot, une réaction de sa part.

Au bout de quelques secondes, Mathilde se lève, essuie ses yeux d'un revers de manche et reprend son calepin. Les joues rouges, le dos bien droit, elle se plonge à nouveau dans son rôle.

— Où est sa collection de DVD de *James Bond* ?

— Tu as le droit de craquer, tu sais ?

— Il me faudrait son costume de marié, également.

— Mathilde…

— Et son échiquier.

Comment fait-elle ? Ce n'est pas sain. Elle a besoin d'aide. *Et ce n'est pas ton rôle.* Pourquoi pas ? *Tu as bien trop à gérer...* C'est ta fille. *Fais attention à ta main, ma chérie, tu vas révéler notre secret.*

Mes doigts se sont mis à caresser le bas de mon ventre sans prévenir. Pardon, Olivier. Fichues hormones. Heureusement que tu es là. Façon de parler... J'emprisonne mes mains dans mes poches pour éviter une nouvelle bourde et reporte mon intérêt sur l'agent assermenté qui continue ses explications :

— Maman est d'accord pour vous laisser le nouveau cadre de lit. Elle veut savoir si vous avez vu la montre qu'elle lui avait offerte.

— Non, pas pour le moment. Je vais garder un œil ouvert, ne t'inquiète pas.

— Je ne m'inquiète pas et j'en prends bonne note.

Elle passe un doigt sur le dessus du buffet et soupire devant les grains de poussière qui restent collés à sa peau. Je n'ai pas besoin de son jugement. Je connais l'état de l'appartement. J'ai autant envie de prendre soin de lui que de moi ! Il est temps de couper court à son inspection :

— Tiens, pendant que je vais te chercher le costume et l'échiquier, tu peux commencer à emballer sa collection de verres à bière. En bas du buffet, porte de droite, et papier bulle coincé derrière le canapé. Je viderai le reste du buffet juste après.

Non sans râler, elle s'attelle à la tâche. Avant de m'occuper de la mienne, il faut que je détende l'atmosphère. Après tout, nous allons passer l'après-midi ensemble.

— Ça te dérange si je mets un peu de musique ?
— Faites comme chez vous…

Assise par terre au milieu des cartons, je me déhanche comme je peux sur du Céline Dion. Ma danse consiste principalement à lever les bras en l'air, me dandiner d'une fesse à l'autre et chanter dans une télécommande, au grand dam de ta fille.

Ce qui ne devait servir qu'à combler nos silences et alléger le climat est en train de me réapprendre à profiter des petits bonheurs de la vie. J'avais oublié l'effet de la musique sur moi et n'avais pas lancé de playlist depuis ta mort, mon amour.

Ta mort. La culpabilité me saute à la gorge et stoppe net mes mouvements. J'ai l'impression de cicatriser trop vite. *Tu ne faisais que danser*. C'est comme ça que ça commence. *Ce n'est peut-être pas une mauvaise chose.*

Ta fille pose un regard inquiet sur moi :
— Vous allez bien ?
— Oui, pourquoi ?
— Y a quelques secondes vous rejouiez la finale de « Danse avec les stars » et, d'un coup, on est passées sur Arte…
— Et tu préfères quoi ?

Non mais je rêve ou c'est un sourire qui vient de fendre son visage ? *Ne lui fais pas la remarque…* Je sais, elle retournerait illico dans sa bulle. Je commence à comprendre ses mécanismes.

Elle ignore ma question et répond par un ordre :
— C'est moi qui choisis le prochain morceau !

L'après-midi s'est étiré discrètement. De mon côté, la faim se fait sentir. Mathilde, absorbée par son rôle de DJ et de déménageur du dimanche, a laissé tomber de nombreuses barrières. Nos mots se font rares, nos regards timides, mais ses doigts de pied battent régulièrement la mesure et ses sourcils n'écrasent plus ses paupières.

La musique a assaini l'air plus efficacement que n'importe quel spray désodorisant. Et, au milieu des tubes des années 2010, dont j'ignorais l'existence de la moitié, nous avons terminé le tri, les cartons et le dépoussiérage des meubles.

Tout est prêt pour le déménagement. Ta fille n'a plus rien à faire ici et je n'ai aucune envie qu'elle me quitte. Elle ne reviendra pas, elle me l'a annoncé. Elle ne fera pas partie de la prochaine et dernière opération. Alors, j'ose :

— Ça te dit d'aller marcher un peu ?

Ses sourcils blonds ont repris leur position des jours d'orage, mais n'expriment aucune colère. À la place, ils dessinent un énorme point d'interrogation.

— Pourquoi ?

Je cherche mes mots, un instant :

— On a passé l'après-midi accroupies. Ça nous ferait du bien de nous dégourdir les jambes.

— Et honnêtement, pourquoi ? insiste-t-elle.

Pour profiter d'elle, pour ne pas dire au revoir à ses yeux, pour ne pas me retrouver seule au milieu des cartons, pour ne pas être rattrapée par mes pensées et cette décision qui m'attend. Pour toutes ces raisons que je ne peux lui avouer et non pour celle que je lui offre :

— Pour acheter des kiwis…

Une main porte mes béquilles, l'autre danse dans le vent, profitant de cette drôle d'habitude qui remonte à l'enfance. Là où certains sucent leur pouce, mâchouillent une tétine, serrent fort leur doudou, je plongeais ma main dans les éléments. Les rafales battaient la mesure, les brises chorégraphiaient les figures. Entre les murs de ma maison, ou lorsque l'air se faisait trop calme, je tournais sur moi-même pour recréer la même sensation.

À mes côtés, Mathilde réceptionne les sacs que le marchand de fruits et légumes lui tend. À deux, nous l'avons dévalisé avant la fermeture. Nous quittons en silence la place du Théâtre en direction de l'appartement. Nos pas nous emmènent dans la rue piétonne, au son des béquilles sur les pavés.

Une fois devant la porte de l'immeuble, nous répartissons nos achats : clémentines, carottes et citrons pour elle, pommes, poires, pamplemousses, endives et kiwis pour moi. J'en salive déjà.

Tandis que Mathilde me tend ma part du butin, un vertige me saisit. Il est stoppé net par la voix agacée de cette dernière :

— Ah non, ça ne va pas recommencer !

Je me redresse et sens son bras dans mon dos. La rue ne tourne plus. J'ai honte et m'inquiète pour le fœtus. Je lutte de toutes mes forces pour ne pas plaquer mes mains sur mon ventre et révéler mon secret. Je ravale mes larmes et leur demande au passage de noyer ma peur : celle de perdre quelque chose que je ne suis pas certaine de vouloir. À force de ne pas prendre soin de moi, la décision risque d'être prise à ma place.

La douleur s'estompe. Mathilde récupère son bras :

— Vous allez mieux ?

J'affiche un sourire aussi franc qu'une promesse politique en début de campagne.

— Oui, ne t'inquiète pas.

Sur la défensive, elle recule d'un pas :

— Je ne m'inquiète pas !

Les traits de son visage racontent l'inverse de ses mots. J'attrape maladroitement le lourd sac qu'elle a déposé à mes pieds puis plonge mes yeux dans les siens. On dit qu'ils sont une fenêtre sur l'âme alors je me concentre pour qu'elle y lise à quel point tu me manques et à quel point j'ai besoin d'elle, avant de lui proposer :

— Tu veux remonter deux minutes ?

— Non, merci.

La froideur de ses mots tranche avec ce que je désire retenir de cet après-midi. Je lui souris.

— Au revoir, Mathilde, je te souhaite une bonne soirée.

Ses doigts jouent dans ses cheveux et y glissent délicatement quelques instants avant d'attraper avec détermination les poignées de ses sacs :

— Bon bah, au revoir.

— Et si tu changes d'avis pour la surprise, voici mon numéro. N'hésite pas.

Innocemment, je dépose ma carte de visite au milieu des carottes : AMANDINE FLEURY, PHOTOGRAPHE DE FAMILLES ET DE VOS ÉVÉNEMENTS.

Sans dire un mot, Mathilde s'éloigne, tes yeux noisette aussi. Ça va aller. Ma respiration s'accélère, mais ça va aller. Au bout de la rue, ta fille disparaît et emporte avec elle une part de mon énergie. Au moins, moi je peux toujours la voir en peinture…

Le portrait de famille

— C'est pas toi qui vas m'apprendre à tenir mes pinceaux quand même !

— Je te dis juste de faire attention à ne pas dépasser, explique Olivier avec malice. Après, je n'y connais rien.

— Tu n'y connais rien, mais tu te permets de faire des réflexions…

Il me serre dans ses bras :

— Oui, c'est pas drôle sinon. Fais une pause, Mandine. Je vais te faire chauffer de l'eau et tu nous rejoins dans cinq minutes, OK ?

— D'accord, le temps de ranger mes affaires et j'arrive.

Olivier quitte l'atelier en prenant bien soin de baisser la tête pour éviter la poutre. Discrètement, je le regarde partir en direction de la maison de mes parents ; toutes les occasions sont bonnes pour lui mater le derrière.

Qu'est-ce que je ne ferais pas pour lui ? J'ai toujours été nulle en portrait. Pour moi, les portraits se capturent avec un appareil photo à la main. La peinture, c'est pour se défouler, mélanger des couleurs, faire danser les pinceaux et créer sans réfléchir. Mais lorsqu'il m'a demandé de reproduire ce portrait de lui et sa fille, je n'ai pas eu le cœur à briser le sien.

Un jour, quand il sera prêt, il lui offrira, je le sais. Sa façon à lui de nous présenter, de me permettre d'entrer petit à petit dans sa famille. Il me faut donc être à la hauteur.

Je décroche la photographie du haut du chevalet et y passe le doigt sur le visage d'Olivier. Il resplendit, une blondinette aux yeux noisette sur les genoux. Leur complicité luit dans leurs prunelles qui pétillent et une bienveillance sans limites émane de la posture de ce jeune papa, les bras enroulés autour de sa protégée. À l'époque, ses cheveux étaient plus poivre que sel et ses sourcils épargnés par l'assaisonnement. Ils sont beaux tous les deux et ce rôle lui va à merveille.

Demain, une fois rentrés chez nous, je lui demanderai un enfant. J'ai hâte. Mais pour le moment, j'essuie en vitesse mes pinceaux : je ne voudrais pas le laisser trop longtemps seul avec mes parents.

Les mots impatients de ma mère me parviennent aux oreilles alors que je traverse le couloir :

— Qu'est-ce qu'elle fait encore ?

Mon père me frôle et, les bras en croix, je lui fais signe que je ne suis pas là, curieuse de savoir comment Olivier va s'en sortir. Je me tapis dans l'ombre pour mieux les observer.

— Veuillez excuser votre fille, Chantal. Elle ne devrait pas tarder. Savez-vous qu'elle me prépare le plus beau des cadeaux ?

Tandis que mon père dépose la bouilloire et la boîte de thé sur la table basse, ma mère se redresse dans son fauteuil, un brin d'hystérie dans la voix.

— Un enfant ?

Mon père lève les yeux au ciel puis m'envoie un clin d'œil.

— Euh non… Un portrait.

Déçue, elle se rassoit. Olivier, quant à lui, ne bronche pas, les coudes sur les genoux, il sourit continuellement à ma mère qui a décidé qu'il était bien trop tôt pour lui rendre la pareille.

— Ah, se contente-t-elle de répondre.

— De ma fille et moi.

Silence. Je choisis ce moment pour faire mon entrée :

— Bon alors, on la goûte cette tarte ?

— Et vous avez deux enfants, c'est ça ? poursuit ma mère, imperturbable.

— Tout à fait.

— Et vous en voulez d'autres ?

— Maman ! interviens-je avec véhémence.

— Chantal ! ajoute la voix de mon père.

— Ben quoi, si on ne peut plus s'intéresser à son gendre, maintenant…

Elle inspecte ses ongles avec minutie, ignorant le malaise qui règne dans la pièce par sa faute. Je m'installe à côté d'Olivier et chuchote :

— Demain, mon amour ?

Il me prend dans ses bras, plonge dans ma nuque et ma chevelure et trouve mon oreille :

— Quoi, demain, ma chérie ?

— Les enfants… précisé-je. On en parle demain ?

Son étreinte se desserre, mais je tente de l'ignorer et continue ma phrase, le plus naturellement du monde :

— S'il te plaît ?

LE 27 FÉVRIER 2019

— Merci Annick. Sans vous, je n'aurais pas survécu à cette journée.

Seule ta mère est venue, accompagnée des déménageurs. Bien que frustrée de ne pas avoir pu rencontrer Sylvie ni revoir ta fille, j'ai apprécié l'avoir à mes côtés.

Elle en a profité pour me questionner sur ta vie avec moi : tes habitudes, tes petits plaisirs. J'aurais pu mal le prendre, mais elle avait besoin de rattraper le temps à sa manière, de comprendre celui que tu étais devenu après ton divorce. Et ça, je suis la seule à le savoir. Elle s'est excusée de t'avoir reproché de ne pas avoir lutté pour sauver ta famille. J'espère que tu l'as entendue.

Annick me présente sa main et, naturellement, je la saisis. Par-dessus mon épaule, elle jette un coup d'œil au salon. La pièce est presque vide, tout comme ma jauge d'énergie et ma boîte à projets.

— Ça va aller ? se préoccupe-t-elle.

Elle incarne la bonté. Je suis ravie d'avoir passé quelques heures avec celle qui t'a transmis cette qualité.

— Oui, ne vous inquiétez pas. Je vais bientôt reprendre le travail. Ça va m'aider à penser à autre chose.

— Si vous avez besoin de quoi que ce soit, n'hésitez pas. Je vous ai laissé mon numéro sur la table de la cuisine.

Elle ouvre ses bras et timidement me questionne :

— Je peux ?

Je m'y glisse et profite de sa douceur, de ce soutien qu'elle m'offre sans jugement. Tu étais entourée de femmes fortes, mon amour. Annick vient de perdre son fils, quelques années après son mari, et prend le temps de s'assurer que tout le monde va bien autour d'elle. Peut-être est-ce là son moyen à elle de mieux vivre le deuil ? Un chuchotement me sort de mes pensées et me serre le cœur :

— Merci de l'avoir aimé…

Je ne dis mot et pleure. La triste vérité gravite dans mes pensées : j'aurais dû t'aimer davantage. Profiter au lieu de me plaindre. Comprendre au lieu de blâmer. Mes envies, mes colères et mon impatience t'ont fragilisé. *Je t'aimais pour cela, pour cette fougue qui bouleversait notre quotidien. Ne te reproche rien, s'il te plaît. Chaque jour à tes côtés était une aventure, une belle aventure.* Tais-toi. Tu mens. Tu aurais été plus heureux avec une femme de ton âge qui ne t'aurait pas sollicité autant ni demandé d'enfants.

Je serre les dents pour que les mots ne s'échappent pas à haute voix puis libère ta maman.

— Prenez soin de vous, Annick.

— Vous aussi, Amandine.

*

Je tourne et me retourne dans le lit. Morphée n'est jamais venu, les heures se sont écoulées sans lui. Et le soleil s'est couché sans moi. La culpabilité pèse lourd sur mes épaules déjà affaiblies par ces dernières semaines. Notre différence d'âge ne m'a jamais dérangée jusque-là. Ce soir, je la tiens responsable de ton départ. Je suis trop jeune pour perdre l'homme que j'aime.

Je me lève. Ça ne sert à rien d'insister, le sommeil ne veut pas de moi. Le bas de mon ventre se serre et une douleur s'y loge quelques secondes. Ce n'est pas comme ça que tu vas m'amadouer, petit fœtus. C'est de tranquillité dont mon corps aurait besoin.

Mes pas me traînent, boiteuse, jusqu'à la fenêtre du salon. La ville dort. Pourtant, des vitrines éclairent les pavés de la rue piétonne. Certaines affichent encore clairement leurs décorations de la Saint-Valentin. Ridicule. *Jalouse...* Fais attention à toi, je ne suis vraiment pas d'humeur cette nuit.

Je quitte la fenêtre, m'appuie sur le mur qui sépare le salon de la cuisine et me laisse tomber lourdement au sol. Un portemanteau, la télé et son meuble, un luminaire et deux trois cartons de mes affaires qui n'ont plus de tiroirs dans lesquels être rangées. Voilà le peu qu'il reste dans cette pièce, la pièce de vie. Quelle ironie ! Plus rien ne vit ici. Toi tu es mort et moi je survis.

Les déménageurs ont emporté la carte d'un monde que nous ne visiterons plus, la vaisselle des petits déjeuners au lit et bien d'autres souvenirs. Cela devrait m'aider à faire le deuil, à avancer. Tu parles. Le manque est toujours là et je n'ai plus grand-chose auquel m'accrocher pour tromper la réalité.

Mes yeux se posent sur ce mur qui ne m'a jamais plu et dont la couleur est d'actualité. « La veuve au mur noir » sera mon surnom désormais. *Tête de mule…* Je n'ai rien dit ! *Je sais. Je précise juste que quoi que tu fasses, ton surnom restera « tête de mule ».* Tu m'énerves ce soir et ce fichu mur encore plus.

C'en est trop.

Mon corps réagit avant même que l'idée ait fait le tour de mon cerveau. Je clopine jusqu'à l'arrière-cuisine. Sous les étagères à conserves, le pot de peinture m'attend. Son poids me surprend. Il m'en faudrait plus pour annuler la mission. Je le fais rouler progressivement. J'alterne le mouvement entre le pied qui guérit et celui qui fonctionne. L'attelle m'est, pour une fois, utile. Je me dirige ainsi, gauchement vers le salon, un pinceau et un tournevis en main pour compléter le tableau.

Le couvercle ne résiste pas longtemps à ma volonté et à la pointe du tournevis. Il cède, non sans laisser quelques taches sur le sol. Le pinceau plonge dans le blanc cassé. D'un geste sec et déterminé, j'en badigeonne le pan de mur qui n'en est plus un. C'est une toile vierge, un défouloir, une douleur bien trop visible et qui ne demande qu'à être masquée.

Trait après trait, explosion après explosion, le blanc tapisse le noir. Mes cris se mêlent à mes actes et mes larmes aux dégoulinures.

Le pinceau est rapidement de trop. Mes doigts prennent le relais. Mon cerveau se déconnecte et en oublie le deuil, la responsabilité au creux de mon ventre, les peurs, le manque, tout. Alors, je lâche prise et danse, les mains déguisées de blanc et le cœur submergé de force, ou l'inverse.

Dans ces mouvements, je t'aime autant que je t'en veux et culpabilise autant que je me pardonne. La vérité est floue et la réalité encore plus. Ce que je sais, c'est que cette hystérie me soulage.

À bout de souffle, le palpitant au bord de l'implosion, les bras le long du corps, j'admire ma création. Des lignes s'y croisent, des taches s'y prélassent, d'autres se meuvent et se préparent à rejoindre le sol.

Certains y verraient un cri de détresse, un acte de folie. Moi, j'y vois des vagues, de l'écume, du vent qui étire des nuages d'espoir dans un ciel orageux. *Hum, si je peux me permettre, ça manque de couleurs tout de même. Tu m'as habitué à plus festif…* Je souris, te souris. Tu dois me trouver ridicule: les joues rouges, les mains et cheveux collés par de la peinture fugitive, un rictus niais greffé au visage. *Tu es belle…* Tu me manques.

Petit à petit, le vide revient et je lutte pour ne pas qu'il prenne toute la place, ta place. Un coup de torchon rapide sur les mains, je fonce dans la chambre et attrape ton ordinateur – planqué sous ton oreiller – pour m'occuper l'esprit. Je m'installe sur le lit, la cheville surélevée par un traversin – elle l'a bien mérité après tout ce cirque.

Il est temps de trouver ce fichu mot de passe. *Pour quoi faire?* Je peux être honnête? *Tu n'as jamais attendu mon autorisation pour me balancer mes quatre vérités ni pour laisser s'échapper de ta bouche la moindre de tes pensées.*

Ce n'est pas faux. Alors voilà, j'espère trouver dans ton disque dur quelque chose qui me fasse te haïr. Quelque chose qui m'invite à t'aimer moins fort… Il est grand temps que tu quittes ton piédestal. Je ne peux pas vivre en continuant à croire que tu étais l'homme parfait et que je n'étais qu'un poids dans ta vie. *Non, ça, c'est sûr. La solution ne serait-elle pas d'assumer que tu m'aies rendu heureux ? Que tu m'aies apporté bien plus de joie de vivre, de rires et de beaux souvenirs que tu ne le penses ?* Non.

Un bip autoritaire me confirme que ce nouvel essai n'est pas le bon. Qu'est-ce que tu m'as dit déjà l'autre fois ? Que j'étais le mot de passe ? J'ai tout tenté : ma date de naissance, celle de notre rencontre, mon signe astrologique. Tu te rends compte du nombre de possibilités qui s'offrent à moi ? *Tu te compliques trop la vie, comme souvent…* Amandine, Didine, Amande ? *C'est toi, c'est tout ce que je peux te dire !* Tu m'énerves… *Je sais.* Mais je ne vais rien lâcher. *Je n'en attends pas moins de toi, puisque tu es une…* Tête de mule !

Mes doigts martèlent à toute vitesse le clavier. Ils tapent : tetedemule. Ce n'est pas vrai, tu n'as pas fait ça. Pas de son. À la place, un symbole de chargement atteste de ma réussite. Je n'en reviens pas. Mon état d'esprit oscille entre la joie d'avoir trouvé et l'envie de te tirer la langue face à l'absurdité de ton mot de passe.

Le bureau de ton ordinateur s'affiche, impeccable, bien organisé, comme à ton habitude. Où pourrais-je dénicher des dossiers compromettants ?

Le cœur en alerte, j'épluche dans un premier temps ta boîte mail. Rien. Rien qui ne sorte de l'ordinaire : des factures, des mails de la banque, de ton assurance, des publicités, des notifications inutiles. Bredouille. Je me rattrape sur le disque dur interne : des fiches de paie, d'imposition, des documents de travail et des photos de nous. Si prévisible…

Allez, donne-moi quelque chose mon amour, un peu de piquant ! *Tu ne vas pas me reprocher d'avoir été digne de confiance, tout de même ?* Pourquoi pas…

Je m'apprête à refermer l'ordinateur lorsqu'un dossier attire mon attention sur l'écran. Sur le bureau, entre le dossier « jeux » et un montage vidéo réalisé pour les dix-huit ans de ta fille, le dossier « Décision » m'intrigue. À l'intérieur, un fichier Word du même nom. Je clique à nouveau. Au-dessus de la souris, ma main tremble. Là, sous mes yeux, s'affiche un tableau, un simple tableau, de deux colonnes seulement. Pour et contre. Je lis.

Pour :
Je l'aime plus que tout
La contempler s'épanouir
Aboutissement de notre amour
Lui offrir ce cadeau
Une famille rien qu'à nous
La voir devenir mère, d'une petite rousse ?
La joie et la fierté d'être père à nouveau

Contre :
Mon âge, je n'ai plus la force d'assumer une telle responsabilité

C'est une blague ?

La frustration me tord le ventre, puis le désarroi prend le dessus. Tu le voulais… Tu le voulais cet enfant ! Quelle aberration de s'arrêter à ton âge pour me priver de ce bonheur, nous en priver !

Les insultes fusent dans mon esprit : lâche, malhonnête, mou du genou, imbécile ! *Ça va aller peut-être, non ?* Non, ça ne va pas. La vérité est affichée, là, en grand, au milieu des pixels, une vérité que tu n'as pas eu le courage de m'avouer.

Les larmes coulent sans retenue. Je comprends ce que cela signifie et me laisse tomber en arrière sur l'oreiller, fixant le plafond. Tu le veux cet enfant ? Pas de réponse. C'est vraiment le moment que tu choisis pour m'abandonner ? Je me redresse et, par curiosité, je file voir les paramètres du document à la recherche de la date de création. Le 21 décembre 2018. Quelques semaines avant ton accident. Tu comptais me le dire ? Eh, oh ? Je te parle ! Tu comptais me l'annoncer ?

J'ai compris, tu me laisses me débrouiller. Ce n'est pas un cadeau, mais un fardeau. J'aurais préféré te découvrir une liaison secrète, une passion inavouée pour le tuning, une addiction au chocolat blanc, n'importe quoi. Tout, mais pas ça.

Sous la douche, j'entreprends tant bien que mal de me libérer des restes de peinture et de colère. Les minutes défilent et la chaudière se vide. La peau de mes mains, abîmée, me met en garde. J'ai assez frotté pour aujourd'hui. À quoi bon tenter de me débarrasser des preuves de ce coup de folie alors qu'il est affiché en grand dans le salon ?

L'eau tiédit. Plus que quelques courtes minutes avant la douche froide. Je pose mes mains sur le bas de mon ventre et me remémore cette décision à prendre.

Demain. Demain, j'appelle le médecin. *Pour dire quoi ?* Ah, te revoilà toi. *Ne change pas de sujet. Alors ?* Je ne sais pas. *Si tu le sais... Concentre-toi.*

Comme avant l'étape des photos de groupes lors d'un mariage à deux cents convives, je ferme les yeux, j'expire. Puis mes mains entourent la légère proéminence de mon ventre. Comment ça va là-dedans ?

L'arrivée de l'eau froide me surprend et accompagne une drôle de sensation, un sentiment nouveau. Je prends conscience de ce qu'il m'arrive, de la situation. Ou plutôt, je m'autorise à réaliser. Si je le souhaite, je peux devenir maman d'un enfant de toi. Mère d'un enfant. Mère.

Je craque. Mes larmes se mêlent à une eau de plus en plus fraîche. Maman. Elles me soulagent tout autant qu'elles m'effraient. Maman. Des questions affluent par dizaines. Elles débutent toutes par « comment ». Maman. Seule, sans papa. Maman. Sans toi... Maman, comme la mienne avant moi.

La serviette jetée en vitesse sur les épaules, les cheveux encore ruisselants, les dents en plein entraînement de claquettes, grelottante, mais déterminée, je me précipite sur mon téléphone portable.

— Allô, maman ?

Une voix hystérique me répond :

— Amande, c'est toi ? Tout va bien ?

— Oui, tout va bien.

Elle me coupe :

— Tu n'es pas en pleine crise d'hypoglycémie, j'espère ?

— D'hypo-quoi ? (Avec quelques secondes de retard, je saisis son allusion.) Non, non, rassure-toi, en pleine forme.

— Alors, pourquoi nous appelles-tu à cette heure-ci ? Ton père a failli nous faire un accident vasculaire !

Ma mère est passée de la panique à l'irritation en un éclair. Même si je suis persuadée que mon père dort paisiblement, sans avoir entendu ni le téléphone sonner ni sa femme se jeter dessus, je comprends que je les dérange au milieu de la nuit.

Le rythme cardiaque de ma mère doit battre des records. Je sais que ce n'est pas l'idéal, c'est pourtant comme cela, et à 3 heures du matin, que je lui crache le morceau :

— Excuse-moi, maman, je ne voulais pas te faire peur…

— Je n'ai pas eu peur, moi. C'est ton père, me coupe-t-elle à nouveau sur la défensive.

— Je voulais juste t'annoncer que je ne suis pas diabétique.

— Oh, la merveilleuse nouvelle ! se réjouit-elle.

Je laisse le temps filer avant de reprendre, pleine de courage :

— … je suis enceinte.

— Doux Jésus Marie Joseph ! s'écrie-t-elle

Réponse étonnante pour quelqu'un qui n'a pas mis les pieds dans une église depuis sa communion… Il s'installe ensuite un silence religieux. Sur le combiné, mes mains tremblent en attendant la suite.

— Maman, tu es toujours là ?

Lorsqu'elle retrouve la parole, les interrogations fusent :

— Comment est-ce possible ? Tu as rencontré quelqu'un ? Un coup d'un soir pour oublier ta peine ? Tu vas le garder ? Il aura un père ? Qui est le père ? Quand ta grand-mère apprendra la nouvelle !

Je réunis tout mon courage pour lui confier ces mots que j'ai moi-même du mal à accepter :

— Le bébé est d'Olivier, maman.

Silence.

Puis, dans le combiné, une souris me tient compagnie. Ses faibles bruits ressemblent étrangement aux sanglots de mon interlocutrice qui, entre deux sons stridents, et le plus sérieusement du monde, me demande :

— Et qui est la mère ?

La pauvre est sous le choc…

La liste d'une journée sans nuages

Entre deux bouchées de croissant au beurre, sa demande me surprend. Il semble d'humeur guillerette ce matin.

— Ça te dirait qu'on ne se chamaille pas aujourd'hui ?

Je me redresse sur l'oreiller en prenant garde à ne pas renverser mon plateau.

— Tu crois que c'est possible ? Ça fait un tas de sujets à éviter quand même.

— Sans doute…

Olivier glisse ma main entre les siennes. Je me retiens de lui avouer qu'elles collent à cause de la confiture. Il reprend :

— On n'a qu'à faire une liste.

— J'espère que tu as prévu le papier au format A3…

— Très drôle !

Il décèle de l'ironie là où, moi-même, je ne suis pas sûre d'en avoir mis. Depuis notre emménagement ensemble, dans son appartement de célibataire, les choses sont compliquées. Peut-être avons-nous été trop vite ? Peut-être nous sommes-nous aimés trop fort et impliqués trop tôt ?

Trois mois après notre rencontre, mes valises étaient déjà prêtes, et ce n'est qu'une fois sous le même toit que nous avons commencé à nous poser les bonnes questions. Celles que nous aurions dû mettre à plat avant tout engagement émotionnel. Celles qui nous rappellent amèrement les entretiens d'embauche. Où vous voyez-vous dans cinq ans ? Souhaitez-vous avoir des enfants ? Quel est votre plus gros défaut ? Ce à quoi j'aurais répondu : au bord de la mer, oui au moins un, idéalement deux, et l'impatience. Olivier aurait été fixé.

Mais non, nous avions sauté dans le grand bain sans vérifier la température de l'eau. Et aujourd'hui, nous nous retrouvons à faire une liste des sujets qui fâchent pour tenter de passer une belle journée.

— Ta femme ! Numéro *uno* !

— Ex-femme… Mais OK, je note.

Il se lève et revient quelques secondes plus tard avec un stylo et une carte de vœux en main. Je hausse le sourcil :

— C'est tout ce que tu as trouvé ?

— Oui, et c'est plus sympa comme ça.

Le petit renne au nez rouge et les deux écureuils juchés sur ses bois ne savent pas ce qui les attend. Eux qui avaient pour mission de répandre amour et gaieté s'apprêtent à être témoins de la fragilité de notre couple.

— Donc, tu disais, mon ex-femme.

Il s'assoit sur le bord du lit. Je croise les bras et fais mine d'être offensée, tout en me régalant de notre complicité.

— Ce n'est pas, tout à fait, ce que j'ai dit…

— Ma chérie, c'est ce que tu aurais dû dire.

Il embrasse sa main et, avec espièglerie, souffle dessus pour que le baiser parvienne jusqu'à moi. Je l'attrape au vol et le plaque sur mon sein. Il lâche la carte et écarquille les yeux :

— C'est un message subliminal ?

— *Nope*, au travail, greffier… ou je vous fouette !

C'est au tour de sa mâchoire de dégringoler :

— Prends garde aux conséquences, Mandine.

Je les connais les conséquences. C'est quelque chose qui fonctionne très bien dans notre couple, les conséquences… Des conséquences au réveil, au coucher, après une dispute, pendant une dispute, en revenant de balade, avant qu'il parte au travail, lorsque mes yeux n'en peuvent plus d'être collés à l'écran et d'y voir défiler mes photos. Conséquence sur conséquence.

Mais pas ce matin. Ma curiosité aspire à découvrir où nous mènera cette liste. Le plus naturellement du monde, et sans répondre à son insinuation, je reprends :

— Le mur du salon.

— Qu'est-ce qu'il a le mur du salon ?

— Le mur noir, je ne l'aime pas du tout.

— Et… ?

Le regard toujours campé sur mon sein, il semble perdu. Je viens à sa rescousse.

— La liste, Olivier, on est revenus à la liste !

— Ah !

Il récupère précipitamment son matériel de sténo.

— Pardon, j'étais parti ailleurs…

— Ouaip. Tu en baves.

Il s'essuie la bouche, juste au cas où je ne serais pas en train de le charrier. Le rire qui me saisit est incontrôlable et c'est tant mieux; je n'ai aucune envie de le garder pour moi.

Petit à petit, entre deux trois piques et pointes d'humour, la liste s'allonge. En tête d'affiche des sujets à éviter: sa femme, les enfants, le mur, les brocolis (il ne veut même pas y goûter) et le régime sans sel. Puis suivent: son manque de courage face à ses proches (pour lui, vivons heureux, vivons cachés, pour moi, vivons pleinement, vivons tout court). Et pour finir: mes pyjamas une pièce et mes sautes d'humeur.

Olivier passe la main dans ses cheveux courts, et raie une ligne. Je tente de voir laquelle, il redresse la carte à temps et me propose d'un ton charmeur:

— Ça te dit qu'on aille choisir un pot de peinture ensemble cet après-midi?

Si je n'avais pas un plateau avec un verre de jus d'orange à moitié plein sur les genoux, je lui sauterais au cou. À la place, je me contente de papillonner des cils comme il aime tant. Les retouches de la séance couple au Mont-Saint-Michel devront attendre.

— Merci, mon homme.

— De rien, ma chérie.

Puis je retrouve mon sérieux. Mes doigts se tordent et, le cœur empli d'espoir, je lui demande:

— Tu crois qu'un jour on aura réussi à rayer l'intégralité de la liste?

Le 17 mars 2019

La carte de vœux a rejoint le contenu de ma boîte à souvenirs. Nous n'avons pas eu le temps de repeindre ce mur. Voilà, c'est chose faite.

À ma manière.

Tu me diras, je peux tout rayer à présent, chaque élément de la liste. On ne risque plus de s'enguirlander pour quoi que ce soit. Et profites-en, tu peux mettre autant de sel que tu veux sur ta pizza, là-haut. Quant à moi, je peux devenir mère sans ton autorisation !

Tout a changé depuis que ma créativité et mon instabilité légendaire se sont exprimées sur le mur. Des couleurs flashy ont rejoint les taches et sillons blancs. On pourra désormais penser que cet acte était prémédité.

Autre amélioration : les béquilles sont au placard, ma cheville gauche a retrouvé sa liberté. Quant au reste de mon corps, le bas de mon ventre a gonflé et mon visage a retrouvé son acné de jeunesse. Après des années de lutte à coups d'Eau Précieuse, voilà que l'explosion d'hormones a réduit mes efforts à néant. « L'acné ne dure que le temps de l'adolescence », m'avait souri le médecin. C'est ça… Et la marmotte, elle met le chocolat dans le papier d'alu !

Autres surprises : la capacité de ma vessie divisée par trois et les nombreuses douleurs dans le bas du ventre, sur lesquelles ma gynécologue m'a rassurée. Simples douleurs ligamentaires, tout est normal. OK, c'est normal, mais contraignant.

J'ai envie de me plaindre, ça aussi c'est une drôle de nouveauté. Tout m'énerve, la vieille qui prend son temps au supermarché, le jeune qui roule vite en mobylette, le chien qui a déféqué exactement là où je souhaitais poser mon pied ! Ces petits tracas qui me passaient au-dessus de la tête, bien haut, me sont désormais insupportables.

Tu as bien fait de fuir avant de connaître cette version de moi. *Je n'ai pas fui ma chérie. Tu me blesses.* Comment pourrais-je blesser un mort ? *Mandine…* Si tu savais comme j'aimerais que tu sois en face de moi, tout de suite, pour te tirer la langue ! *Ça ne va pas se passer comme ça, ma chérie.* Je ne peux m'empêcher de sourire. Pardon, Olivier, on frappe à la porte.

Je quitte mon canapé de fortune – merci Cédric et Estelle pour le prêt d'un matelas gonflable de plage – et, dans un t-shirt qui n'arrête pas de sortir de mon pantalon à fleurs, j'accueille mon petit frère et Rosie.

La dernière fois qu'ils étaient tous les deux sur ce palier, les nouvelles n'étaient pas bonnes. Inconsciemment, je m'attendais à revivre la scène. Quelle agréable surprise de me retrouver face à deux visages réjouis !

— Salut, frangine.

— Ça va, Didine ?

— Très bien et vous les jeunes ?

— Nickel, répond Rose-Marie. Tiens, c'est pour toi !

Je reconnais la boîte avant même qu'elle me la tende. Mon péché mignon - également le sien -, un cheesecake du Café Pompon. Une chance que mon estomac ne fasse plus des siennes. Il a retrouvé ses fonctions principales : accepter la nourriture et la digérer.

À peine ai-je compris - avec un bon coup de pied aux fesses - que, de ton vivant, tu l'aurais voulu cet enfant ; à peine ai-je accepté de le garder que tout est rentré dans l'ordre. Mon appétit est revenu au galop dès le petit matin, sans me quitter depuis.

Alors, pour ne pas exploser la balance, à chaque fringale, à chaque envie loufoque, il me faut trouver des alternatives. Tu connais mon impulsivité, mon amour, mais je t'avoue que moi-même je me fais peur. Rêver de recouvrir une carotte cuite de chantilly et la saupoudrer de gingembre et de cacao, ce n'est pas commun. Après tout, qui sait ? Si ça se trouve, je tiens la recette qui me permettrait de remporter un concours de cuisine prestigieux…

— Merci, il ne fallait pas, les remercié-je.

— Bien sûr qu'il fallait. Ma meilleure amie est enceinte, il faut fêter ça comme il se doit !

— Amande, on va rester sur le palier longtemps ?

— Oh, pardon…

Je me décale pour les inviter à rentrer. L'exclamation de Rosie résonne dans le salon et manque de me faire tomber en arrière. Qu'ai-je donc fait ? Ses yeux, embrumés, sont posés sur mon ventre. Ma seule erreur a été de me mettre de profil.

— Tu es énorme ! Je veux dire magnifique... Énormément magnifique !

— Ou magnifiquement énorme... raille mon frère. Il va bien le têtard ?

— Apparemment ! s'extasie mon amie.

Elle souligne son propos par une caresse impromptue sur mon abdomen, qui n'en a plus que le nom. Il est désormais le domaine d'un autre et n'a gardé aucuns abdos. Mes muscles ont fui au son des mots « chocolat » et « pomme de terre ».

Cédric a les yeux écarquillés, lui aussi. Mais ce n'est pas mon ventre qui l'intéresse.

— C'est sympa ta nouvelle déco ! Un savant mélange entre le funky et le minimalisme. Ce mur, mon matelas... On pourrait croire que c'est fait exprès. Par un vieux fou, mais fait exprès !

Le cheesecake était délicieux comme toujours. Mon frère débarrasse la table, comme rarement. Il prend son rôle de futur oncle très à cœur. Je me lèche discrètement les doigts tandis qu'il me questionne sur le déménagement. Rose-Marie est au courant de tout depuis longtemps. Pour ne pas que mon frangin se sente exclu, je lui raconte : la nouvelle visite de Mathilde, la bienveillance d'Annick et la difficulté du quotidien dans un appartement à moitié vide.

— C'est bientôt fini, tout ça, Amande, me rassure-t-il.

— Oui, enfin, mon départ est provisoire… Juste le temps de me reposer et me faire chouchouter par les parents. Il me faudra bien revenir un jour.

— Si tu le dis, sœurette.

Rose-Marie le saisit alors par le bras et l'entraîne hors de la cuisine :

— T'inquiète pas, je te le ramène, me rassure-t-elle.

— Tu peux le garder aussi, ça me dérange pas !

— Et qui te conduit chez les parents ? s'indigne-t-il avant de quitter la pièce.

Pendant qu'ils s'échangent des messes basses dans le salon, je lance la bouilloire. Quelques secondes plus tard, Rosie me rejoint, toute fière :

— On a une surprise, claironne-t-elle.

J'avais compris. Au bout de quelques minutes, mon frère revient les bras chargés et recouvre la nappe de paquets de toutes les couleurs et toutes les tailles.

Pas de doute, sous le papier m'attendent des objets qui rendront la situation encore plus réelle : des vêtements miniatures, des livres tout doux, des jouets en bois à mâchouiller et j'en passe. Je tremble.

Comment leur dire sans les vexer que je ne suis pas sûre d'être prête à les ouvrir ? Mon frère s'assoit en face de moi :

— Ceux-là, c'est moi qui les ai emballés !

Il n'avait pas besoin de le préciser… Touchée par leur attention, je suis incapable de leur avouer qu'ils vont trop vite, bien plus vite que moi.

— Merci, c'est adorable, murmuré-je.

Mon ton me trahit. Rose-Marie est la première à me percer à jour et répond :

— Oh, Amandine, on est désolés.
— Désolés de quoi ? s'insurge Monsieur Pieds--dans-le-Plat.

Elle offre un coup de coude à mon frère – digne de ceux que je lui réserve habituellement – puis elle me tend une main :
— Trop tôt ?
— Un peu…

Je me mords la lèvre inférieure, puis serre la main de Rosie et le peu de muscles qu'il me reste dans le corps pour contenir l'émotion. Mon petit frère se tape le front dans une parfaite imitation de Jacques Villeret dans *Le Dîner de cons*, qu'il accompagne judicieusement d'un :
— Ah, la boulette ! (Pause théâtrale.) J'ai fait la boulette !

*

Rose-Marie est partie chez ses parents préparer son matériel pour la séance photo de l'après-midi. Elle a rendez-vous avec des clients au jardin de Vauville.

Je l'envie, juste un peu. J'envie ma vie d'avant, lorsque tu étais encore là et que j'aimais photographier les gens heureux. *Accorde-toi cette pause, ma chérie, s'il te plaît. Tu en as besoin et c'est une chance.* Une chance qui me coûte cher et qui a remplacé mes habituelles sorties au grand air par des émissions de télévision en replay.

Cédric charge mes affaires dans le coffre et me sort de mes pensées. Ma valise atterrit avec fracas sur les sacs de piscine de mes neveux. Il faut dire qu'elle est aussi lourde que mon estomac après les deux parts de cheesecake et que mon cœur à l'idée de quitter les lieux. Ne serait-ce que quelques jours. Mon frangin pose ses mains sur mes épaules :

— Prête, Amande ?

— Oui, chef.

— Alors, en voiture, Simone !

Lui et moi venons te rendre visite mon amour. *Mais*… Non, ce n'est pas sur le trajet. *Mais*… Et oui, le médecin m'a autorisée à voyager. J'aurai même pu faire le trajet seule, au volant de ma voiture, alors tu devrais plutôt me féliciter d'avoir accepté la proposition de mon frère.

La Clio profite des routes désertes sur lesquelles elle file à toute allure. J'ai toujours détesté la conduite de mon frère. Pourtant, je dois lui faire confiance. Après tout, il est habitué à foncer au volant d'un camion de pompiers qui fait trois fois la taille de notre véhicule actuel. Je me sentirais davantage en sécurité s'il avait équipé son bolide de gyrophares…

— Dis, tu veux bien l'appeler Patrick ?

La question de Cédric me surprend. Mes yeux quittent les champs de poireaux pour se tourner vers lui avec étonnement :

— De qui parles-tu ?

— Bah, du bébé !

Je ravale ma salive plus rapidement que prévu pour couper court à son idée farfelue :

— Surtout pas… Pourquoi ?

Ses yeux n'abandonnent pas la route :

— C'est la fête du jour. J'y pense parce que, par ta faute, je vais louper une grosse fiesta avec les amis pour la Saint-Patrick, organisée par Estelle, à la maison.

— Pauv' petit ! Obligé de se coltiner sa sœur et papa-maman à la place pour une soirée Scrabble… En plus, c'est toi qui a proposé !

Ma pique s'accompagne d'une moue exagérée, mais au fond, je m'en veux de lui prendre autant de temps. Il faudra que je m'excuse auprès d'Estelle, ma belle-sœur, et de leurs deux enfants.

C'est de ta faute, Olivier. J'accepte le soutien de mes proches depuis ton départ. Un soutien qui, souvent, frôle l'apitoiement.

— Et ça me plairait bien de vous avoir, toi et mon neveu…

— Ou ta nièce.

— ... pour cette fête tous les ans !

Il profite d'une ligne droite pour épier ma réaction. Je ne lui en offre aucune et contemple à nouveau le paysage.

Comment fait-il pour se représenter l'avenir si facilement ? Pour s'imaginer oncle, du jour au lendemain ? Est-ce parce qu'il est déjà papa ?

— Tu vois loin toi, commenté-je simplement.

J'hésite, puis reprends calmement :

— Comment fais-tu ?

— Comment je fais quoi ?

Il m'offre un regard de travers dans un virage tortueux et c'est mon estomac qui vrille. Je me concentre sur une ferme au loin pour contrôler la nausée. Les odeurs chimiques du petit sapin désodorisant, accroché au rétroviseur, ne m'aident pas dans cette tâche. Je m'accroche au siège en attendant que la route se redresse puis je reprends la parole :

— Pour te projeter, imaginer mon enfant et te réjouir.

Il hausse les épaules :

— Je ne sais pas. Ça se fait tout seul… C'est sans doute plus facile pour moi. Je n'imagine que les bons côtés : la rencontre avec les miens, les sourires, les petites mains à papouiller, les jeux entre cousins. Le reste, je te le laisse : les couches, les nuits courtes et tout le tralala. J'ai déjà donné !

— Être oncle ne sera pas forcément une partie de plaisir. Tu n'as qu'à m'imaginer folle de rage si jamais tu emmènes mon fils…

— Ou ta fille.

— … à une soirée beuverie pour célébrer un pays voisin dont tu ne connais rien.

Pour toute réponse, Cédric allume la radio et lance innocemment une de ses playlists… Un rythme irlandais et des notes de violon accompagnées des sons d'une guitare électrique déchaînée envahissent l'habitacle.

Je lui jette un regard noir. Il se justifie :

— Ben quoi, je me plonge dans l'ambiance de ce que je vais louper. Je te charrie, frangine ! Je suis vraiment content de passer un peu de temps avec toi.

— Moi aussi…

Le reste du trajet se déroule dans la bonne humeur au son des Pogues et des Proclaimers. En plein déni, je m'immerge dans cette ambiance pour ne pas penser que, dans quelques minutes, je serai sur ta tombe. Pour le moment, je suis en Irlande, avec mon frère, un jour de fête nationale.

Cédric m'a laissée seule. Mais il n'est pas loin. De l'autre côté du portail, il observe la mer qui a fui à cette heure-ci. Seule une ligne au loin, en dessous de l'horizon, nous assure de sa présence. Un peu comme toi, mon amour ; seul ton nom sur la tombe me confirmera que tu es là, sous cette pierre, sous cette terre. En attendant, j'y vais à reculons. Mes pas prennent leur temps et je les en remercie. Mais je ne peux pas retarder indéfiniment ce moment.

Je me plante devant ta tombe, anticipant une réaction de ma part : mon cœur qui défaille, les larmes qui s'échappent, mes jambes qui cèdent. Rien. Il ne se passe rien. Mes yeux parcourent la pierre comme ils étudieraient une peinture. Cela me paraît inconcevable que tu sois là et pourtant c'est le cas. Le souvenir de ton enterrement en est la preuve.

Bizarrement, ta voix ne résonne plus dans ma tête. Sait-elle qu'elle n'a pas sa place ici ? Nos échanges n'étaient que mascarade… Ici seulement repose le vrai toi. Celui qui est absent quand je cherche ses bras la nuit, ou que je lui pose une question dans l'appartement parce que l'espace d'un instant, j'ai oublié…

Voilà, j'avais promis de passer te voir, c'est chose faite.

Je m'apprête à te quitter lorsqu'une étrange sensation me surprend. Le bruissement d'ailes d'un papillon se répète dans le bas de mon ventre et, dans ma tête, c'est le tremblement de terre.

J'élimine une à une les suppositions qui y déboulent à toute vitesse. Ce n'est pas la faim, ça ne ressemble pas aux douleurs ligamentaires habituelles, ni à la contraction d'un nerf. Non, il semblerait que ce soit bien ce que j'imagine.

Au creux de moi, un petit fœtus me signale, par un premier, tout premier, minuscule coup de pied, que j'ai oublié de vous présenter.

Mes doigts glissent sous mon pull et se posent sur ma peau. Olivier, je te présente le bébé. Bébé, je te présente Olivier… ton papa. Tu dois te dire que je me moque de toi, petit fœtus. Ce n'est qu'une pierre, pas un père. À ta place, je ne ferais pas le malin parce que, pour le moment, tu ne ressembles pas non plus à grand-chose.

Un nouveau mouvement, léger, très agréable me répond. La scène est surréaliste. Les larmes montent et trouvent rapidement la porte de sortie. Je pleure, sur ta tombe. Je m'étais imaginé cette scène tellement de fois : mes jambes tremblantes et mes larmes incontrôlables. Jamais je n'aurais pensé y pleurer de joie.

Merci, mon amour, merci. Tu ne sais pas ce que tu as fait, mais je t'en suis reconnaissante.

Il bouge à nouveau, un mouvement qui m'arrache un rire délicat. Il se secoue et je fonds pour un fœtus que je n'étais pas sûre de vouloir et que j'apprends déjà à aimer. A-t-il au moins des pieds ? Je n'en ai aucune idée. Ce que je sais, c'est qu'il a déjà du caractère…

Le 24 mars 2019

Chouchoutée, je suis chouchoutée. Avant ces quelques jours chez papa et maman, j'admirais Michelle Obama pour sa détermination, sa passion, son audace, sa témérité. Désormais, j'admire Tanguy, et ces hommes qui vivent encore chez leurs parents après quarante ans, pour ces mêmes raisons. Des génies incompris, qui ont justement tout compris à la vie…

On est bien chez papa-maman.

J'enchaîne les bains chauds, les petits déjeuners au lit, les déjeuners dans la cuisine et les dîners dans le salon au coin du feu. Mamie nous a rendu visite à plusieurs reprises et a pimenté nos repas. Seuls mes parents font les frais de ses piques acerbes à présent. Moi, je me roule dans ses compliments, protégée par mon statut de femme enceinte, et la laisse me caresser le ventre en me racontant les meilleures anecdotes de sa vie – que je connais déjà par cœur.

L'hiver a décidé d'être plus rude qu'à son habitude et s'éternise dans cette partie de la Normandie. Alors, l'après-midi, après ma sieste, un livre me tient compagnie, installée dans le canapé, un plaid sur les genoux. Pendant ce temps, mon père bricole dans le garage et ma mère sirote sa tisane en feuilletant un magazine.

Cet après-midi, elle a jeté son dévolu sur *Nature et Santé* et me coupe régulièrement dans ma lecture pour me partager une info intéressante. Intéressante pour elle.

Depuis mon arrivée, nous parlons peu de ma situation. Les maux de la grossesse sont acceptables et acceptés. Nous n'évoquons jamais le futur : l'endroit dans lequel je vais vivre, comment je vais gérer les nuits compliquées et mes finances avec lesquelles je vais acheter le minimum syndical pour que le bébé ait une enfance heureuse.

Je n'ai pas eu besoin de leur demander d'éviter ces sujets, ils l'ont fait naturellement. L'incertitude de mes réponses leur fait, sans doute, bien trop peur. Alors, j'en profite et triche. J'ouvre la déchiqueteuse de la mémoire à court terme et y détruis ces questions. Tout comme j'y ai détruit les tables de multiplication, les noms des présidents des États-Unis et les codes de mes trois dernières cartes bancaires.

— Ça va, Amande ?

Ma mère semble préoccupée, je sors le nez de mon livre.

— Oui, pourquoi ?

— Tu fronçais les sourcils. J'avais peur que tu aies mal quelque part…

— Tout va bien, maman, ne t'inquiète pas. Je tentais de me souvenir du code de ma carte bleue.

— D'accord. Dis-moi si tu as besoin de quoi que ce soit.

Le sourire aux lèvres, je roule des yeux, plus par complicité que par énervement et, en réponse, les siens brillent.

Heureusement qu'elle est là, qu'ils sont là. Cela me rassure de savoir que je ne suis pas seule dans cette drôle d'aventure. Bien qu'ils habitent loin de Cherbourg, je me doute qu'ils viendront me rendre visite plus souvent lorsqu'un bébé gazouillera dans mes bras et se promènera à quatre pattes sur le parquet de l'appartement. *Parce que tu comptes y rester?* Chut… Je pensais l'avoir détruite cette question.

Mon écharpe danse dans le vent comme le ferait ma main si elle n'était pas cachée dans celle de ma mère. Les canards nous accueillent en caquetant. Ils n'auront pas de pain. Maman l'a lu dans un magazine, ce n'est pas bon pour eux ni pour leur bassin. Et mon père raffole du pain perdu…

Aujourd'hui, un ciel clément nous a encouragées à flâner dans le parc à deux rues de la maison. Quel plaisir de profiter à nouveau sans béquilles ni attelle.

Les allées dans lesquelles nous marchons sont bordées des premières jonquilles de la saison. Leur parfum, discret, nous murmure que le printemps est bien là. Il ne manque plus que quelques degrés pour le confirmer pleinement.

Discrètement, ma comparse de promenade pose ses yeux sur mon ventre. Sa main resserre son étreinte:

— Tu es vraiment belle, Amande. Ça te va si bien.

— Merci, maman…

L'émotion est là et une sobre larme perle sur ma joue rougie par la fraîcheur de cette fin d'après-midi.

Lorsque j'étais arrivée ici, il y a une semaine déjà, j'avais foncé dans les bras de maman. Mon ventre s'était pressé contre le sien. Il fut un temps, nos câlins se faisaient poitrine contre poitrine. Aujourd'hui, mon abdomen dépasse cette partie de mon corps. Ma mère avait ouvert grand les yeux. « Tu es énorme ! Comment est-ce possible ? On t'a vue il y a trois semaines ! »

J'avoue que, moi-même, j'ai été surprise par la tournure des événements. À peine ai-je décidé de garder le bébé que mon ventre a doublé de volume. Au petit matin, plus aucun pantalon n'acceptait que je le porte. Si le système de gonflage automatique des bouées n'avait pas encore été inventé, ce jour-là, j'en aurais eu l'idée.

Nous quittons la mare aux canards pour un petit tour dans les bois. Nous y croisons des coureurs. Leurs efforts transforment chaque expiration en nuage de buée.

— Tu peux rester aussi longtemps que tu veux ma puce, tu le sais, hein ?

— Oui, maman. Je sais et je t'en remercie. Je vais bientôt devoir reprendre le travail.

— Tu ne devrais pas (sa voix déraille), dans ton état…

— Je suis enceinte, maman, pas malade. Tu as bien survécu à deux grossesses, toi.

— Et survivre, c'est le mot !

Voilà, la machine est lancée. Cette pièce, glissée sournoisement dans le juke-box, m'assure une fin de promenade paisible. Ma mère entreprend un monologue sur sa maternité et elle finira, comme à son habitude, par des détails croustillants de ses accouchements.

Je suis bien contente qu'elle ait attendu ma grossesse pour se confier. Sans quoi je n'aurais jamais voulu d'enfant. Pas de chance pour toi, mon amour, je t'aurais laissé tranquille.

Dans ma poche, mon téléphone vibre. Ma main lâche celle de ma mère et attrape l'appareil, avec l'intention de donner un nom à celui qui perturbe notre balade. Un numéro que je ne connais pas s'affiche sur l'écran.

— Tout va bien, ma puce ?

Je clique dessus pour ouvrir le message. Mes pas se sont arrêtés et alertent ma mère de l'étrangeté de la situation. Entre la lecture de deux mots, j'arrive à lui bredouiller que ce n'est rien. Mais je mens. C'est tout. C'est ta fille, Olivier. Elle veut me revoir. Encore mieux, elle a besoin de moi. Je fais quoi ?

Amandine, je ne sais pas comment vous demander ça, mais je ne sais pas à qui d'autre m'adresser. J'ai besoin de parler, je crois. Besoin de fuir, j'en suis sûre. Et je me suis dit que je pouvais peut-être, enfin, si vous êtes d'accord, venir chez vous, bientôt ?

Mes doigts filent à toute allure sur l'écran tactile, c'est une occasion à ne pas louper. Sans réfléchir davantage, je lui réponds.

Avec plaisir, Mathilde. Malheureusement, je ne suis pas chez moi aujourd'hui, mais j'y serai demain, à partir de midi. Passe quand tu veux.

Ma mère se plante face à moi :

— Tu vas me dire ce qu'il t'arrive, oui ou non ? Tu es toute tremblante ! Ce n'est pas bon pour le bébé, tout ça.

— C'est Mathilde, maman. Elle a besoin de moi. Je rentre demain.

Son visage est soudainement tendu par la surprise. Ses yeux, ses narines, sa bouche, tout est grand ouvert, on se croirait dans un centre commercial le dernier dimanche avant Noël.

— Ça va pas, non ! Tu ne vas pas rentrer sur un coup de tête pour une jeune fille que tu connais à peine.

— C'est la fille d'Olivier, maman, et elle a besoin de moi.

Mes tremblements sont vite remplacés par des secousses de niveau 2 sur l'échelle de Richter.

— Tu ne peux pas comprendre. J'ai envie de la voir et d'être là pour elle, m'impatienté-je.

— Et comment comptes-tu lui cacher ça ?

Elle pointe mon ventre d'un doigt accusateur. Je n'y avais pas pensé. Dans ma main, mon téléphone vibre à nouveau.

Vous êtes chez votre mec ?

Je m'empresse de lui récrire.

Qu'est-ce que tu racontes ?

Sa réponse ne se fait pas attendre.

J'en sais rien, vous êtes peut-être déjà passée à autre chose. Vous n'avez pas un nouveau couple à briser ?

Ma mère souffle et je suis à deux doigts de faire pareil.

— Deux secondes, maman, s'il te plaît. Je finis mon message.

— Deux secondes, deux secondes. Ça fait cinq minutes que je poireaute ! boude-t-elle.

— Tu exagères…

Je suis chez mes parents. À demain.

Ok. De toute façon, je ne suis pas pressée de vous voir. Ce n'est pas comme si je vous aimais bien…

Je ne peux m'empêcher de sourire, au grand dam de ma mère :

— Qu'y a-t-il de si drôle maintenant ?

En réponse, je range le téléphone et la serre dans mes bras. Ses épaules se relâchent :

— Ça va aller, maman. Je sais ce que je fais.

Ce n'est pas vrai, je me demande même si je ne suis pas en train de foncer dans le mur, mais j'ai autant besoin de le dire qu'elle a besoin de l'entendre.

Ma valise et moi sommes plus rebondies qu'à notre arrivée. Ma mère a insisté pour y fourrer d'énormes boîtes de biscuits faits maison et ce qu'elle a gardé de vêtements de grossesse. Les billets de train réservés, il ne me reste plus qu'à profiter d'eux et de cette dernière soirée. Mon père me rejoint dans la chambre, les bras chargés de magazines et chuchote :

— Tiens, pour le voyage. Et n'en parle pas à ta mère. Y en a partout dans la maison. Quelques-uns de moins, ça devrait passer inaperçu.

— Merci, papa.

Sur le seuil de la chambre de mon enfance, il hésite. Pour gagner du temps, il étudie le vieux papier peint bleu et ses dauphins jaunis par le temps :

— Il va falloir le changer un jour.

Son manège ne prend pas avec moi :

— Qu'est-ce qu'il y a, papa ? Tu veux quelque chose ?

Le grand timide à moustache fait un pas en avant :

— C'est juste que j'aurais préféré que tu restes…

Sa voix tremble. Ce n'est pas son genre. Je connais sa sensibilité, j'ai eu le temps de m'en rendre compte depuis mon enfance. Mais il a toujours su bloquer l'émotion à temps, à grands coups de blagues.

— Ça ne me plaît pas de t'imaginer seule là-bas, ni pour une grossesse, ni pour élever un enfant…

Je fais un pas vers lui :

— Cédric ne sera pas loin. Ne t'inquiète pas. Et tout est à Cherbourg : mes médecins, Rose-Marie, mes clients. Tu savais que je ne revenais que quelques jours.

Il fixe ses pieds, ses mains dans les poches :

— Oui, mais ça ne m'empêche pas de ne pas être à l'aise avec l'idée que tu y retournes. Qui va garder un œil sur toi ?

Je lui souris et lui tends une main qu'il ne saisit pas :

— Je suis grande, je n'ai pas besoin qu'on garde un œil sur moi, tu sais…

— Tu me promets de manger correctement ?

— Oui, papa.

— De mettre une écharpe quand il fait froid ?

— Oui, papa.

— De ne pas travailler trop dur et crapahuter partout avec ton appareil photo ?

— Oui, papa.

Il respire calmement. Ses mains quittent leur abri :

— Allez, viens là, Amande.

Je me blottis dans ses bras, de profil, et pose la tête sur son épaule :

— Je t'aime, papa.

Silence. Puis dans un frémissement, un mot solitaire s'échappe.

— Pareil…

L'étreinte me semble interminable et ce n'est pas sa tête de mule de fille qui va lâcher en premier ! Soudain, il recule et ses lèvres s'étirent, une lueur dans le regard :

— Taupe et beige. Ça te va comme couleur pour repeindre une chambre pour le bébé et toi ? C'est très à la mode apparemment. J'ai vu ça dans un des magazines de ta mère…

Le reste de la soirée s'écoule paisiblement, mes parents devant la télé, dévorant une série policière, et moi devant l'ordinateur, un casque sur les oreilles. Sur mon écran, en live, un photographe de mariage donne des conseils pour trouver sa clientèle cible et développer un service à son image.

J'ai beau augmenter le volume, les voix de mes hôtes me parviennent toujours aux oreilles.

— Je te dis que c'est elle qui a fait le coup ! s'insurge mon père.

— N'importe quoi, c'est le grand blond, il n'a pas d'alibi et j'aime pas sa tête.

— Celui-là, là ? Il s'rait même pas capable d'organiser son propre anniversaire, alors encore moins un meurtre aussi intelligent.

— Depuis quand c'est intelligent, un meurtre ? C'est de la barbarie… râle ma mère.

— Et ça ne t'empêche en rien de regarder.

Pas moyen de me concentrer sur les conseils du formateur. Tant pis.

À la place, je pose une question importante à Google en tapant dans la barre de recherche : « astuces pour camoufler un ventre de grossesse ».

L'oreiller sous le pull

Un oreiller coincé sous le pull, je me plante de profil devant Olivier. Plusieurs secondes s'écoulent avant qu'il daigne lever le nez de son ordinateur. Il n'aime pas être dérangé lorsqu'il fait ses comptes. Et pourtant, je prends un malin plaisir à le faire. Sa vie serait bien triste si je n'étais pas là pour le sortir de sa zone de confort.

— Alors, ça m'irait bien, non ? Tu me trouves comment ?

Les mains posées sur mon faux ventre pour le maintenir en place, je guette sa réaction, le regard pétillant. Elle ne se fait pas attendre.

— T'es belle, ma chérie, vraiment belle.

Et une perche de tendue, une ! Je la saisis avant qu'il ne la récupère :

— Tu changes d'avis, alors ?

— Ça n'a rien à voir avec ma décision. Ce qui est joli, c'est ton sourire, pas ce tas de plumes coincé sous tes vêtements. Allez, va ranger ce pauvre oreiller qui n'a rien demandé…

— T'es pas drôle, boudé-je.

— Je sais, mon amour. Je sais.

Il replonge dans les chiffres, mais ce serait mal me connaître que de penser que je vais m'arrêter là. Tête de mule un jour, tête de mule toujours. Je fonce dans la chambre récupérer un artifice supplémentaire et me plante à nouveau devant lui, même endroit, même position :

— Et maintenant, c'est mieux ?

Fatigué par mon manège et le manque de concentration qu'il entraîne, cette fois-ci, il relève immédiatement la tête. Ses sourcils se froncent quelques centièmes de seconde avant de comprendre ce qu'il se passe. Puis, il pouffe de rire :

— Tu es complètement folle.

Une main casée sur le coussin pour ne pas qu'il s'échappe et l'autre positionnée judicieusement sur mon soutien-gorge rembourré de paires de chaussettes, j'exagère ma posture.

— Tu vois tout ce que tu perds quand même ?

Il retire ses lunettes, celles dont il a besoin pour travailler sur écran, et s'essuie le coin des yeux, là où ont perlé des larmes de rire. Je lâche l'oreiller qui tombe au sol et écrase mes faux seins l'un contre l'autre en me déhanchant :

— *Happy birthday, Mister President!*

J'oublie la grossesse fictive et le message que je souhaitais faire passer. Ce qui compte, là, tout de suite, c'est son rire. Mon numéro de clown se prolonge pour l'entendre résonner encore et encore.

Le 25 mars 2019 (13 heures)

Aujourd'hui, c'est l'inverse. Il me faut cacher ma grossesse, la vraie, le temps de la visite de ta fille. Je dois me débarrasser quelques heures de l'oreiller et des paires de chaussettes dans le soutien-gorge. Même si tout est authentique. Je ne peux deviner la réaction qu'elle aura si jamais elle vient à découvrir mon secret et je préfère ne pas savoir.

En attendant son arrivée, allongée sur le lit, Morphée me tend les bras. Ma mère avait raison. Le voyage en train m'a épuisée. *Malgré ses mises en garde, tu l'as fait ce voyage.* Tout à fait. Qu'est-ce que je ne ferais pas pour ta fille ! *Pour ma fille ou pour ses yeux ?*

Cette fois-ci, je crois bien que c'est pour elle. Sa colère me touche, ses piques me rappellent ma propre enfance et son courage m'impressionne. C'est une belle personne. Si elle m'en laisse l'occasion, j'aimerais faire partie de sa vie. *Tout en lui cachant une part importante de la tienne…* Mon unique but est de la protéger. *De protéger qui ? Elle ou toi ?*

On frappe à la porte. Un coup qui met fin à ma conversation avec l'au-delà. Une main posée sur le bas de mon dos, je me lève, lentement, et me glisse dans un de tes sweat-shirts. Le noir avec une poche sur le devant, dans laquelle mes mains peuvent se loger et y étirer la matière. Puis, par précaution, je me place derrière la porte avant de l'ouvrir.

Sur le palier, Mathilde est là, une valise à la main, et une sous chaque œil.

— Entre.

Elle avance sans un mot, suivie par le son des roulettes sur le parquet. Combien de temps compte-t-elle rester ? Je comptais lui proposer un thé, pas un lit !

Mes journées ne pourront se résumer à contrôler mes moindres faits et gestes pour garder mon secret intact.

Les fesses posées sur le matelas gonflable transparent recouvert de poissons colorés, la jeune fille sort son téléphone et y pianote avec l'acharnement d'un dentiste sur une dent cariée.

J'attends. Les mots viendront d'eux-mêmes à un moment ou à un autre. Je me souviens de ma mère, toujours à me noyer de questions lorsque, plus jeune, j'avais besoin de l'inverse : de calme et de douceur, sans devoir porter l'inquiétude de l'autre en plus de ma propre peine. C'est ce que j'offre à Mathilde et file préparer une camomille.

Seule dans la cuisine, je patiente. Mes jambes sont engourdies et rêvent d'une longue marche en bord de mer.

L'horloge indique 14 heures. Une heure s'est écoulée. Mathilde s'est-elle endormie ? Un bruit tonitruant me prouve que non. Je me rends en trombe dans le salon, la panique ayant squatté mes cordes vocales.

— Que se passe-t-il ?

Son téléphone gît au sol près de la porte d'entrée. Son écran fissuré témoigne de la violence du moment. Ta fille, barricadée dans le silence, ne relève pas la tête.

— Je veux bien être gentille, mais il y a des limites... J'ai besoin de comprendre ce qu'il se passe, Mathilde.

— Tu es gentille ou tu as pitié ?

Ses yeux, à nouveau plongés dans la noirceur, me dévisagent. Je la retrouve. Haineuse, mais présente. C'est ce que je souhaite, qu'elle s'énerve, qu'elle casse le mur qu'elle a monté à coups de colle forte sous sa poitrine, qu'elle réagisse.

Je m'appuie dans l'encadrement de la porte :

— Tu peux me parler, tu sais ?

— Non, merci.

Pourquoi est-elle là, alors ? Mon impatience refait surface. Sa réserve me blesse. J'ai besoin qu'elle se confie et me laisse être présente pour elle. Je reprends :

— Mathilde...

— Je peux dormir ici ce soir ? me coupe-t-elle, le plus simplement du monde.

Son regard plonge dans le mien et s'adoucit. Comment ne pas craquer devant elle et ses yeux noisette qui donneraient faim à n'importe quel écureuil ?

— Je n'ai nulle part où aller, ajoute-t-elle. Cette nuit, déjà, j'ai dormi dans ma voiture...

Le froid de la nuit dernière me revient à l'esprit. Je n'ai qu'une envie : la prendre dans mes bras.

— Et ta mère ?

— On s'est disputées avant-hier, soupire-t-elle.

— Ton frère ?

— On ne se parle plus…

— Ta grand-mère ?

— On s'est disputées hier.

— Tu n'as pas un petit ami ?

— Si…

— Laisse-moi deviner, vous vous êtes disputés ?

Sa langue sortie et la grimace qui l'accompagne me confirment que j'ai tapé dans le mille. Une question surgit, à l'abri, derrière ma ride du lion. Où va-t-elle dormir ? Je ne peux lui proposer le matelas de piscine du salon alors qu'elle vient de supporter une nuit sur une banquette de voiture. À part ici, le sol de la chambre d'amis et le fauteuil du bureau, je ne vois rien d'autre. Hors de question de lui offrir mon lit. Le bébé et moi, on en a besoin. On y tourne, en se mélangeant dans les draps, on a chaud, on transpire et accessoirement, on bave… Enfin, moi.

Le papillon au creux de mon ventre choisit cet instant pour se mettre à danser. Ma main meurt d'envie de s'y poser. Si Mathilde reste, cela va me demander des efforts considérables. *Tu n'auras qu'à occuper le reste de ta journée, ensuite tu dors et pouf, au matin, elle part.* Une bonne excuse pour retrouver le chemin des douaniers. Je capitule.

— OK, tu peux rester. Mais je te préviens, je garde le lit !

Cachée dans la salle de bains, j'enfile mes chaussures : tâche de plus en plus difficile. D'un pas accéléré, je traverse le salon. Enfin, Bibendum traverse le salon. Les sous-couches empilées sous le sweat pour combattre le froid - et cacher mon ventre - rappellent étrangement le bonhomme Michelin. La voix de ta fille arrête ma progression :

— Vous sortez ?

D'un ton hésitant, et passant une écharpe autour du cou, je lui réponds :

— Oui, je vais marcher un peu.

— Où ça ?

Je lui dis, je ne lui dis pas ? L'intérêt dans sa voix est bien trop présent pour qu'il ne s'agisse que de politesse :

— Dans La Hague, je pense.

Elle se lève de son lit de fortune :

— OK, ne bougez pas. J'arrive.

Mince !

Mathilde me devance. Je surveille sa progression et me concentre sur mes propres pas, le souvenir de ma dernière promenade dans La Hague encore vif dans ma mémoire.

Bien que le médecin en ait confirmé la guérison complète, ma cheville me lance. Après des jours sans douleur, mon cerveau me joue des tours, sans doute pour me rappeler le danger.

Collée avec prudence à la falaise, le vide m'accompagne. Ce sentier, je l'emprunte souvent pour mes séances photo. Mathilde a insisté pour que nous nous rendions au Nez de Jobourg. Elle a bien fait. Quel spectacle !

Au loin, le cap me nargue, je n'irai pas jusqu'à lui. Je profite de la vue sur cette baie arquée, creusée par la mer en contrebas. Cette dernière a décidé de se parer d'un turquoise délicat qui s'étend à perte de vue. Il s'éclaircit à l'approche de la roche et dévoile son potentiel lorsqu'on le compare au vert intense qui recouvre le haut des falaises.

Quelquefois, le soleil se découvre, ses rayons s'autorisent quelques pas de danse sur les vagues et s'y reflètent. Le turquoise se fait alors discret et la lumière prend sa place, assombrissant les recoins où elle ne se pose pas.

Plus loin, Mathilde me fait signe. Elle semble m'attendre, droite dans ses bottines et à l'aise dans son jean. Elle n'est pas équipée pour une randonnée, mais se débrouille mieux que moi. Je me faufile entre deux rochers qui encadrent le sentier. J'ai beau connaître l'endroit, tout se complique avec six kilos de plus. Ce poids me déséquilibre et m'entraîne vers l'avant. La respiration haletante, j'arrive à son niveau. Elle me sourit :

— Je peux vous dire quelque chose ?

Que se passe-t-il si je réponds non ? *Elle te le dira quand même.* Je m'en doutais un peu…

— Oui, bien sûr.

La remarque lui brûle les lèvres. Ces dernières s'étirent et grimpent haut dans le creux de ses joues. Puis elle se lance.

— Vous ne ressemblez à rien !

Je m'y attendais, mais feins la gêne. Je lui offre cette victoire qui, j'en suis sûre, l'aidera à s'ouvrir à moi.

— C'est gentil, dis-je avec une moue exagérée.

— Je veux dire… On voit que vous n'êtes pas très sportive !

De mieux en mieux ta fille ! Ma réponse se fait brève pour dissimuler mon envie de rejoindre sa bonne humeur et d'en rire à mon tour :

— OK, je vois.

Mais elle ne s'arrête pas là.

— Et cette tenue. Ce n'est pas possible ! Où est passée la femme colorée de mes premières visites ? C'est quoi cet ensemble noir et difforme ? Vraiment, si vous vous laissez aller à votre âge, vous êtes mal partie pour refaire votre vie !

Cette fois-ci, je lui offre un sourire sincère pour que les mots que je m'apprête à lui dire soient accueillis avec douceur :

— Je n'ai pas envie de refaire ma vie, tu sais. Pas déjà. Ma vie était belle. Elle l'est sans doute toujours. C'est juste plus difficile de le voir…

— Tant mieux pour vous, si vous arrivez à vous remettre aussi vite de la mort de mon père ! fulmine-t-elle. Quant à moi, ma vie est pourrie !

Ma tirade, que je souhaitais pleine d'espoir, s'est retournée contre moi. J'accepte son humeur maussade, tant qu'elle lui permet de se confier. Il semblerait que ce soit le cas.

— Tout le monde m'énerve en ce moment ! poursuit-elle tandis que ses jambes reprennent la cadence.

Les miennes tentent de la suivre alors que le sentier se met à grimper.

— Ma mère, mon frère, ma grand-mère, Mathieu, c'est mon petit copain, les profs de la fac. Ils sont pleins de soi-disant bons conseils. En vérité, ils ne racontent que des âneries.

Ma respiration trahit ma difficulté à garder le rythme. Il faut que je continue l'ascension pour ne pas perdre une miette de ses confidences. Le vent, de face, aide ses mots à parvenir jusqu'à moi.

— Ils se prennent pour qui ? Non, la douleur ne passe pas. Non, je ne vais pas apprendre à vivre avec. Non, je ne suis pas une peste caractérielle !

Ses pas s'arrêtent. Je pose mes mains sur mes genoux et tente de calmer mon petit cœur. Sa confession continue :

— J'aimerais tant qu'ils saisissent l'intensité de mes émotions et qu'ils acceptent. Oui, c'est dur, oui, j'en bave. Je leur en fais sans doute baver en même temps. Que suis-je censée faire d'autre ?

Silence. Du bout des doigts, j'appuie sur mon point de côté, espérant qu'il se calme sous la pression. Je relève la tête. La lumière se reflète dans ses yeux. Elle attend de moi une solution miracle et rien ne me vient à l'esprit à part :

— Crier…

— Pardon ?

— Tu me demandes ce que tu es censée faire et là, tout de suite, tu n'as qu'à crier.

Je vois bien qu'elle me prend pour une folle. J'en ai l'habitude, mais si elle me ressemble – et il me semble que c'est le cas – crier peut la soulager. Elle croise les bras et m'interroge :

— Sur qui ?

— Sur personne et sur tout le monde ! m'exclamé-je, enthousiaste. Pour te défouler !

— Je vois... murmure-t-elle avant de déplier ses bras et les laisser tomber le long de son corps.

Ses yeux se ferment, puis un seul, le plus curieux, s'ouvre à nouveau.

— Je veux bien essayer, mais ça ne vous dérangerait pas de vous retourner ?

— Tu sais, même de dos, j'imaginerai ta tête et ça ne sera pas mieux, souris-je.

Mais j'obéis et patiente. Le tumulte du vent enveloppe cet étrange moment. Un cri, son cri, fuse et me brise le cœur. Sa souffrance vient secouer la mienne. Des mois de douleur quittent la gorge de ta fille et se répercutent sur les roches qui nous entourent.

Je ne peux m'empêcher de me retourner. Ses bras, tendus vers le ciel, se décrochent du tableau trouble que m'offrent mes larmes. Un second cri déchire le silence, désormais porté par l'air de ses poumons. Puissant, il voyage plus loin encore.

Les poings de Mathilde se serrent puis s'orientent vers le sol. Elle revient doucement à la réalité, les joues aussi humides que les miennes. J'accroche un sourire à mes lèvres et je lui adresse un :

— Comment te sens-tu ?

Sans même me répondre, elle se précipite vers moi. Mon cerveau comprend avec effroi ce qu'elle s'apprête à faire. Mes bras stoppent net l'impact alors que Mathilde se trouve à quelques centimètres de mon ventre. On a eu chaud, mon amour !

Avant qu'elle ne m'en veuille, les mains posées sur ses épaules, je la serre contre moi, les fesses reculées au maximum et la poitrine en avant. L'étreinte est rapide et coupée par le ton acerbe de ta fille :

— Je vous préviens, y en aura pas d'autres !

J'affiche une mine satisfaite :

— On verra, murmuré-je.

— Bon, on rentre !

Puis, comme si de rien n'était, comme si elle ne venait pas de m'exposer ses tripes et de se déchirer les cordes vocales, elle me double et reprend le chemin dans le sens inverse. Le ciel ne va pas tarder à s'assombrir.

L'aventure s'arrête ici. Direction l'appartement. Au programme pour ta fille, un bon repas, un bain au milieu de bougies parfumées, Netflix et des comédies romantiques. Je vais la chouchouter. Tu n'as pas idée.

L'APPARTEMENT

Le temps qu'Olivier déménage de chez lui, nous avons passé les dernières semaines à nous retrouver en cachette, à discuter sur un parking, ou à marcher le long de la mer et loin de la foule. Jusqu'ici, je me suis demandé s'il ne m'avait pas menti sur sa situation… Mais ce soir a eu lieu notre premier rendez-vous officiel, en amoureux, à une table du Vauban avec vue sur le port. En quittant l'établissement, nous avons croisé un des collègues d'Olivier, à qui il m'a présentée sans gêne.

Me voilà rassurée tandis que nous marchons main dans la main dans les rues du centre de Cherbourg. Nous nous arrêtons dans une rue piétonne, devant une porte d'immeuble ancienne à laquelle je n'avais jamais fait attention jusqu'à aujourd'hui.

— Tu veux rentrer ? me demande-t-il, une fois sur le palier de son étage.

J'acquiesce d'un mouvement de tête. Il tourne la clef dans la serrure, pousse la porte et me dévoile la pièce principale de son appartement.

— Bienvenue chez moi.

La différence d'âge se voit jusque dans nos choix immobiliers. La taille de son salon dépasse la totalité de mon logement. Un studio de vingt-huit mètres carrés, près de l'IUT de Cherbourg, est tout ce que je peux m'offrir avec mes revenus d'indépendant.

À peine un pied posé sur le parquet, j'examine ce que contient la pièce. Cet homme a du goût, mais pas le même que le mien… Je déprimerais ici. Ce mur noir, ces meubles sinistres, ce canapé en cuir bien trop volumineux.

Si les lumières n'étaient pas déjà allumées, je serais en train de me précipiter sur tous les boutons. Lumière, il me faut plus de lumière. C'est mon côté plante verte. En parlant de plantes, aucune consœur ne vit dans les parages, à mon plus grand regret.

— Ça te plaît ?

Ses dents sont de sortie et trahissent son enthousiasme.

— Oui, ça a beaucoup de charme.

— Attends de voir le reste.

Il s'empare de ma main et m'entraîne dans ce qui semble être sa chambre.

— Tada !

Ici, n'importe quel végétal y laisserait ses feuilles. Nous nous trouvons dans une pièce sans fenêtre et remplie de bougies. Olivier en a déposé partout, le long du mur, sur les tables de chevet, en haut de son dressing. J'ai saisi le message, ce soir, si je le désire, je passe à la casserole. Il n'y a plus qu'à allumer le feu.

Sur le seuil de la porte, Olivier m'observe, toujours aussi souriant, guettant ma réaction. La lumière du couloir derrière lui dessine sa silhouette. Il est beau.

— Waouh, c'est (sinistre ? effrayant ?) superbe, magique !

— Tu n'en ferais pas un peu trop là ?

— Non, pourquoi ?

Qu'est-ce qu'elle ne me fait pas faire cette période de lune de miel ! Je n'en suis pas à mon premier essai, les débuts de relation, ça me connaît. Les fins rapides, également. J'ai l'habitude des premiers mois durant lesquels on ne dévoile que le meilleur de nous-mêmes, sans plus vraiment savoir qui l'on est.

Cette méthode ne m'a jamais amenée nulle part – je montre mon vrai visage bien trop rapidement –, mais c'est la seule que je maîtrise.

— Allez, viens, on finit la visite, puis je te propose une tasse de thé, avant de… bafouille-t-il. J'ai compris que tu raffolais de ça, le thé.

« Avant de… », sa maladresse me séduit autant que la timidité de son sourire. S'il savait à quel point je me fiche du thé au moment présent. Ce n'est pas de la théine que je veux dans le corps, c'est lui.

— Le thé, c'est vital, mon capitaine !

— Alors ne perdons pas de temps.

Il saisit ma main et, comme deux enfants qui découvrent l'amour pour la première fois, nous gloussons dans le couloir en direction de la salle de bains, moderne avec double vasque – de quoi réjouir Stéphane Plaza. Puis, c'est au tour de la cuisine suréquipée, d'une seconde chambre, vide, et d'une troisième qui sert de bureau.

Le thé infuse sagement, pendant que nous nous dévorons du regard, moins sagement.

— C'est sympa, chez toi.

— Vraiment ?

C'est le moment. Je suis prête à minauder. Puis dans mon cerveau, un déclic a lieu : non, pas cette fois, pas comme ça. Sois franche, sois honnête, offre-lui l'opportunité de te connaître telle que tu es. Si c'est le bon, il restera, sinon tant pis, au suivant.

Je me tords les doigts et décroise les jambes pour orienter mon buste en sa direction.

— Non, pas vraiment…

— Je m'en doutais, dit-il en riant. Dis-moi ce que tu n'aimes pas !

S'il désire entendre la liste complète, il va être servi.

— Alors, commençons par tes meubles !

— Qu'est-ce qu'ils ont, mes meubles ?

— Ils sont sombres !

— Sombres, mais sobres, argumente-t-il le doigt levé.

— Si tu veux, sobres. Mais avec ce mur noir, ils assombrissent la pièce.

— Je note.

Tandis qu'il mime la prise de notes dans la paume de sa main, j'enchaîne : le manque de plantes vertes, de matières naturelles, la taille du buffet, les murs vides, la décoration inexistante et les coussins dépareillés.

J'en suis à mentionner la chambre sans fenêtre et mon besoin de lumière lorsqu'il me coupe la parole :

— Tu es une bobo, en fait. Tu as des goûts de hipster !

Les doigts chauffés par la tasse, cette dernière au bord des lèvres, j'avale ma gorgée à temps pour ne pas en recracher le contenu. Les yeux plissés par l'espièglerie du moment, je me défends :

— Je préfère le terme « hippie », avoué-je.

— Donc pas de chemises à carreaux pour moi ?

— *Nope.*

— Mais des fleurs dans les cheveux pour toi ?

— De temps en temps, oui.

Son regard pétille :

— Et les bougies ? Tu aimes les bougies ?

— Ça dépend…

Sa main passe sur son crâne et ses cheveux courts. Je l'envie ; j'adorerais que les miennes l'accompagnent. Il reprend la parole, sa timidité imprimée sur les joues.

— Et faire l'amour, à la lueur des bougies, avant qu'elles ne s'éteignent ?

— Pourquoi pas…

Le 26 mars 2019 (4 heures)

Lorsque j'ouvre les yeux, le bas de mon ventre abrite les vestiges d'un orgasme. Je tiens les hormones responsables de l'émergence de ce souvenir et de ce réveil nocturne.

Les draps sont de trop, j'ai chaud et les pousse à l'extérieur du lit. Nos câlins torrides, notre façon de faire l'amour me manquent. Trois mois déjà que tu n'es plus là. La douleur est différente, les craintes également. Je ne veux pas t'oublier ni continuer de vivre dans le passé, mais j'ai peur de ne jamais trouver l'entre-deux.

Ma tête lourde me signale qu'il n'est pas l'heure de se lever tandis que le reste de mon corps est formel : pas question de se rendormir. Ma gorge réclame de l'eau et mes jambes quelques pas.

Bébé ne me demande rien, mais a décidé d'apprendre la salsa en autodidacte. Olivier, peux-tu encourager ton fils ou ta fille à se mettre à la danse classique ? *Tu n'as qu'à le faire toi !* Je n'ai pas d'autorité. *Eh bien, ça commence mal. Il va falloir y travailler. Tu endosseras le rôle de deux parents, je te signale.* Merci de me le rappeler à 4 h 30 du matin.

Je pose les mains sur mon ventre et ferme les yeux. Que la force de Marie-Claude Pietragalla soit avec moi ! Bébé, si tu m'entends, peux-tu troquer ta danse folle, au rythme des claves, contre des arabesques toutes douces et des pliés sur des notes de piano ?

Pour toute réponse, Bébé accélère la cadence. *Tiens, une tête de mule, comme sa...* Je te déconseille de finir ta phrase, sinon... *Sinon, quoi ? Je suis mort !* Sinon, je dis à ta fille que, quand tu étais enfant, tu avais peur des sauterelles parce que tu croyais qu'il s'agissait de mantes religieuses et qu'elles allaient te dévorer... Silence. C'est bien ce que je pensais ! Au moins un qui accepte de me laisser tranquille.

Je me lève et file dans la cuisine. À cette heure-ci, il n'y a qu'une seule chose à faire : manger. En croquant dans une tartine au beurre, je repense à la soirée d'hier et aux confidences de Mathilde autour du plat de lasagnes végétariennes.

*

Mathilde s'est changée. De mon côté, pour cacher au mieux l'aéronef qui me sert de ventre, je suis restée dans ma tenue de randonneuse.

Nous avons fait le tour des banalités : le printemps qui tarde à se manifester, les lapins de Pâques en chocolat, les cloches qui envahissent les vitrines des boutiques du centre et les goélands qui s'approprient les rues.

Doucement, nous abordons des sujets plus personnels :

— Comment se passent tes études ? demandé-je à Mathilde alors qu'elle s'acharne sur un morceau d'aubergine bien trop épais et pas assez cuit.

Raté pour le bon plat maison réconfortant.

— Bien. Enfin, elles se passaient bien jusqu'à ce que j'arrête d'aller en cours.

— Tu ne veux plus devenir journaliste ?

Elle souffle et repose ses couverts. Mes mots ont pourtant été prononcés avec bienveillance.

— Si. Mais ça n'a rien à voir. Et je ne suis pas venue ici pour entendre les mêmes inquiétudes que chez ma mère et ma grand-mère ! rétorque-t-elle en plissant le front.

Ma tête penchée sur le côté, je tente de retrouver le contact avec ses yeux tandis qu'ils observent avec dégoût un bout de peau de tomate dans l'assiette :

— Si ça peut te rassurer, ce ne sont pas des inquiétudes. C'est ta vie et je ne te connais pas assez pour te reprocher quoi que ce soit.

Elle relève enfin le menton, l'espièglerie tatouée sur les traits de son visage. J'attends la réplique et l'imagine avant qu'elle ne franchisse ses lèvres.

— On est bien d'accord !

Gagné. Pour être honnête, mon amour, je m'inquiète. Sans le vouloir, ces derniers mois, ta fille et moi avons créé un lien. Un lien fragile entre deux âmes endeuillées par le départ du même homme : un compagnon, un père, un disparu.

Une nouvelle bouchée m'aide à garder le contrôle et ne pas lui dévoiler mes émotions.

— À part ça, la vie à Caen ? poursuis-je.

— Comme la vie partout ailleurs : gonflante, morne et sans but, soupire-t-elle.

Quelle ambiance ! Si je ne l'avais pas en face de moi, je lui donnerais soixante-dix ans et l'imaginerais avec un béret et une moustache. Un cœur aigri dans une si belle et jeune enveloppe, quel gâchis !

Plus aucun mot ne me vient. Mathilde n'accepte pas ce silence et habille la conversation de sa curiosité :

— Vous avez des frères et sœurs ?

— Un petit frère, Cédric. Heureux en couple, heureux papa, heureux au travail, toujours enjoué et là pour les autres. Tu ne le supporterais pas.

Elle sourit et avale une autre bouchée de lasagnes, sans doute pour ne pas me vexer. C'est ce qui me touche chez elle, cette gentillesse innée qu'elle cherche tant bien que mal à nous dissimuler.

— Vous le voyez souvent ?

— Oui. Il habite sur les hauteurs d'Octeville.

Mes lèvres s'étirent sans ma permission. Je me confie :

— C'est fou, j'ai passé mon enfance à le terroriser et à le traiter comme un bébé et aujourd'hui, c'est mon meilleur ami, mon allié, le gardien de mes secrets.

— Ça doit être chouette d'avoir quelqu'un comme lui à ses côtés.

— Ça l'est.

Son assiette terminée, ta fille se lève et la place bruyamment dans le lave-vaisselle, avant de revenir à table, face à moi. Ses doigts pianotent sur la nappe.

— Petite, j'oubliais que j'avais un frère.

Sa phrase reste en suspens quelques secondes.

— La communication n'est pas son fort, explique-t-elle. Il aime le silence et les activités en solo dans lesquelles se replier. Mais maintenant, il est là, tout le temps, sans être vraiment là non plus.

— Comment ça ?

— Dès que je vais voir ma mère, il est là, derrière elle. S'il ne faisait pas un mètre quatre-vingts, il serait planqué dans ses jupes !

Mathilde semble lancée et prête à se confier. Elle m'offre une opportunité que je ne compte pas laisser passer. Après tout, comment l'aider si je n'en sais pas davantage sur la situation ?

— Il habite avec elle ?

— Oui, depuis qu'il s'est fait virer, il y a un mois.

— Désolée d'apprendre ça.

Elle hausse les épaules :

— Pas moi. Ce qui me désole, c'est que je ne peux plus me disputer avec ma mère tranquillement. À chacun de mes mots, il me lance des regards désapprobateurs et il y a deux jours, Monsieur-qui-ne-parle-jamais m'a dit d'aller me faire voir.

— C'est vrai que ce n'est pas correct.

Sauf si c'était mérité.

— Je venais de dire la même chose à ma mère, avoue-t-elle.

Oui, c'était mérité. Je grimace :

— Ça doit être sympa les repas de famille chez vous.

— Ça l'était, avant que papa ne s'en aille.

— Tu veux dire avant sa mort ?

— Non, avant que tu ne le piques… précise-t-elle.

C'est reparti pour un tour de « tutoiement et méchanceté ». Si le titre n'était pas pris, j'aurais choisi « Orgueil et Préjugés ».

— Je t'ai déjà dit qu'ils étaient séparés lorsqu'on s'est rencontrés, Mathilde…

Une mèche la dérange, elle la dégage d'une main avec véhémence. Mais cette dernière revient à la charge et finit punie derrière l'oreille.

— Oui, je sais. Tu y es pour rien et blablabla, grimace-t-elle. N'empêche qu'on n'en sait rien. Ils seraient peut-être retournés l'un vers l'autre.

— Après ou avant avoir signé les papiers du divorce ? l'interrogé-je, un sourire en coin.

— Bah quoi, ça arrive ! Pourquoi crois-tu que papa ne t'ait pas présentée à mon frère et moi ?

— Pour vous protéger.

— Tu es en plein déni.

Si elle savait.

— Moi, je dirais plutôt qu'il avait des doutes sur vous deux, reprend Mathilde. Il n'était pas sûr que vous ayez un avenir. Il n'avait pas oublié maman. Ils étaient tellement heureux ensemble. Personne ne peut oublier maman, c'est une femme extra !

Une femme extraordinaire à qui elle conseille d'aller se faire cuire un œuf. Ses propos me poussent à la fuite. J'irais bien marcher le long du port, laissant ma main danser dans la brise et les larmes couler sur mes joues. Je tenterais alors d'ignorer les faits que ta fille me reproche et qui font de moi l'autre femme. Ils ne peuvent qu'être teintés d'une certaine vérité pour réveiller ainsi mes craintes.

Est-ce pour cela que nous n'avions pas de projets ? Que nous n'avions jamais pris le temps de repeindre ce fichu mur, changer la décoration, acheter des plantes ou chercher un nouveau logement à nous ? Rien qu'à nous ?

Le reste de mon assiette reste intact. Aucun aliment ne peut franchir ma gorge. Ce qui était un tuyau n'est plus qu'un sac de nœuds.

— Je pense qu'il est l'heure pour moi d'aller dormir. Bonne soirée, Mathilde, annoncé-je en tirant sur mon pull.

— Déjà ?

— Y a Netflix, si besoin, ajouté-je en haussant les épaules et tentant un petit sourire.

— Tu sais, ce n'est pas la peine de te braquer. Ce n'est pas à toi que j'en veux le plus. C'est à ma mère, qui l'a laissé partir et à Ludovic qui s'en moquait de papa et de sa nouvelle vie !

Elle me tend une perche amicale et je ne vais pas laisser passer cette occasion. Mes épaules se relâchent. Changement de plan.

— Je préfère ton frère, du coup, la taquiné-je.

Elle rit, d'un rire franc qui transforme l'atmosphère et qui repousse nos barrières.

— On voit bien que tu ne le connais pas ! lance-t-elle.

La faim me revient doucement et, après tout, je n'ai pas vraiment sommeil. Je lui propose :

— Une glace au chocolat devant une comédie, ça te dit ?

— D'accord, mais c'est moi qui choisis !

*

Rien qu'en y repensant, la joie revient à nouveau sur mes lèvres, là où traînent encore des miettes de pain.

Toujours installée dans la cuisine, je termine de dévorer mes tartines au beurre avant de retourner au lit. Ce serait bien de réussir à me rendormir avant que la ville se réveille.

Dans le salon, le parquet grince, Mathilde est debout. Je comprends alors que je suis en culotte, débardeur, les jambes poilues, les cheveux ébouriffés. La honte. *Tu es surtout enceinte, ma chérie.* Et mince ! Je tire comme je peux sur mon haut qui semble ne pas vouloir coopérer ni dépasser mon nombril. Elle est là, dans l'encadrement de la porte. Éblouie par la lumière de la cuisine, heureusement.

Elle se frotte les yeux et me demande en bâillant :

— Vous ne dormez pas ?

Mes mots ne trouvent plus la sortie. Je panique, en attendant le moment où ses pupilles auront recouvré leurs capacités. Quelle andouille ! C'est fou comme le cerveau d'une femme enceinte peut perdre en perspicacité. Je n'ai pas imaginé une seule seconde qu'elle allait se lever. À vrai dire, j'avais oublié qu'elle était là. Comme si hier avait filé quelques jours en arrière.

Pourvu qu'elle n'ait rien vu, et qu'elle ne voie rien. Je me contorsionne pour tenter de camoufler plus de trois mois de grossesse sous la table. Désolée, Olivier, vraiment… *Désolée de quoi ? C'est toi qui te retrouves dans une drôle de situation, pas moi.* Tu te trompes ! Elle va te détester.

Une voix impatiente me ramène à la réalité :

— Eh oh, il y a quelqu'un ?

Je relève la tête :

— Pardon, j'étais ailleurs. Je ne me sens pas bien…

— Vous avez besoin de quelque chose ?

D'un peu d'air ou que tu t'en ailles, que tu retournes te coucher et que tu me laisses me faufiler sous la couette, honteuse, mais en sécurité.

— Non, merci, tout va bien, lui réponds-je simplement.

— Vous êtes sûre ? Vous êtes toute blanche.

Je me justifie :

— La peau de rousse et les spots au plafond ne font pas bon ménage. C'est tout.

Sceptique, elle m'observe un instant avant de me délivrer de mon calvaire :

— OK, je retourne me coucher. Mais réveillez-moi si besoin, j'ai l'habitude de vous sauver la vie.

— Tu n'exagères pas un peu là ?

— Juste un peu alors !

Comme une enfant, elle mime la petitesse entre ses doigts, presque écrasés l'un contre l'autre.

— Bonne nuit, Mathilde.

— Bonne nuit.

La traversée du couloir se fait en sueur. Je n'ose pas regarder dans le salon. Chacun de mes pas se veut léger. La réalité, c'est que je suis aussi discrète qu'une souris qui court sur de la paille sèche. Bien que, physiquement, je sois plus proche de l'éléphant. C'est la seule image que me renvoient les plaintes du parquet.

Arrivée dans la chambre, je m'éponge le front et m'allonge sur le lit avec soulagement. La lumière du salon était allumée, je n'ai pas rêvé ? Je n'ai pas le temps de me poser davantage de questions. Le stress a au moins un avantage : il m'épuise. Morphée approche et me tend les bras. Je ferme les yeux et m'enfuis avec lui.

Un songe me rejoint en chemin. Avant même que le sommeil m'englobe complètement, le film commence. Du rose se mêle petit à petit au gris du ciel. Le soleil ne devrait pas tarder à se lever. Sur la mer, un marin me salue. Son voilier danse au rythme de la houle. Puis, une vague, plus fougueuse que les autres, s'approche de l'homme et de son embarcation. Le choc résonne dans mes membres et me réveille en sursaut. C'est curieux, on aurait dit un bruit de porte qui claque…

Son lit de fortune est vide. J'ai l'étrange réflexe de faire le tour de l'appartement, comme si j'allais retrouver Mathilde cachée dans un coin.

Mon esprit se raccroche aux théories les plus improbables pour éviter de se confronter à la réalité : elle est partie, et brusquement. Sur la table de la cuisine, un bout de papier confirme mes peurs. Les mains tremblantes, je le saisis et l'approche de mes yeux embués. Mon amour, elle ne m'a pas v… Elle ne peut pas avoir v… Aide-moi. *Je ne peux rien faire, malheureusement. Déplie ce fichu papier et on sera fixés.* Fixés ou anéantis.

Sur la feuille, une seule phrase. Une interrogation écrite au stylo noir qui me fait monter la main à la bouche tandis que mon estomac juge que, finalement, les tartines sont de trop.

Une phrase qui me juge coupable et me fait remettre en question ma décision, égoïste, de garder le bébé.

Une phrase, avec une majuscule.

« Comment avez-vous pu me faire ça ? »

Les tourtereaux

— Avant de commencer, voici quelques consignes. Premièrement, interdiction de regarder dans ma direction. Je sais bien que j'ai un charme fou, mais je vous invite à profiter de l'instant en restant concentrés sur vous et votre couple et non pas sur l'appareil photo.

Je leur offre mon plus beau sourire et, comme à chaque début de séance, les clients me le rendent, figés, version affiche de salle d'attente du dentiste.

Dans la forêt de pins des dunes de Biville, la séance est rythmée par mes blagues, leurs pas de danse improvisés, nos grimaces et leur tendresse, beaucoup de tendresse. C'est épanouie que j'accomplis ma mission.

Rapidement, nous quittons l'ombre du bois en direction de la plage. Le soleil trône haut dans le ciel. Une fois sur le sable, je retire mes chaussures et modifie les réglages de mon appareil avant de me diriger vers les vagues.

Ma robe au-dessus des genoux, je me lance. L'eau est froide. Les rayons du soleil sur mon visage m'aident à en faire abstraction. Le couple marche vers moi, pieds nus lui aussi, la dune en fond de tableau.

Je m'applique pour ne rien rater de ce moment. Les amoureux découvrent, à leur tour, la fraîcheur de la mer. Je ris devant leurs traits déformés par la surprise, ravie d'avoir ces précieux souvenirs gravés sur ma carte mémoire. Madame coince sa robe dans sa ceinture et monsieur replie le bas de son pantalon, déterminés tous les deux à s'aventurer plus loin.

— On te déteste, tu sais ? chuchote la jeune femme, une fois à ma hauteur.

— Je sais !

En vrai, à ce moment précis, ils m'adorent. C'est toujours ainsi que ça se passe. Au début ce sont des inconnus, au milieu des gens sympas, à la fin des amis, puis ils partent et c'est le vide. Le pire, ce sont les retours de mariage. Être traitée comme une membre du clan, baigner dans l'amour, la fraternité, la joie, les souvenirs, puis plus rien, la route seule.

Heureusement, après le vide, il y a les bras d'Olivier qui m'aident à revenir doucement à la réalité.

Les tourtereaux s'éclaboussent. Deux sourires honnêtes sont accrochés à leurs visages. Des sourires qui n'ont plus rien à voir avec ceux des premiers clichés.

— Merci, Amandine. On a passé un super moment.

— De rien. Vous étiez faciles à photographier.

Je termine chaque séance par ces mots et ils sont toujours sincères. Une fois la confiance établie, ils osent être eux-mêmes et c'est à ce moment-là qu'ils sont les plus beaux.

De retour à l'appartement, mes chaussures jetées dans l'entrée, je m'affale sur le canapé aux côtés d'Olivier. De bonne humeur, le cœur revigoré par ces doux moments et plus amoureuse que jamais, je déclare :

— Merci.

Il ne décroche pas les yeux de la télévision sur laquelle défile sa série du moment et dont j'ai oublié le nom. Ce que je sais, c'est que rien que la musique pourrait me déclencher un cauchemar éveillée. Très peu pour moi.

L'information arrive tranquillement jusqu'à son cerveau :

— De quoi ? bredouille-t-il.

Je glisse ma main dans la sienne :

— D'être là…

Un homme se fait massacrer à l'écran. Olivier pose enfin son regard sur moi. Ses rides d'expression se révèlent au grand jour alors que, malicieux, il me rétorque :

— Malgré le fait que je ne veuille pas d'enfants, ni te présenter aux miens et que je ne te coure pas après pour te crier que je t'aime comme tu voudrais que je le fasse ?

Mes cils papillonnent pour mieux l'attendrir tandis que je tente de chasser ma culpabilité.

— Oui…

Et comme toujours, je lui demande :

— Tu m'aimes ?

— Oui, je t'aime.

Il attrape délicatement mon visage et me blottit contre lui, avant d'ajouter :

— Et je n'ai pas l'intention de partir.

Le 13 avril 2019

C'est fragile une intention. Il y a trois jours, j'avais l'intention de donner des nouvelles à ma mère, à ma grand-mère et d'en demander à ta fille. À la place, j'ai fait la morte. *Hum, hum.* Pardon, mon amour. Façon de parler. Je n'en ai reçu aucune de Mathilde non plus depuis son mot et son départ précipité.

Il ne passe pas un jour sans que j'y repense. Qu'a-t-elle ressenti face à mon ventre de femme enceinte ? A-t-elle vraiment compris ? Croit-elle que je n'ai pas attendu après ta mort pour aller me faire mettre en cloque par le premier venu ?

Installée à la table de la cuisine, la tisane aux fruits rouges me réchauffe la gorge. Le soleil m'encourage à le rejoindre à l'extérieur. Il insiste et va jusqu'à me menacer de faire fondre mon carré de chocolat. Je l'écoute et me prépare à quitter l'appartement. Un petit tour en ville ne peut pas me faire de mal.

Ces derniers jours, j'ai foncé tête baissée dans le travail pour ne plus penser à rien. Mes clients m'étalent leur bonheur, alors je serre les dents, je souris et je laisse ma passion pour ce métier prendre le dessus.

Comme chaque année, les gens profitent des vacances et du retour des beaux jours pour réaliser leur portrait. Et c'est tant mieux, car bien que les températures soient remontées, mon compte en banque est passé dans le négatif. Il y fait moins deux cents euros. Et ce avant même d'avoir payé mon loyer.

Les vieux vêtements de grossesse de ma mère me lâchent les uns après les autres et j'ai hâte d'avoir le budget pour les remplacer. Ce matin, je porte une robe à fleurs trop grande et un gilet vert que je ne peux plus fermer. Heureusement, ma réputation d'artiste hippie me sauve.

Sur le seuil de la porte cochère, j'attends l'opportunité : un passage entre deux promeneurs dans lequel mon ventre et moi pourrions nous faufiler. Une fillette, sur sa draisienne, devance ses parents tandis qu'ils se dirigent vers la place du Marché. J'en profite, traverse, longe le mur d'en face et remonte la rue à contre-courant.

*

Mon téléphone vibre alors que l'agent immobilier me rabâche, pour la énième fois, la précarité de ma situation. Il s'attarde sur chaque caractéristique, telle une maîtresse de maternelle expliquant les règles de la classe un jour de rentrée scolaire. Il veut s'assurer que j'ai bien assimilé ses propos. Il parle de moi, de ma vie et de mon avenir, comme s'il ne s'agissait que de données informatiques. Le bébé à venir, mère célibataire, un seul revenu, aucune stabilité due à l'autoentreprise. Moi qui pensais réussir à obtenir de la compassion avec mon gros bidon, tu parles ! Désolée, bébé, nous sommes voués à rester dans un appartement trop cher, loin de la mer et proche du souvenir de ton père.

— Je vous conseille de rapidement faire une demande auprès des HLM de la ville, madame Fleury. Vous souhaitez leurs coordonnées ?

J'acquiesce. Il se tourne vers son ordinateur. Je n'ai aucune intention de les appeler, pas tout de suite ; j'y crois encore. Mais cela me laisse le temps de reprendre mes esprits.

Derrière lui, le mur orange me fait de l'œil. J'aurais plutôt vu un bleu nuit pour apaiser les clients qui verront leurs rêves s'écrouler entre ces murs, avec une plante verte, comme une touche d'espoir. Sur son bureau, un cadre me tourne le dos, sans doute une photo de famille. Dans un pot se côtoient des mines de plomb et des stylos en plastique, une règle et des marqueurs.

L'imprimante se met en marche. Elle s'apprête à cracher la fin de mon optimisme…

Ne me demande pas comment j'ai atterri ici, à la recherche d'un nouvel appartement, mon amour. Moi-même, j'en doute. Je tiens pour responsable l'ambiance printanière. Elle donne bien envie à certains de changer les meubles de place.

De nouvelles vibrations se font entendre sur l'écran de mon téléphone : ma mère. Je prends congé de l'agent immobilier, le dossier des différents organismes en charge des logements sociaux sous le bras. J'attrape tout de même en sortant le prospectus des annonces locatives.

— Allô, Amande ? Tout va bien ?

Son ton alarmant ne m'étonne pas. Je la connais par cœur, ma mère. Et je m'inquiéterai pour elle, à mon tour, le jour où elle ne le fera plus.

— Oui, maman.

— Et le bébé ?

Mes pieds me guident, je les laisse faire. La seule chose que je leur impose est d'emprunter les rues les moins fréquentées et les plus petites possibles.

— Il est en forme, pourquoi ?

— Pourquoi ? (Le son de sa voix s'éloigne alors qu'elle s'adresse à mon père.) Michel, elle ose me demander pourquoi ! (Le son retrouve le chemin du combiné.) Parce que ça fait trois jours que j'espère avoir des nouvelles de mon futur petit-enfant.

Mince, l'échographie.

— Tout est normal, maman. Je ne pensais pas que tu attendais un appel, m'excusé-je.

— Et les mesures ? Combien il mesure ce chenapan ? s'adoucit-elle.

Les mesures… Aucune idée des mesures. Tout ce que je sais, c'est que la gynécologue n'a pas mentionné de retard de croissance, ni de sixième orteil ou de troisième œil. Le plus important, quoi.

— Je ne les ai pas avec moi, maman ; je te rappellerai, OK ?

Silence.

— Maman ? Tu es là ? Ça a coupé ?

Au loin, un murmure – qui, à nouveau, ne m'est pas destiné – me parvient.

— Tu te rends compte, son propre bébé. Je te le dis, elle est encore en plein déni.

— Maman, je t'entends…

— Est-ce qu'on peut faire un déni toute sa vie ? (Mon père tente de la calmer, mais elle insiste.) Si c'est le cas, elle risque de l'oublier dans la voiture en plein soleil, ou à l'école. Il ira seul à sa rentrée au collège.

Tout cela parce qu'avec la grossesse, ma mémoire a la capacité de celle d'un poisson rouge vivant dans un aquarium régulièrement nettoyé à l'eau de Javel. Est-ce vraiment si grave que ça de ne pas connaître par cœur la taille de l'être humain qui grandit dans mon ventre ? Sachant qu'elle varie quotidiennement. Et puis, zut, je lui donne une partie de mes repas, une part de mon oxygène, je nous cherche un chez-nous et ce n'est pas assez !

— Maman, si tu continues, je raccroche.

Ma complainte reste ignorée et les chuchotements, de moins en moins discrets, se poursuivent.

— On doit faire quelque chose Michel, si on ne fait rien, Amandine deviendra une mauvaise mère.

— Chantal !

Même à travers la technologie, l'irritation de mon père est tangible. D'un ton qui jure avec sa personnalité, il fulmine :

— Tu vas arrêter de dire des âneries. Tu te rends compte que tu parles de ta fille ? Qui, je te signale, est toujours de l'autre côté du combiné.

Un zut et un toussotement plus tard, la voici de retour. Innocemment, elle reprend :

— Allô, ma puce ? Tu m'entends ?

— Je suis là, maman. La mauvaise mère est là. Elle t'écoute, rétorqué-je le cœur serré.

— Oh, mon Amande. Je suis tellement désolée. Je ne suis plus moi-même, dernièrement. Demande à ton père. Ta condition me rend folle… Tu me pardonnes, ma puce ?

Ma mère s'est transformée en pot de miel. Un miel si sucré, si bourratif, que même Winnie n'en voudrait pas. Ça c'est sûr, déclarerait l'ourson, c'est de l'industriel, du trafiqué ! Vive le naturel, vive le bio ! N'ayant aucunement envie de me mettre ma mère à dos, tout est bon pour dédramatiser ses propos.

— Ne t'inquiète pas. Je n'ai presque rien entendu, soutiens-je à contrecœur. Vous allez bien tous les deux ?

Après avoir parlé de la pluie, du beau temps et de mon avenir flou, je raccroche et tente de me remémorer – en bonne mère que je suis – mon rendez-vous chez la gynécologue.

*

Elle est en retard. Malgré ces minutes supplémentaires, je ne suis pas prête. Par bonheur, je peux compter sur le soutien de mes proches. « Tout va bien se passer… Enfin, j'espère. PS : Toujours pas d'idées de prénoms ? » m'envoie ma maman. « Coucou, ma Didine, désolée de ne pouvoir être présente, mais profite, c'est un beau moment qui t'attend ! » m'encourage Rosie. Puis, c'est au tour de Cédric de me réconforter.

À sa façon : « Dis bonjour à l'extraterrestre de ma part et sache que même difforme ou couleur grenouille, son tonton l'aime déjà très fort. »

— Madame Fleury ? C'est à nous.

*

Super nouvelle, Bébé est assez grand pour être observé sans passer par mon intimité. Mauvaise nouvelle, c'est un timide hyperactif. La médecin – incapable d'en prendre les mesures – en est presque rendu à s'arracher les cheveux. Le bébé nous montre ses fesses ou rue comme un poulain en colère. J'aurais bien une idée de prénom, là. Un prénom composé : Casse-bonbon.

Le fou rire qui accompagne cette pensée est incontrôlable. Mon ventre, secoué de spasmes, expose mon secret au grand jour, au grand dam de ma gynécologue :

— Vous n'allez pas vous y mettre vous aussi. Comme on dit, telle mère, tel…

— Ah non, crié-je en me bouchant les oreilles. Je ne veux pas connaître le sexe !

Elle sourit. J'abaisse mes mains et l'écoute me rassurer :

— Pour être honnête, moi-même je ne suis pas sûre de la réponse. Il faudrait déjà qu'il ou elle accepte de se calmer.

Le rendez-vous dure plus longtemps que prévu. Mais à force de caresses, de mots doux et de pourparlers, le bébé consent à se laisser mesurer.

De retour dans le bureau de mon médecin, elle évoque mon « plan de naissance », document que je dois compléter pour préparer au mieux l'arrivée du bébé.

— Ici, vous devez indiquer qui vous désirez à vos côtés et ici, vous devez décrire comment vous souhaitez que se déroule votre accouchement, m'explique-t-elle en pointant une des nombreuses cases.

Bien. Je veux qu'il se déroule bien…

*

C'était bien plus intéressant de regarder Bébé se secouer et compliquer la tâche de la professionnelle que de retenir ses mesures.

Mes pas m'ont emmenée jusqu'au parc Emmanuel Liais. Le soleil a enfilé sa tenue printanière. Ses rayons ne font plus semblant. Ils s'étendent dans ma direction. Leur chaleur encourage les parterres fleuris à répandre leur parfum. Un banc le long de la serre accueille mon postérieur et mes pensées. Les mots de ma mère tournent en rond dans mon esprit tandis que les carpes font de même dans la mare. « Mauvaise mère », avant d'être mère tout court.

Ma maman n'est pas loin de la vérité. Je n'irais pas jusqu'à dire « mauvaise », mais je ne suis pas la mère idéale non plus. *Tu en exiges trop de toi-même, ma chérie. Personne ne l'est. Et tu ne peux pas passer du deuil à la maternité sans y laisser des plumes.* J'ai si peu à offrir à cet enfant, Olivier. *Tu vas arrêter de raconter des bêtises ! Tu es une femme formidable et seras une mère de la même envergure. Le bébé s'en fiche d'un appartement en ville ou d'une maison à la campagne. Le meilleur des logements sera tes bras.*

Peu importe d'où vient cette voix, de moi-même ou de l'au-delà, elle m'apaise. Les larmes montent. Je les accueille avec un mouchoir et les remercie. Elles m'aident à accepter que la vie ne sera plus jamais facile.

Elle l'était pourtant, à tes côtés. *En es-tu si sûre, ma chérie ? Et nos disputes ? Nos désirs différents ? La vie est restée la même. Fidèle à elle-même, elle multiplie les peines pour que l'on profite mieux des joies. Tu verras, le temps fera son office et le bonheur reviendra.* Avant de me fuir à nouveau ? *Mandine, non, je t'arrête tout de suite. Ces mots ne peuvent t'appartenir. Je connais tes défauts, j'ai appris à les aimer et à m'y adapter. Le pessimisme n'en fait pas partie. Il n'est pas question que ma mort ait raison de toi et de ta foi en la vie.*

Le soleil appuie tes propos tandis qu'il me caresse le visage. Je me lève et laisse ma main danser dans ses rayons. Un passant me lance un drôle de regard. Puis, il se rend compte de mon état et me salue, timidement. Dans ses yeux de curieux, on peut lire : « Ouf, elle n'est pas folle, juste enceinte ».

Mais je suis folle. J'aime cette singularité chez moi. Alors, je lui adresse un sourire franc, lumineux. Puis ma danse prend de l'ampleur et j'ai bien l'intention de lui prouver que son opinion ne pèse pas sur moi. Tu as raison, je ne suis pas pessimiste, mais forte, passionnée et déterminée.

Avec cette pensée pour compagne de voyage, je reprends le chemin de l'appartement, le prospectus de l'agence sous le bras et la volonté marquée sur les traits de mon visage. Ta fille n'a pas le monopole du front plissé, mon amour !

— Amandine ?

Il me faut quelques secondes avant de comprendre qu'on m'appelle. Avec mon métier, on me reconnaît souvent dans la rue. Une dizaine de mariages dans la région par été, à hauteur d'une centaine d'invités par mariage, ça en fait du monde.

Je retire la clef de la serrure. Une petite dame souriante marche dans ma direction, les mains portant de lourds sacs. Annick. Mes yeux ne savent plus où donner de la tête. Annick, mon ventre. Mon ventre, Annick. La porte derrière laquelle je pourrais me cacher, Annick.

Trop tard. Je n'ai plus le choix et me tourne vers elle, exposant mon abdomen rebondi. Après tout, je pourrais avoir le même en sortant d'un bon gros repas de famille.

— Bonjour, Annick, murmuré-je.

Elle se fige à un mètre de moi. Je suis grillée.

Olivier, si tu as l'habitude de parler avec elle, peux-tu au moins lui conseiller de poser ses sacs ? J'avais dit poser, pas laisser tomber. Une orange en profite pour s'évader. Ni Annick ni moi ne réagissons. Le fruit part joyeusement et dangereusement à l'aventure entre les pieds des promeneurs tandis que nous restons plantées là, à nous dévisager.

Annick détaille mon ventre, le prospectus immobilier sous mon bras, ma robe à fleurs difforme, mon gilet trop étroit, les clefs dans ma main. J'aimerais lui parler, me justifier, expliquer. Rien ne sort. Il ne faudrait pas la brusquer et risquer de la faire fuir. Je la laisse vivre son incompréhension et guette une réaction.

Dans mon dos, discrètement, mes doigts se croisent. Je ne sais pas vraiment ce que j'attends de ce moment. Je repense à son attention le jour de l'enterrement, à son soutien et à sa bienveillance lors du déménagement. J'ai confiance.

Au bout de ce qui me paraît être une éternité, elle se rapproche en joignant ses mains sous le menton.

— Combien de mois ? me demande-t-elle, les épaules tombantes et les paupières closes.

L'effort que lui demandent ces mots transparaît dans sa posture. Je me décolle du mur et m'avance vers elle à mon tour.

— Bientôt quatre, murmuré-je.

Ses bras s'abattent de chaque côté de son corps, ses pupilles se dilatent.

— Quatre ? Vous en êtes certaine ? frémit-elle.

— Formelle.

— Alors… chuchote-t-elle.

Elle a compris et, quoi qu'il arrive, j'en suis soulagée :

— Oui, réponds-je en enveloppant mon ventre de mes bras comme pour mieux me protéger de sa réaction.

À peine y sont-ils posés qu'il me faut les rouvrir pour accueillir Annick qui s'y jette sans avertissement. La chaleur de ses larmes se répand sur mon épaule.

L'étreinte dure de longues secondes avant que ta mère ne recule avec effroi :

— Pardon ! Je n'ai pas écrasé le bébé, j'espère ?

Je la rassure, un sourire timide aux lèvres :

— Le bébé va bien.

Elle glisse ma main entre les siennes. Je me laisse guider par sa délicatesse maternelle. D'un ton prévenant, elle reprend :

— Et vous ? Vous allez bien, Amandine ?

Sa question me surprend. Récemment, le monde n'a d'yeux que pour le petit monstre qui grandit à l'intérieur de moi. Ce dernier accapare l'attention des autres, en plus de mon énergie. Comment je vais ? Je n'en sais rien. Mal ? Perdue ? Inquiète, surtout.

— Ça ira. Ne vous inquiétez pas. Merci de me le demander.

— Merci à toi, affirme-t-elle.

Ses mots me touchent sans que j'en saisisse le sens.

— Pour quoi ?

— Pour ça.

Elle libère ma menotte et pointe mon abdomen d'un index tremblant. *Ses parents ne lui ont pas appris que ce n'était pas poli de montrer du doigt ?* Chut, Olivier. Laisse-moi savourer ce moment.

Annick pose sa main sur mon ventre. J'avais entendu parler de ces caresses intempestives d'inconnus durant une grossesse. Toutefois, ta mère n'a plus rien d'une inconnue et cette caresse n'a rien de déplacé. Je l'accepte.

— Pardon, je ne voulais pas… se reprend Annick en reculant d'un pas. J'ai pensé à Olivier et le fait qu'un bout de lui soit encore là. J'ai eu envie de sentir cette vie.

L'espoir et la nostalgie se mélangent et pèsent lourd sur ses cordes vocales. J'affiche un sourire démesuré et compte sur lui pour chasser la morosité ambiante. Puis, un mouvement, un petit mouvement sous ma robe me vient en aide.

— Recommencez ! m'empressé-je.

— Comment ça ?

— Vite, vos mains !

Tu n'as pas changé. La patience, ce n'est toujours pas ton truc. J'attrape le poignet d'Annick, plaque ses doigts sur ma robe et explique :

— Ça bouge !

Nous restons un moment comme ceci, tandis que Bébé fait la java pour saluer ta maman. *Sa grand-mère.* Sa grand-mère ? Oh punaise, sa grand-mère. Je n'en reviens pas. Ce petit têtard fait d'Annick et moi une famille.

Les emplettes de Noël

— Je suis désolée, Olivier. Mais je ne comprends pas.

Dans cette fin d'après-midi d'hiver, nos visages changent de couleur au rythme des illuminations de Noël. Il hausse les épaules, les mains rentrées dans les poches.

— Je ne me sens pas prêt, c'est tout.

— De quoi as-tu peur ?

— Je n'ai pas peur…

Je ferme le col de mon manteau tandis que le vent s'engouffre dans la ruelle et nous percute de face.

— Alors de quoi as-tu honte ? De moi ?

Il s'arrête, se positionne devant moi et croise les bras :

— Veux-tu bien calmer ton ciboulot, Mandine ? On était bien, là, à profiter de l'ambiance de la ville.

Bien qu'il ait raison, je suis incapable de taire ma douleur et d'amadouer la colère qui croît à ses côtés.

— Tu sais où tu peux te la mettre, ton ambiance ?

— Laisse-moi deviner… Là où tu m'as conseillé de me mettre mon téléphone il y a cinq minutes ?

Ses lèvres remontent avec espièglerie au creux de ses joues. Il ne m'aura pas aussi facilement !

— Si tu penses que c'est le moment de rigoler, soupiré-je.

— Écoute, tu essaies de me faire dire des choses que je ne souhaite pas dire et tu n'es pas prête à accepter ce que je dis vraiment. Tu veux juste que je change d'avis alors que je n'en suis pas capable.

Échec, c'est un échec. J'irai chez mes parents le 25 décembre à midi, tandis qu'il déjeunera chez sa mère avec ses enfants pour célébrer cette fête en famille. Une famille dont je ne fais pas partie… Ma frustration est celle d'un bambin qui découvre qu'il a été oublié par le gros barbu vêtu de rouge. Tout se mélange : ma peur de l'abandon, mon envie de plus, mon impatience, ma peine. Olivier le remarque et me caresse la joue.

— Je fais ce que je peux, Mandine. Je fais de mon mieux ! Laisse-moi du temps…

Je le coupe et plante un regard intense dans le sien :

— Combien ? Combien de temps encore ?

Ses épaules me font à nouveau le coup du soubresaut :

— Je ne sais pas. Quelques mois. Mathilde est déjà assez en colère contre moi et Ludovic est distant. Je ne voudrais pas les braquer ni les blesser, ma chérie.

Olivier m'envoie une flèche en plein cœur. Pour m'en libérer, je l'arrache d'un coup sec en laissant la brutalité de mes mots prendre le dessus sur ma pensée :

— Et moi, ma douleur, on s'en moque ! Je paie pour les autres. Tu les protèges, quitte à me perdre, râlé-je.

Sa main tendue vers la mienne reste sans réponse :

— Je ne veux pas te perdre, déclare-t-il penaud.

— Eh bien, c'est raté…

Je n'ai pu contrôler ces mots. Chacun de mes membres est figé par la honte. Notre relation est-elle fragile au point d'exploser en plein milieu d'une rue cherbourgeoise un vendredi de décembre ?

La voix tremblante, Olivier déclare :

— Tu n'es pas capable d'accepter mes besoins, mon rythme et de le respecter. De me respecter.

Mon dos s'appuie contre le mur le plus proche et je me laisse glisser, jusqu'à être assise par terre. Je ne pourrais vivre sans lui. J'attends seulement qu'il comprenne que, s'il me permettait d'entrer pleinement dans sa vie, nous serions les plus heureux du monde. J'ai bien conscience de mal m'y prendre. J'ai la délicatesse d'un joueur de rugby. Mais j'ai besoin de lui secouer les puces.

Olivier m'observe de haut.

— Relève-toi, ma chérie. Les gens s'inquiètent…

Je m'en fiche des gens. Je m'en moque d'avoir froid aux fesses et de salir mon pantalon. Entre deux frissons, je murmure :

— Qu'est-ce que tu attends de notre relation ?

— Ce que j'attends là, tout de suite, c'est que tu te lèves.

J'accepte son aide en soufflant et me retrouve à nouveau debout, droite comme un piquet, les bras immobiles le long du corps. J'ai conscience qu'à partir de maintenant, chacun de mes mots devra être réfléchi. C'est bien beau de s'énerver et de parler sans tourner sept fois ma langue dans ma bouche. Il me faut désormais être prudente si je veux pouvoir sentir à nouveau sa langue dans la mienne, de bouche.

— Je te dis tout ça, parce que… balbutié-je.

Rien. Le néant. Mes lèvres tremblent autant que mes mains. Je souhaiterais fondre en larmes et reculer de quelques cases pour rejoindre la case départ, ou juste le seuil de la porte de l'appartement, avant que je ne lance ce sujet épineux.

Quelque chose ne va plus chez moi, depuis quelque temps. Ma relation avec Oliver réveille mes faiblesses. L'angoisse de le perdre me rend dingue. Le conflit reste mon principal moyen de communication. Je le pousse sans cesse dans ses retranchements, espérant que par peur, il me crie son amour. En chemin, nous souffrons tous les deux.

Je me jette dans ses bras, avec une seule question en tête : peut-on aimer trop fort ? Il accepte mon étreinte, sans sourciller. Il est là pour moi, malgré tout, et m'offre une preuve de plus. Elle vient s'additionner aux attentions dont je bénéficie au quotidien et qui ne me suffisent pas.

L'un contre l'autre, l'embrassade s'éternise. Nous profitons de l'instant, redoutant déjà la crise suivante.

Cette fois-ci, je ne lui demande pas s'il m'aime. J'appréhende bien trop la réponse. Alors je tourne la page, en espérant que mon personnage apprenne à se maîtriser dans les prochains chapitres.

— Un beau carnet pour ta fille ? lancé-je. C'est une bonne idée, non ? Pour ses prises de notes en tant que journaliste ?

— Très bonne idée, me répondit-il en souriant.

Olivier passe son bras dans mon dos. Je cache mes larmes contre son épaule. Après quelques pas dans le froid, nous entrons dans le magasin, à la recherche d'un cadeau pour ses enfants. J'ai le privilège de l'aider à les choisir. Je n'aurai pas celui de leur offrir. Pas encore, pas cette année.

Un jour, peut-être.

Le 20 avril 2019 (16 heures)

Je prends mon temps et parade de la voiture au portillon, faisant virevolter fièrement ma toute nouvelle robe. Elle enveloppe mon ventre avec douceur et sa fente permet à mes cuisses de bouger sans contrainte.

Fatiguée des marques sur mon ventre compressé par des vêtements trop serrés, j'ai craqué. Je suis entrée dans la boutique pour acheter quelques bodys, les premières emplettes pour Bébé, mais j'en étais incapable. À la place, cette robe m'a fait de l'œil. C'est déjà un premier pas, non ?

Le rôle de la femme enceinte commence à me plaire et à paraître de plus en plus naturel. Celui de mère continue de me poser problème, mais j'y travaille. *Je te félicite, mon amour. Ne tarde pas trop, tout de même, à prévoir l'arrivée de notre enfant.* Oui, mon homme…

Nous sommes loin de la grossesse que j'imaginais et de l'avenir que je désirais. Dans une vie antérieure, j'ai dû faire une énorme boulette, il n'y a pas d'autres explications. Tes mains sur mon ventre, les bains à la bougie en rentrant du travail, les bons plats maison chargés de vitamines, les promenades main dans la main sur la plage. Puis son arrivée, l'arrivée de notre enfant. Mes larmes et ton sourire (ou l'inverse), l'apprivoisement de mon rôle de mère, la redécouverte de ton rôle de papa, l'amour grandissant, la famille, notre famille. Bancale, mais unie.

Accompagnée par cette pensée, je m'apprête à sonner chez ta maman qui rejoint parfaitement la description de cette famille dont je rêvais pour nous deux. Je me suis enfin décidée à répondre à son invitation et à lui rendre visite.

Le portillon est ouvert, je le pousse et m'aventure dans la cour, posant un pied devant l'autre sur des morceaux de roche encastrés dans la terre. Mon cou s'étire devant le mur de pierres imposant de cette maison à deux étages.

Je sonne. Annick m'attend pour le thé, dans le foyer de ton enfance, à Portbail, à quelques pas de ta demeure actuelle. En m'invitant ici, ta mère m'autorise à pénétrer dans tes souvenirs.

Une clef tourne dans la serrure. Annick apparaît, un sourire aussi lumineux que le ciel de cet après-midi de fin avril.

— Ah, Amandine, ravie de vous revoir.

Ses mots me sont destinés, mais ses yeux n'en ont que pour mon ventre et sa poche à bébé.

— Très jolie robe, ajoute-t-elle.

— Merci, et merci pour l'invitation.

— C'est normal, j'aurais dû le faire plus tôt. Même avant qu'il…

Le terme semble s'être perdu en route, entre son cœur et ses lèvres. Je décide de venir à sa rescousse :

— La situation était compliquée.

— Oui, elle l'était. (Elle replace une de ses mèches bouclées derrière son oreille.) Ne restez pas là, entrez.

Je la suis jusqu'au salon, l'esprit occupé et les dents serrées. Vraiment, Olivier, la situation était simple. Elle aurait dû l'être. *Pourtant, tu lui dis l'inverse.* Je lui dis ce qu'elle a besoin d'entendre. Je ne viens pas ici pour mentionner ta lâcheté ni remuer le passé. Mais nous étions amoureux, habitant sous le même toit. La prochaine étape semblait plutôt claire : me présenter à tes proches, à ta maman, à tes enfants, tes oncles et tantes ? *Pardon. Je pensais protéger mes enfants et sans doute un peu moi-même. C'était plus facile de te garder pour moi. Ne m'en veux pas, s'il te plaît, et savoure cette famille qui te tend les bras.*

Pour le moment, ta mère me tend surtout un cintre sur lequel accrocher mes affaires. *Tu me connais, Mandine, j'ai toujours été réservé et long à la détente.* Annick, comme si elle répondait à ce dialogue intérieur, me confie :

— Vous savez, mon fils a toujours été quelqu'un de réservé. Et il aimait prendre son temps, il ne faut pas lui en vouloir. Il ne pensait pas à mal en gardant votre relation à l'abri de nos jugements.

Son honnêteté me déconcerte presque autant que cette synchronisation de pensées. Face à mon mutisme, Annick sourit :

— Asseyez-vous donc. Vous êtes plutôt thé ou tisane ?

— Une tisane, ce sera très bien.

Je reste debout tandis qu'elle quitte la pièce. J'en profite pour observer les lieux. J'ai atterri dans les pages d'un magazine de décoration.

Le salon est baigné de lumière. Cette dernière ricoche sur les murs blancs, met le parquet en valeur et s'arrête avec élégance sur des éléments sélectionnés avec soin. Des miroirs cerclés de branches de rotin, le verre de terrariums bucoliques et des cadres photo en bois comportant des morceaux de passé capturés par un professionnel. Sur le buffet, deux cadres sont renversés. Je sais pertinemment de quels visages heureux ta maman souhaite me préserver.

Annick revient, un plateau en main, sur lequel trônent des douceurs de la Maison du biscuit, ainsi qu'un service à thé moderne, dans les tons bleus.

J'imaginais ce lieu et ta mère différemment : une maison aux papiers peints fleuris, avec pour décoration des assiettes en porcelaine exposées dans des armoires vitrées. Ta maman aurait ouvert une boîte de photos jaunies, installée sur un canapé qui l'aurait été tout autant... *Tu as d'autres clichés sur mon passé... qu'on en rigole ?* Oui ! Je te vois dans la petite cour à cinq ans, sautant dans les flaques en short de scout et la coupe au bol te cachant la moitié du visage ! Ou encore adolescent, fumant sous l'Abribus du village avec tes comparses. Je peux inventer ce que je veux, tu m'en as dit si peu.

Je m'assois enfin, en face de ta maman, et attrape un biscuit tandis qu'une troisième tasse patiente à côté de ses consœurs.

— Vous attendez quelqu'un ?

Annick n'a pas le temps de répondre que des bruits de pas impétueux prennent la place de ces mots. Puis le ton sec de Mathilde jette un froid dans cette maison chaleureuse :

— Qu'est-ce que tu fous là ?

Sous l'effet de la surprise face à cette agression, j'en oublie l'image positive que j'espérais communiquer à ta mère :

— Et toi donc ?

— J'habite ici, andouille !

— Depuis quand ? Et tes études ?

— M'en fous, des études !

— Alors, tu viens embellir les journées de ta grand-mère avec ta bonne humeur…

La partie de ping-pong aurait pu continuer longtemps sans l'intervention d'Annick, déjà levée :

— Mathilde ! Ce n'est pas une manière d'accueillir notre invitée ni de parler de ton futur. Je te prie de t'installer à mes côtés et de saluer Amandine avec respect.

Les bras croisés, le sourcil arqué, Mathilde évalue la situation. Elle jette un coup d'œil à mon ventre, à sa grand-mère, au service à thé puis à la peine affichée sur mon visage, en souvenir du mot lâchement abandonné dans l'appartement.

— Non, affirme-t-elle.

— Comment ça, non ? l'interroge Annick.

— Pas moyen de boire un thé avec… avec cette… et prétendre accepter le fait qu'elle soit chez nous. Je ne lui dois aucun respect !

À chaque pause, un bip résonne dans ma tête, comme dans les documentaires américains, pour mieux cacher les insultes.

Les tasses s'impatientent et l'eau chaude refroidit. Le silence, lui, accepte de s'installer confortablement dans la pièce à nos côtés. Le bébé en profite pour réviser une partition de jazz. Ces mouvements ressemblent davantage à une mélodie légère et improvisée qu'à de véritables coups. Ma main se pose sur mon ventre, déclenchant l'émerveillement de ta mère et le dégoût de sa petite-fille. C'en est trop pour Annick qui adopte un ton d'autorité bienveillante mais efficace.

— Mathilde, assieds-toi. Je t'ouvre les portes de ma maison, je t'y accueille malgré ton caractère de cochon. Mais ça reste chez moi : mon invitée, mes règles.

La main de la jeune fille glisse sur le buffet. On pourrait croire qu'elle vérifie les poussières, mais son but est clair. Elle redresse les clichés, l'un après l'autre. Sur le premier, vous êtes tous les quatre, souriant, ta fille, ton fils, ta femme et toi. *Mon ex-femme.* Ce n'est pas le moment. Sur le second, vous êtes plus nombreux. Annick est là, tes frères aussi, et vous quatre à nouveau. Tu lui tiens la main, souriant, tandis qu'en regardant ce souvenir, je grimace.

Et dire que tu venais retrouver tes enfants ici, un dimanche par mois. Vous mangiez ensemble, eux, ta mère et toi, avec ces morceaux de passé pour toile de fond.

La tristesse tente de percer mon armure. Je lutte, ne souhaitant pas offrir cette victoire à ta fille.

Mathilde se saisit d'une des chaises du salon et s'y installe à deux mètres de moi.

— Voilà, je suis assise ! Contente, mamie ?

— C'est mieux, répond sa grand-mère avant de se retourner vers moi. Amandine, comment allez-vous ? Comment vous sentez-vous ? Comment se passe votre grossesse ?

Cette fois-ci, j'ai révisé mon sujet : mesures du bébé, estimation de la date d'accouchement, liste des organes qu'il est censé développer en ce moment même. Annick écoute mon exposé, un sourire charmé et charmant accroché aux lèvres tandis que Mathilde est plongée dans son Smartphone – avec écran tout neuf depuis son vol plané…

Chaque partage d'information avec ta maman, mon amour, a pour but premier de l'inclure dans cette drôle de réalité et pour but second de lui cacher que je ne sais pas ce que je fais, ni où je vais. Les mots désespérants de l'agent immobilier me reviennent à l'esprit.

Pour dissimuler mon embarras, je plonge les lèvres dans la verveine et grimace lorsqu'elle me brûle la langue, sous les rires de Mathilde.

— On t'a déjà dit que t'étais pas douée ? lance-t-elle.

— On t'a déjà dit que tu étais désagréable ? répliqué-je.

Ses épaules se haussent tandis qu'elle souffle. Annick se lève et débarrasse déjà la table. Si je n'avais pas reposé ma tasse, je suppose qu'elle aurait été capable de me l'arracher des mains.

Mathilde et moi nous observons sans un mot en attendant qu'Annick revienne :

— Allez, tout le monde dehors ! ordonne cette dernière. Une promenade à la plage nous fera le plus grand bien.

— Moi aussi ? s'insurge sa petite-fille.

— J'ai dit « tout le monde ».

— Pourquoi ?

— Parce que je sais ce qui est bon pour toi. Et là, ce qu'il te faut, c'est une sortie au grand air, avec Amandine et moi.

La gestuelle reste élégante, mais le ton se veut autoritaire. Alors que Mathilde ne bouge pas de sa chaise, les yeux d'Annick copient la noirceur qui se trouve dans ceux de sa descendante. Ses sourcils s'écrasent l'un contre l'autre. Je n'ose faire un bruit.

— D'accord, marmonne Mathilde. Mais il n'est pas question de passer un bon moment !

Il nous suffit de traverser le grand jardin, bien gardé des regards par de hauts murs de pierres, pour nous retrouver au pied des dunes. En chemin, je découvre la balançoire de ton enfance, j'aperçois la serre qui se cache à l'autre extrémité du terrain et je préserve mes oreilles du grincement du vieux portillon, ce dernier imitant à la perfection le cri du chien après qu'un maladroit lui a marché sur la patte.

C'est donc là que tu as grandi ? À quelques mètres de la mer, dans une propriété qui ferait rêver n'importe quel enfant ? J'aurais adoré que tu m'y emmènes, pour les repas du dimanche, que l'on se ressource en famille dans ce cadre idyllique. Plutôt que d'attendre ton retour chez Cédric et Estelle, ou seule à l'appartement.

En haut de la dune, des brins d'herbe haute se glissent sous ma robe et me caressent la peau. Ce toucher suffit à réveiller mes hormones. Ma respiration s'accélère et mon imagination se régale. Ce ne sont pas des bruns d'herbe, mais tes mains qu'elle me dessine. Tes mains qui s'insinuent avec désir sous mon vêtement léger. Une rafale délicate se propage le long de ma joue. Foutues hormones.

Je me hâte en direction de la mer avant que les choses ne dégénèrent et qu'un orgasme surgisse sans prévenir. Seule la fraîcheur sera capable de me faire revenir à la réalité.

— Tout va comme vous voulez, Amandine ?

Les mots d'Annick me parviennent aux oreilles alors que j'ai déjà entamé la descente. La profondeur du sable me surprend et je saute d'un pied à l'autre pour ne pas finir la tête dedans.

Lorsqu'elles arrivent à ma hauteur, mes orteils ont fait connaissance avec l'eau et se sont habitués à sa fraîcheur. La mer repose, paisible, emprisonnée par la terre. À droite, l'église de Portbail marque le centre du village. À gauche, le havre se termine et se faufile entre les dunes. C'est de là qu'il autorise la mer à nous rejoindre, au gré des marées.

Annick prend appui sur mon épaule avant de plonger ses orteils dans ce petit bout de Manche, chaussures à la main. Le ciel a décidé de s'attaquer au grand ménage de printemps, aucun mouton blanc, aucune tache à l'horizon pour altérer sa couleur. D'ici, nous rejoignons tranquillement la plage.

Cela pourrait être une journée parfaite, une journée de renouveau et de chaleur, au goût de sel et emplie d'espoir, si ta fille n'était pas en train de souffler à nos côtés.

— Je suis venue, j'ai vu, j'ai vaincu, annonce-t-elle.

— Et qu'as-tu vaincu, ma chérie ?

— Mon envie de l'insulter.

— Mathilde ! Tu ne gâcheras pas cette belle journée, la met en garde sa grand-mère. Va donc voir ailleurs si on y est.

— Avec plaisir, chère mamie.

Une révérence exagérée et la voilà qui s'éloigne, chacun de ses pas propulsant du sable dans les airs et exprimant le calvaire que ces quelques minutes avec nous lui infligent. Quant à moi, je compte les secondes avant qu'elle ne revienne à mes côtés. Plus je passe de temps avec ta fille, plus je me reconnais en elle, en sa douleur et en sa colère.

Annick se tourne vers moi :

— Vous savez, je ne lui ai jamais confié que vous portiez l'enfant de son père. Les choses seraient peut-être différentes si elle entendait cette vérité de votre bouche. Ce n'est pas à moi de lui annoncer. Vous vous étiez rapprochées, non ?

Rapprochées, c'est vite dit. Qu'a-t-elle bien pu lui raconter ? Que nous sommes allées faire du shopping entre copines après avoir trinqué à sa venue à l'appartement ?

— Disons que nous avons eu l'occasion d'échanger plusieurs heures sans que ça se transforme en claquage de porte, attaques verbales ou regards noirs.

— C'est déjà beaucoup avec Mathilde, se lamente Annick en donnant quelques coups de pied dans l'eau.

— Elle a toujours été comme ça ?

— Toujours, non. Elle prend tout très à cœur et laisse ses sentiments s'exprimer avant ses pensées, mais les choses s'étaient calmées à la fin de l'adolescence. Elle s'était mise à passer plus de temps avec son frère. Le calme de Ludovic l'aidait, sans doute, à canaliser sa propre énergie.

J'avoue que j'ai du mal à imaginer Mathilde autrement que comme une jeune femme en colère. *Et pourtant, c'était le cas.*

J'observe les vagues disparaître à nos côtés sur le sable. Annick reprend la parole.

— Tout a changé depuis leur séparation et puis il y a eu la…

Ta mort reste coincée dans la gorge de ta maman une nouvelle fois. Je viens à sa rescousse :

— Récente tragédie ?

— Merci. Donc, la récente tragédie a réveillé ses vieux démons et nuancé son joli regard. Les journées sont désormais intenses avec elle.

« Intense », j'ai entendu ce terme à mon sujet si souvent, dans la bouche de mes proches, dans la tienne également, Olivier. Un mot blessant et souvent si vrai.

Le programme télé

Je reconnais ce regard…

— Tu me prends pour une folle, c'est ça ? m'insurgé-je.

— Ce n'est pas ce que j'ai dit.

Il se défend, ses bras invitant, sans succès, mon corps renfrogné à s'y loger. Olivier tente de sortir de cette mauvaise passe dans laquelle il s'est glissé :

— C'est juste que…

— C'est juste que quoi ? aboyé-je.

— Tu peux être… intense, parfois.

Je sais qu'il a raison puisque, rien que face à ce mot, j'ai envie de quitter l'appartement, en prenant soin de claquer la porte et d'insulter son ego.

Mes émotions prennent souvent le dessus sur la logique et ma relation avec Olivier amplifie ce trait de ma personnalité. Plus il m'accepte telle que je suis, plus ma sensibilité s'emballe, sans doute pour tester mes limites et les siennes.

Je serre les poings et me concentre pour ne pas lui prouver qu'il a raison. La main d'Olivier se pose sur ma cuisse.

— Tu te rends compte que j'ai juste refusé de regarder un film de Noël pour la troisième fois cette semaine. On pourrait passer à un autre genre, plus adapté au mois d'octobre et à Halloween qui approche ?

Après être montée sur mes grands chevaux, voilà que je me prépare à la montée des eaux.

Je lui avoue :

— Ça m'a mise hors de moi…

— Et pourquoi ? Explique-moi, dit-il avec douceur.

S'il n'était pas installé dans le canapé, en short, les deux pieds posés sur la table basse, je le prendrais facilement pour un psy.

— Je n'en sais rien…

Dans mon esprit, les dernières minutes se rejouent et le contenu de notre conversation défile. Non, il n'y a pas de quoi s'énerver et pourtant, je me suis sentie…

— Je me suis sentie abandonnée, je suppose… marmonné-je, penaude.

Sur ma cuisse, la main d'Olivier se veut plus lourde, tout comme le ton de sa voix.

— Je suis là, ma chérie. Je suis là pour toi, insiste-t-il.

— Je sais.

Des larmes glissent sur mes joues et témoignent de ma bêtise. Mes poings se desserrent.

— Tout va bien, ma chérie, murmure-t-il.

J'accepte ses mots et ses bras. Je lâche prise et m'y blottis avec reconnaissance. Heureusement qu'il est là pour compenser mon intensité…

— Bon, je te propose de couper la poire en deux… reprend-il. Et si on regardait *L'Étrange Noël de monsieur Jack*? Comme ça, y a Noël pour toi et des citrouilles et des monstres pour moi.

Je débarrasse mes joues de toute tristesse et, sans quitter son étreinte, je déclare :

— Merci, mon homme. Tu sais parler aux femmes.

— Les femmes, je ne sais pas, mais ma femme, ce sacré bout de femme passionnée, passionnante et intense, oui. Bien qu'il y ait encore beaucoup à apprendre.

Le 20 avril 2019 (17 h 30)

J'observe Mathilde, toujours assise au pied de la dune, le nez dans son téléphone, manquant le tableau que cette belle journée nous offre. Les mots d'Annick me font revenir à elle :

— Pour le moment, Mathilde suppose que votre grossesse est due à votre passion pour les… Comment les appelle-t-elle, déjà ? Ah oui, les « coups d'un soir » !

Super. C'est juste ce dont j'avais besoin pour que cette journée soit réellement parfaite. Il suffit de peu parfois. Un brin de poésie et, pouf, le tour est joué… Je grimace.

— De mieux en mieux, votre petite-fille !

— Il ne faut pas lui en vouloir. Elle se voile la face pour mieux se protéger. Ce doit être plus facile à vivre que d'imaginer un petit frère ou une petite sœur dans votre ventre.

Petit frère ?

Petite sœur ?

En décidant de garder cet enfant, j'ai fait de Mathilde une grande sœur. *Et tu ne le réalises que maintenant, vraiment ? Pas en comprenant qu'Annick serait grand-mère ?* Avec ta maman, c'est différent. Il y a un lien de sang direct. *Et avec Mathilde, il y a un lien de quoi ?* Le lien d'un disparu.

Annick porte les mains à sa bouche et me sort de mes pensées en s'écriant :

— Oh, quelle idiote je fais ! J'ai oublié mon chapeau, moi qui ai la peau si fragile.

— Je vous prête le mien, si vous voulez ? lui proposé-je.

— Non, prenez soin de vous, Amandine. Le masque de grossesse n'est pas une légende.

Elle part prévenir Mathilde de son oubli et me laisse là, me questionnant sur ce fameux masque. Il serait peut-être temps que je me renseigne sur la maternité et ce qui m'attend dans les prochains mois. J'ai réussi à m'en passer jusqu'à maintenant, en écoutant les conseils de ma mère et d'Estelle, mais demain, je fonce en librairie.

— Elle joue mal la comédie !

Je sursaute. Ta fille se trouve là, devant moi, les pieds dans l'eau, le jean remonté aux genoux. La malice s'installe sur ses lèvres, ravie de l'effet que son arrivée discrète a eu sur moi.

— Elle ne reviendra pas vous savez, déclare-t-elle. Elle voulait juste nous laisser seules, ici. À poireauter jusqu'à ce que l'une d'entre nous fasse le premier pas. Et j'aime pas poireauter…

Au loin, un chien s'en donne à cœur joie. Les goélands s'envolent sur son passage. Les bruits de leurs ailes se perdent au milieu des aboiements. Je les observe en attendant la suite. Parce qu'avec ta fille, il y a toujours une suite.

— Vous savez que vous aviez l'air stupide à courir comme ça, en descendant la dune, une main sur votre chapeau et l'autre sur votre robe. Par peur qu'elle révèle votre culotte sans doute ? Qu'est-ce qu'a bien pu te trouver mon…

— Mathilde !

Je la coupe sans ménagement.

— Peux-tu arrêter d'osciller entre vouvoiement et tutoiement ? Ça me rend folle !

Elle plonge les mains dans ses poches et acquiesce. Une moue enfantine décore son visage.

En appui sur une seule jambe, l'autre dessinant des courbes dans l'eau, le flamant rose réfléchit quelques instants avant de s'enquérir :

— Je vous vouvoie, alors ?

Je croise les bras. Ils atterrissent là où l'espace se fait de plus en plus mince, entre ma poitrine et mon ventre rebondi.

— Non. Tu me tutoies.

Elle repose son pied au sol puis arque un sourcil :

— Même quand je ne vous insulte pas ?

— Même quand tu ne m'insultes pas.

— Ça ne va pas être simple.

Le clocher de l'église carillonne et nous avertit du temps qui passe. L'information arrive jusqu'à nous, portée par une nouvelle rafale. Le soir a pointé le bout de son nez. Mathilde et moi l'avons ignoré et avons préféré arpenter, dans un sens et dans l'autre, la plage et la dune. Côte à côte, en silence.

Annick n'est jamais revenue, avec ou sans chapeau. Ta fille avait raison. Je comprends mieux pourquoi ma personnalité ne t'effrayait pas. Tu étais entouré de femmes de caractère. *Ne t'inquiète pas, Mandine, tu es et resteras la plus cinglée de toutes à mes yeux.* Très amusant ! *Bien que tu leur caches ton jeu à merveille.* Je ne peux m'empêcher de sourire.

— Qu'y a-t-il de si drôle ? m'interroge Mathilde.

— Rien, je me sens bien, c'est tout.

— Eh bien, ça fait au moins l'une de nous.

La marée montante grignote la plage et nous pousse à longer la dune. Le bruit des vagues se mêle peu à peu à la conversation et au clapotis de nos pas dans la mer.

Devant nous, un château de sable profite de ses dernières heures avant d'être englouti. Il est élégant, décoré par des petites mains créatives. Je décide de sauver une des fleurs rose pâle qui trônent en haut d'une des tours et la plante dans mon chapeau :

— C'est une *ononis repens*, intervient Mathilde.

Si seulement j'arrivais à retenir ce nom, ce serait classe de le ressortir plus tard devant ma famille… Décidément, ta fille est surprenante.

— Tu t'intéresses aux fleurs depuis longtemps ?

— Moi non, mais Ludovic oui. Il y a toujours été sensible. Petit, pendant que je m'entraînais sur cette même plage à faire la roue à une main, il arpentait la dune à la recherche de quoi étoffer son herbier. Et pendant le repas du soir, il ne parlait que de ça.

Un léger sourire aux lèvres, elle fait demi-tour et ramasse à son tour une des fleurs décorant le château et la glisse derrière son oreille.

— Avoue que toi aussi tu passes un moment agréable.

— À marcher à côté d'une andouille qui aime patauger dans la Manche quand le soleil se couche ? Je ne crois pas, non.

Son regard traduit l'inverse de ses mots alors qu'elle observe le dégradé de rouge qui occupe une partie du ciel.

— Personne ne te force, tu sais. Ta grand-mère ne t'en voudra pas de rentrer maintenant. Tu as rempli ta part du contrat.

— C'est vrai, affirme-t-elle.

— Donc tu rentres ?

— Non…

— C'est bien ce que je pensais. Alors andouille toi-même !

J'accompagne mes mots par un coup de pied dans la vague qui s'approche. Ce geste tendre, plus proche de la caresse que du coup, me replonge en enfance et, pendant quelques secondes, mon cerveau me trahit. Un petit garçon me tire par la main, se plaignant de ma lenteur, tandis que son ballon s'enfuit dans les remous. Notre course folle est bercée par mon rire, jurant avec sa frustration. Son jouet est à notre portée. Je m'apprête à le saisir lorsque le garçonnet disparaît, remplacé par une jeune femme au regard curieux et aux longs cheveux blonds bercés par le vent.

— Amandine, je voulais vous demander. Enfin te demander. Est-ce que mon père…

Je l'interromps, décidée à mettre fin à ses doutes et à cette conversation, le plus rapidement possible.

— Oui, la réponse est oui.

Elle se fige, affichant la même frustration que ce petit garçon imaginaire courant après son trésor.

— Je ne t'ai pas encore posé la question !

Elle n'en a pas besoin, je sais pertinemment ce qu'elle veut savoir.

— Je la connais ta question. Alors, oui. Ton père est le père du bébé, de ce bébé.

Mes doigts effleurent le tissu de ma robe, sans oser s'y installer.

— Je l'avais compris, mais j'avais besoin de l'entendre. Et il… continue-t-elle, la voix modulée par l'émotion.

— Non, il n'était pas au courant. Moi non plus, d'ailleurs.

Face à l'intensité de nos échanges, je prends le temps de surveiller contrôler ma réaction. Tout va bien, mes larmes sont rangées dans leur tiroir. Nos souvenirs restent bien cachés derrière de solides portes pour ne pas titiller l'ascenseur à sentiments. Je dois garder le contrôle devant ta fille. Seules mes cuisses n'ont pas saisi le message et, encouragées par le froid, frémissent de tout leur long.

— Tu l'as su quand ? se renseigne Mathilde.

— Le soir du malaise, par le médecin de l'hôpital.

— Je me souviens des questions de l'infirmière et de la panique dans ton regard, précise Mathilde.

— Autant que dans le tien. Ni plus ni moins, me défends-je.

— Ce n'était pas de la panique, mais du dégoût, grimace-t-elle. Je t'imaginais dans les bras d'un autre, le soir même de l'enterrement de mon père.

Je contrôle une nausée, accompagnée d'une vague de colère, avant de retrouver la parole :

— Tu t'imagines souvent ce genre d'horreur, Mathilde ? Tu supposes le pire chez les gens, soufflé-je.

— Peut-être. Mais dès que j'imagine le meilleur, je suis déçue. J'ai choisi mon camp.

Sur ces mots aigris, nous continuons notre marche. Bien que nous longions la même côte depuis des heures, dans un sens comme dans l'autre, le paysage ne cesse de me surprendre.

Nous faisons de nouveau face au village, les pieds toujours dans le sable. Il se tient loin de la Manche et de ses vagues, et d'ici on peut voir ses ruelles désormais éclairées et quelques voitures qui s'aventurent sur le pont pour traverser le havre plus rapidement.

Le rouge a quitté le ciel, tout comme la chaleur a quitté nos corps. Le froid, j'en fais abstraction. Ce qui m'importe, c'est ce moment passé avec ta fille, ces mots que je souhaitais lui dire sans savoir comment m'y prendre et qu'elle a su m'arracher sans peur.

— À propos de l'autre fois, poursuit-elle.

— N'en parlons plus, ce n'est rien.

— Je n'aurais pas dû, s'excuse-t-elle.

— C'est oublié, je te dis. J'ai jeté ton mot de toute façon.

Jeter dans le cas présent signifie « enfouir dans mon chevet, et l'user par mes lectures quotidiennes ». *Ce n'est pas beau de mentir, ma chérie !* Ce n'est pas beau non plus de mourir avant l'heure et d'abandonner ses proches. Et toc ! *C'était facile*... Tu l'as cherché. Maintenant, laisse-moi tranquille, je ne suis pas seule.

— J'étais blessée que tu ne m'aies rien dit, révèle Mathilde tandis qu'elle déracine une herbe haute et la laisse traîner dans le sable, derrière nous.

— Et moi j'avais peur de ta réaction, me confié-je.

— Je ne vois vraiment pas pourquoi, ajoute-t-elle avec malice, le regard cloué au sol.

Le chemin se distingue à nouveau dans la dune en direction de chez Annick. Mathilde me tend son bras.

— Allez, viens, je te ramène chez mamie.

Il y a quelques heures, dans mon esprit, « chez mamie » c'était la demeure de ma propre grand-mère dont le salon sent fort les bougies à la vanille, la cuisine, la noix de muscade et les toilettes, la Javel. « Mamie », c'est ma mamie, celle qui m'autorisait à arracher les fleurs de son jardin pour me les mettre dans les cheveux et à lécher la mixture du gâteau au chocolat directement dans le saladier.

Je pensais que, pour le bébé, « chez mamie » serait la maison de mon enfance, avec mes parents - papi et mamie - se chamaillant sans cesse, le couvrant de bisous et de cadeaux.

Me voilà avec une troisième mamie à gérer. Une mamie, que nous retrouvons en pleine partie de Candy Crush, sous la lumière artificielle, lorsque nous entrons frigorifiées dans le salon.

— Vous voilà. Je commençais à m'inquiéter.

— Tu parles, commente Mathilde. On te dérange ?

— Pas du tout, se défend Annick en cachant son téléphone sous un coussin du canapé.

— Mamie, tu ne le retrouveras jamais si tu le planques ici. Déjà, la dernière fois, on avait retourné la maison. Tu l'avais posé avec les courses dans le frigo.

— Au moins, il n'est pas constamment collé à mes doigts, jeune fille !

Mathilde lève les mains en signe de protestation et les agite :

— Même pas vrai !

Le bébé ne sera pas dépaysé d'une famille à l'autre. *Tu as conscience du nombre de fois où tu as pensé au bébé aujourd'hui, Mandine ?* Si peu. *Tu es sûre ? Tu changes, ma chérie.*

Je ne veux pas changer, pas tout de suite. Changer serait t'oublier et poursuivre sans toi. *Et que fais-tu depuis des mois ? Continue sur cette lancée.* Quelle lancée ? Je n'ai aucune idée de ce que je fais, alors comment pourrais-tu le savoir ? *C'est ce que tu t'acharnes à te répéter. Mais ce n'est pas vrai. Tu avances.*

Le temps avance, moi non, ou je ne le fais pas exprès... Je couvre cette pensée dérangeante par une autre : le bébé, enfin, l'embryon, l'enfant. Voilà, tu m'as perdue avec tes bêtises ! Bref, ce truc aura deux grands-mères et une arrière-grand-mère. J'imagine déjà la bagarre des surnoms faire rage. Bien sûr, ma mère voudra être originale. Je vois déjà les Maminou, Maminouchka, Mamoune, Mamimounette, pointer les bouts de leurs nez.

Alors qui se trouve en face de moi, en train de replacer les mèches de Mathilde mélangées par le vent pendant notre promenade ? Mamie deux ? Mamie Ninie ? Mima ?

— On aura le temps de reparler de tout ça, ma grande.

Ces mots m'extraient à vitesse grand V de ma rêverie. Quel soulagement de voir qu'elle s'adresse à Mathilde !

— Allez, file, lui ordonne-t-elle.

— Tu t'en vas ?

Le regret dans ma voix est flagrant.

— Oui, je sors grignoter et boire un verre avec des amies, précise la jeune fille.

Je ne peux m'empêcher d'ajouter :

— Parce que tu as des amies, toi ?

Elle s'y attendait et aurait été, sans doute, déçue que je me prive de cette remarque, puisque cela lui permet de répondre :

— Un peu de *fun*, après avoir traîné avec une vieille bique, ne me fera pas de mal.

Je souris :

— Bonne soirée, l'adolescente.

— Bonne soirée, future maman.

Touchée, coulée. Mathilde attrape une veste et son sac dans l'entrée puis claque la porte. Il est temps pour moi aussi de prendre congé. Je m'apprête à remercier mon hôte, lorsqu'elle coupe mon élan :

— Pourriez-vous repasser demain ? Dans l'après-midi ? Si la route ne vous dérange pas. Mathilde ne sera pas là et j'ai tant de choses à vous dire, me confie Annick en me glissant un sachet de madeleines dans les mains.

J'accepte l'invitation et les gourmandises et quitte la maison de ton enfance, mon amour. Ta maison de famille. Une famille que je prends plaisir à découvrir… sans toi.

L'ÉPREUVE DES MARCHES

J'ai redouté que ton cœur lâche dans la montée et voilà que mes jambes me trahissent dans la descente. Mes cuisses jouent des castagnettes et se cognent l'une contre l'autre à un rythme effréné.

Les marches de ce phare m'en font voir de toutes les couleurs, les trois cent soixante-cinq d'entre elles. Autant de marches que de jours dans l'année, comme un clin d'œil au temps qui passe. Mais, les jours, on les laisse filer, sans faire demi-tour ni revivre chacun d'eux à l'envers. Ce calvaire !

— Dire que tu avais peur pour moi... se moque Olivier, me soutenant dans cette épreuve, un bras sous le mien.

— Oh, ça va, ne fais pas le malin ! On n'est pas encore arrivés en bas, rétorqué-je en m'agrippant à lui de toutes mes forces.

Nous nous serrons contre la pierre fraîche pour laisser passer une famille dans cet étroit colimaçon. Un jeune garçon chante dans les bras de son père tandis qu'un plus grand fanfaronne à l'avant. La mère, quant à elle, s'éponge le front, un bébé sagement endormi dans son dos. Nous nous saluons, leurs bonjours davantage à bout de souffle que les nôtres. Je me retiens de leur dire : « Attendez la descente, elle est sournoise ! » Leurs voix étouffées résonnent entre les murs bien après qu'ils nous ont croisés.

La vue du sommet du phare vaut bien ce challenge et restera gravée longtemps dans ma mémoire. La mer d'un côté, la terre de l'autre, et de nombreux détails à observer : le ferry partant pour l'Angleterre, la tour – minuscule vue d'ici – de l'île de Tatihou et la pierre léchée par les vagues au pied du phare.

Au loin, on peut apercevoir quelques maisons reposant docilement le long de la côte, telles des pièces de Lego éparpillées sur le sol d'une chambre d'enfant. La mer les nargue de sa fougue et de sa liberté de mouvement. Les couleurs de ce tableau se sont comme apprivoisées. L'intensité du ciel d'été et le turquoise de la Manche s'y mélangent. Quant au vert des champs, il s'adoucit à l'approche du rivage pour s'immiscer dans la roche.

C'est materné par une compagne inquiète – et agaçante, mais surtout inquiète – qu'Olivier est arrivé en haut, en pleine forme et heureux de pouvoir me clouer le bec. Là-haut, le vent se mêlait aux respirations haletantes et, dans les bras l'un de l'autre, nous avons humé l'air marin à pleins poumons, en observant le paysage et les oiseaux de passage.

J'abrège ma commémoration intérieure. Un énième vertige me rappelle que, tout de suite, je m'en moque royalement du ciel, des oiseaux, de la vue imprenable sur le Val de Saire. Tout ce que je veux, c'est arrêter de tourner en rond et retrouver la terre ferme.

— Tu sais, tu n'as qu'à me le dire si tu as besoin d'une pause, m'imite-t-il à la perfection.

— N'essaie même pas de me faire rire, ça risquerait de mal finir. Et par mal finir, j'entends : rendre mon déjeuner !

Mais le rire me secoue déjà. Je profite d'une fenêtre pour m'asseoir sur la pierre et récupérer un souffle régulier. Je me justifie :

— La vue n'est pas aussi imprenable qu'en haut, mais elle vaut la peine d'être remarquée !

— Oh oui, cette vue vaut tout l'or du monde.

Ses yeux me dévorent et je rougis, comprenant qu'il parle de moi.

— Ce cliché… raillé-je.

— Je suis sûr que ça t'a plu.

Il a raison. Un rayon de soleil vient parfaire la scène en soulignant les reflets orangés de ma chevelure et attire l'attention sur mon pendentif, placé judicieusement dans mon décolleté.

— Allez, grimpe sur mon dos, me lance-t-il.

— Tu es fou !

— Je suis à bonne école…

Le 4 mai 2019

J'avais refusé son aide et terminé sur mes deux jambes, la descente rythmée par de nombreuses pauses et railleries. Une fois sur la terre ferme, je m'étais assise par terre, au milieu de la digue, pour admirer fièrement la taille de la construction qui venait de m'en faire tant baver.

C'est cette image-là que je tente de reproduire. *Heureusement que tu le précises, parce que j'aurais eu du mal à le comprendre tout seul.* Tu exagères. *Ça fait combien de temps que tu n'as pas touché à tes pinceaux ?* Longtemps. *Dis-moi, il n'y avait pas d'arc-en-ciel le jour de notre visite ?* Non, ni pluie, ni même nuages. *Et surtout pas d'éléphant ?*

J'ai compris, ça ne te plaît pas. J'attrape un morceau de bâche et recouvre le chevalet. *Ce n'est pas ce que j'ai dit. C'est juste que la référence au souvenir n'est pas flagrante.* Je remanie légèrement la réalité, c'est plus joyeux pour une chambre d'enfant, mon amour…

On frappe au cabanon :

— Amandine ? Je peux entrer ? C'est ta mère.

— Maman, je sais que c'est toi. Nous sommes chez toi, je te rappelle.

Sa tête passe par l'entrebâillement de la porte.

— C'est juste que quand tu peins, tu es dans ta bulle. Je ne voudrais pas te faire peur et que tu perdes les eaux au fond du jardin. On serait bien embêtés.

— Surtout à plus de quatre mois du terme.

Les traits de son visage se figent. Elle met quelques instants à retrouver la parole :

— Seulement ? s'égosille-t-elle.

— Encore, tu veux dire ? rétorqué-je. Quatre mois et demi avant l'arrivée du bébé, on est large.

— Tu es large, Amande. Ça, c'est sûr, plaisante-t-elle.

Tandis qu'elle scrute mes courbes sans aucune discrétion, le coup de pinceau part de lui-même.

— Amandine ! Voyons, s'exclame-t-elle.

Le tablier de cuisine barbouillé de bleu, elle tourne les talons, trop tard pour me dissimuler son sourire et les rides qu'il a créées sous ses yeux. S'éloignant dans l'allée, la démarche soutenue par le crissement des graviers, elle marmonne :

— Quand je pense que son père était content qu'elle ait ressorti ses pinceaux. Les hormones, je vous jure…

Je passe la tête par la porte en bois, restée grande ouverte, et observe ma mère, guillerette, trottiner en direction de la maison. Puis je nettoie mon matériel, impatiente de les retrouver, mon père et elle, pour le déjeuner.

Une fois à l'intérieur, tous les trois installés autour de la table de la cuisine, ma mère se renseigne :

— Sur quoi travailles-tu dans ta cachette, Amande ?

Je hausse les épaules, avant de me resservir en salade de pommes de terre, les narines et la gorge chatouillées par l'odeur du vinaigre.

— Sur un tableau.

— On s'en doutait un peu, se gausse mon père en se grattant la moustache. Tu ne nous en diras pas plus ?

— Si, pardon, j'avais la tête ailleurs.

— Elle avait la tête dans l'estomac, chuchote ma mère en direction de son complice.

Ma langue sortie pour leur signaler que ce mot d'esprit n'est pas tombé dans l'oreille d'une sourde, je reprends la parole :

— Je peins le phare de Gatteville.

— Celui avec les trois cents marches ? me questionne mon père.

— Que vous aviez visité avec… ? ajoute maladroitement ma mère.

— Oui, c'est celui-là, maman. Avec Olivier, tu peux le dire. Il est mort, ce n'est pas contagieux…

Je pique violemment dans une pomme de terre.

— Pardon, Amande. Je ne savais pas si tu étais prête à l'entendre. Tu l'as visité avec Olivier donc ?

— Oui.

Non, je ne suis jamais prête à l'entendre, mais il va falloir apprendre à l'être. « Nom et prénom du père, s'il vous plaît ? »

— Tout va bien, Amande ? s'inquiète mon père.

Je passe une main sur mon ventre.

— Je n'aurais pas dû piocher une nouvelle fois dans le plat, c'est tout. J'arrête là.

— Une tisane dans le salon ? propose ma mère.
— Avec plaisir.

Le soleil ricoche sur les fenêtres du voisin d'en face, avant de parvenir jusqu'à moi, blottie dans le canapé, une coupelle de pistaches et noix de cajou posée sur le ventre en guise de dessert improvisé.

Dans mon dos, un trésor attend d'être dévoilé. Une photo en noir et blanc qui, contrairement aux clichés habituellement de cette couleur, révèle le futur et non le passé. Ma dernière échographie, bien à l'abri dans une pochette cartonnée, qu'Estelle et Cédric ont déjà eu la chance de découvrir le week-end dernier.

Ma mère émerge de la cuisine en tirant sur ses gants :

— Voilà. Une bonne chose de faite ! affirme-t-elle.

Elle les lance à mon père avant d'ajouter :

— Pour la vaisselle du soir, ce sera ton tour.

La tête penchée au-dessus d'un magazine de musique à l'effigie des Rolling Stones et les gants humides sur les genoux, mon père lui répond sans sourciller :

— Cheffe, oui, cheffe !

Ma mère s'installe à mes côtés, sur le canapé, se contentant du peu de place que j'y laisse. Elle m'attrape les pieds et, sans me demander mon avis, s'attelle à les masser.

— Vas-tu retourner dans ta cabane cet après-midi pour peindre, ma puce ?

— Peut-être, et un peu demain matin également. J'aimerais le terminer avant mon départ.

— Et sais-tu où tu vas l'accrocher, Amande ? me sourit-elle, une idée derrière la tête qui est aussi visible au fond des yeux.

— Dans le salon, je pense.

— Ah...

Sa déception est flagrante. Elle retient ses mots, quelques secondes seulement.

— Et sinon ? débute-t-elle. Pourquoi ne pas le mettre dans la chambre du bébé ?

Je remonte mes pieds. Elle ne peut plus les chouchouter et me dévisage, le regard triste, son cœur de maman blessé par mon geste.

Parce que Bébé n'a pas de chambre, voilà pourquoi. Parce que je suis incapable de l'imaginer vivre dans cet appartement et que je n'ai pas les moyens d'accéder à un autre logement. Mais je ne dis rien de tout ça et dévoile ma surprise en guise de diversion.

— Tiens, maman. Je vous ai ramené ça.

— Il ne fallait pas. Qu'est-ce que c'est ? m'interroge-t-elle sans grande expectative.

— Ouvre et tu sauras, voyons, la sermonne mon père en refermant son magazine.

— Je n'aurais pas dit mieux, acquiescé-je.

Excitée comme une puce, les yeux collés au cliché, ma mère se lève.

— Oh, Michel, viens vite voir ! C'est le bébé ! s'émerveille-t-elle, avant de s'installer dans le fauteuil dos à la fenêtre.

Ses genoux remontés contre elle, elle tourne le document dans tous les sens. Mon père, penché au-dessus de sa femme tremblante, commente :

— C'est un bébé ou une grenouille ?

Tel père, tel fils. Un clin d'œil dans ma direction, puis il recule, comme pour se prémunir de la salve qu'il s'apprête à recevoir.

— Dis donc, tu n'as pas honte de parler de la sorte de ton petit-fils ou de ta petite-fille ! rétorque sa femme.

— Eh bien quoi, c'est joli comme surnom : ma grenouille ! Je l'imagine sauter partout dans le jardin, ma petite grenouille, et faire des vagues dans le bain en chantant que l'eau, ça mouille, ma grenouille.

La main de mon père atterrit sur mon épaule. Ce geste me surprend, mais pas autant que ses paroles. À l'abri des oreilles et des émotions de ma mère, il me les chuchote, d'une voix qui respire l'amour et la fierté :

— Félicitations, Amande. Quel bonheur !

L'étreinte de sa main se resserre tandis que je viens y déposer la mienne.

— C'est vraiment une belle grenouille, ajoute-t-il sur un ton espiègle.

Ce doux murmure évoque mon enfance et ces fois où, en cachette, il m'autorisait à chiper un bonbon dans la boîte au-dessus du réfrigérateur, enfiler une robe de ma mère ou piquer un jouet à mon frère.

Il est tellement simple de l'imaginer grand-père. Mon enfant recevra le même amour sincère, les mêmes complicité et espièglerie que j'ai reçues. Sa main quitte la mienne. Il se dirige vers le couloir.

— Où vas-tu comme ça ? l'interroge la cheffe des lieux.

— Dans la cuisine ! Je suis sûr que tu as oublié de nettoyer la plaque du four, à tous les coups…

Ma mère lève les yeux au ciel. Puis le canapé couine tandis qu'elle revient à mes côtés. Sans décoller les yeux du papier brillant, elle déclare :

— Tu vois, ma fille, bientôt trente ans de mariage et je ne le comprends toujours pas…

Je souris, les larmes au bord du gouffre. Moi j'ai compris. L'émotion est trop forte pour lui. La cuisine est son refuge.

— Tu te rends compte de cette chance, Amande ? Dans tout ce bazar quand même, cette vie qui se construit, sans se douter de rien, qui grandit juste grâce à toi, à ton affection et ton courage…

Elle caresse l'échographie et ouvre, par la même occasion, les vannes. De mon côté, l'écluse – déjà bien remplie par l'émotion de ces derniers mois – se vide de son contenu sans retenue. Mon père, affolé par le bruit de nos sanglots, débarque dans le salon, un esquimau entamé dans les mains :

— Qué ch' qui che pache ? Oh, punaich, que ché froid che truc ! Tout fa bien, Amande ?

— Sérieusement, Michel ? C'est le moment de se goinfrer ? Et ma plaque de four ! s'indigne ma mère en essuyant ses larmes.

Le visage crispé et un doigt sur la tempe – c'est ça aussi d'avaler de la glace à toute vitesse – il répond :

— Il y a plus important que ta plaque ! Regarde dans quel état vous vous êtes mises ! Regarde notre fille…

— Oh, ce n'est rien, elle est juste en train de comprendre qu'elle a de quoi être heureuse, explique-t-elle les yeux brillants.

Je suis allongée sur les jambes de ma mère, et mes larmes inondent sa jupe. Je me laisse tendrement bercer par leurs chamailleries.

Le sommeil n'est pas loin. Mon corps mériterait une bonne sieste. Trop de questions assaillent mon cerveau. Le suis-je ? Heureuse ? Déjà ? Malgré tout ? Ce serait donc vrai ? Un simple petit être – même pas terminé – qui compresse mes organes, raccourcit mes nuits, dérègle mon alimentation et remet mon futur en cause, est en train de me rendre heureuse ?

L'index de ma mère joue dans mes cheveux et dégage les mèches de mon visage. J'entends les pas de mon père qui, rassuré – ou affamé –, s'en retourne à la cuisine.

Ma respiration retrouve un rythme décent, mes manches épongent le reste de joie qui traîne sur mes joues et mes paupières se ferment.

— Amandine ? chuchote ma mère. Tu dors ?

— Non, marmonné-je.

— Merci, ma chérie.

— Pour quoi ?

— Pour l'échographie, Amande.

— D'accord. Je t'en prie, rétorqué-je incrédule.

— Et pour le prénom ? As-tu des idées ? tente-t-elle.

J'aimerais tant avoir un second joker, une surprise à sortir du chapeau, une photo d'un poussin, une vidéo d'un chat qui se réchauffe contre un chien, n'importe quoi. Mais mon couvre-chef est vide, alors je ferme les yeux et prétends être endormie. À force de prétendre…

*

— Échec et mat ! décrète mon père, les poings en l'air, en se levant de sa chaise dans la cuisine.

— Papa, on joue aux petits chevaux.

— Si on ne peut même plus plaisanter, soupire-t-il. On s'en refait une dernière ?

Il se rassoit. Je mélange l'eau chaude et la verveine, simulant une réflexion intense.

— Bon, d'accord. Mais après je dois vraiment préparer mes affaires.

Je repars cet après-midi de Flers, après deux jours de repos nécessaire et agréable. Deux jours pendant lesquels j'ai réussi à ne pas penser à la proposition de ta maman, mon amour. Bien qu'elle attende ma réponse, je me laisse un délai supplémentaire pour être sûre de faire le bon choix.

Les bras chargés de pelotes de laine et de modèles en cours de création, ma mère nous rejoint dans la cuisine :

— Regarde ce que tu me fais faire avec tes histoires, du jaune, du vert, du violet, du gris. Je ne sais plus quoi choisir moi ! Ce serait plus simple en connaissant le sexe du bébé. Bleu ou rose, paf, efficace.

— Vert, ce sera parfait, maman.

Je lui souris en réinstallant les pions à leur place tandis qu'elle s'installe à la sienne. La déception sur son visage vient titiller ma culpabilité. Alors en toute innocence, je poursuis :

— Bon, parlons de choses sérieuses. Quels sont vos surnoms de grand-père et grand-mère ?

— Oh, ma chérie, tu ne pouvais pas me faire plus plaisir qu'avec cette question, ne bouge pas !

Elle lâche son fourbi et quitte la pièce, le bruit de ses chaussons glissant avec détermination sur le parquet. Oups, il semblerait que j'ai fait une erreur. Je compte sur mon père pour éclaircir la situation :

— Où va-t-elle ?

— Bah, chercher son calepin, dit-il simplement en lançant le dé. Tu ne sais pas dans quoi tu t'es lancée, Amande. Tu n'aurais pas une soudaine envie d'aller au parc avant de partir ?

Dehors, les branches dansent sous les notes du vent et le chat du voisin fait les cent pas sur le toit de la cabane. Le ciel est gris et décourageant.

— Non, ça va, merci, avoué-je. J'ai une revanche à prendre. Si tu crois que tu vas te débarrasser de moi si facilement et t'autoproclamer vainqueur, tu te trompes.

— Je disais ça pour ton bien. En garde, alors !

La matinée s'est étirée jusqu'aux heures où elle en perd le nom. Après le déjeuner, mamie Mamours, surexcitée par la validation de son surnom, s'est mise à tricoter à tout va tandis que Papick – perdant de la dernière partie de petits chevaux – a ronflé devant la télévision. Quant à moi, j'ai peint et profité du moment, simplement. Mais il est désormais l'heure de les quitter.

Ma toile, à peine sèche, sous le bras, j'adresse un dernier signe de la main à ma mère sur le perron. Le soleil se reflète sur le coffre de ma voiture tandis que mon père l'ouvre. J'y place avec précaution le tableau du phare de Gatteville et de ces animaux sauvages y chevauchant un arc-en-ciel.

— En si peu de temps, tu t'es surpassée, ma grande ! me félicite mon père.

— Merci, souris-je.

— Ça fait du bien de savoir que tu repeins, ajoute-t-il.

— À moi aussi, ça me fait du bien, avoué-je.

— Ah, tu vois, tête de mule !

— Si tu fais référence à la toile que vous aviez placée dans le bureau, c'était bien trop tôt, raillé-je.

— Je sais, ma puce. Nous étions désemparés, excuse-nous, se lamente-t-il. Enfin, surtout ta mère et ta grand-mère…

Il se secoue, comme pour mieux effacer l'image de son esprit.

— Enfin, bref, restons sur cette note plus positive ! Tu as retrouvé tes pinceaux, c'est tout ce qui importe. Et à moi tu peux le dire… Tu comptes vraiment accrocher ce chef-d'œuvre dans ton salon ? Pas ailleurs… ?

Non, pas ailleurs, pas encore et surtout pas là-bas, à deux pas de la mer, comme me l'a proposé Annick…

Les coups de frein

Olivier enfile ses chaussures, appuyé contre le mur. Comme tous les matins, je me lève pour l'embrasser. Et comme tous les matins, dès qu'il aura franchi le seuil, je fermerai la porte à clef avant de retourner sous la couette pour une bonne heure supplémentaire.

— Sinon, la chambre d'amis, on peut t'en faire un atelier, un vrai atelier d'artiste ! On protégerait le sol et on installerait des étagères pour ton matériel ?

Il reprend le fil de la conversation d'hier soir comme si huit heures de sommeil ne s'étaient pas faufilées entre cet hier et maintenant. Les yeux encore collés et agressés par la lumière du salon, je plonge mes doigts au hasard dans ses cheveux en faisant de mon mieux pour ne pas atterrir dans une oreille.

— C'est gentil. Mais ce n'est pas nécessaire.

— Tu es sûre ? Je veux vraiment que tu te sentes bien ici, que tu te sentes chez toi.

— Ce n'est pas la déco, ni l'utilisation des pièces, qui font de ce lieu mon chez-moi, chez nous. Ce sont ces rituels que nous y avons.

— Comme le fait que tu me caresses les cheveux tous les matins, en me crevant un œil une fois sur deux ?

Il souligne ses propos en me pinçant avec tendresse le petit bout de peau exposé entre ma culotte et mon débardeur, puis m'embrasse le front.

— Si je restais là aujourd'hui ?

Je lui tends son manteau :

— Tu dis ça tous les jours et tu y vas quand même…

— Ce n'est pas faux. (Il enfile une manche.) Donc, c'est définitivement non pour l'atelier ? (Puis l'autre manche.) C'est ton dernier mot ?

— C'est mon dernier mot !

Je respire profondément avant de reprendre, le cœur léger et plein d'espoir :

— J'imagine plutôt un atelier dans un futur chez-nous. Dans une maison en bord de mer, par exemple.

Pas de réaction. Le silence s'installe alors que la perche que je lui tends tombe à l'eau, en prenant soin de faire un beau plat. Les éclaboussures viennent titiller mes blessures. Les coups de frein d'Olivier, dès que je me projette loin à ses côtés, commencent à user ma bonne humeur.

Je le sais, si ça continue, dans quelques mois, il me dira que je suis fatigante, sans se rappeler ces petites blessures qu'il m'inflige.

— À ce soir, ma chérie, lance-t-il, en toute innocence.

— À ce soir, mon homme. Bon courage.

Contrairement à d'habitude, je me poste à la fenêtre et le regarde partir. Il marche en direction du parking, le pas pressé. D'une main, il porte sa sacoche au-dessus de sa tête pour mieux se protéger des gouttes et de l'autre, il s'active sur son téléphone. Dans la chambre, le mien se met à vibrer. Olivier arrive à l'angle de la rue et quitte mon champ de vision. Je cours alors jusqu'à mon Smartphone, espérant que le message soit de lui. C'est le cas.

Amandine, je suis désolé. J'aurais dû te répondre en face, mais tu m'as pris de court. Tu vois toujours loin, bien plus loin que moi. Je ne sais pas comment tu fais pour déjà te projeter ailleurs alors que tu n'as pas fini de t'installer ici, avec moi. Ne peut-on pas simplement profiter de cette toute jeune vie de couple avant d'imaginer autre chose? J'ai rapidement compris que ce n'était pas ton fort, mais s'il te plaît, sois patiente. Ne me brusque pas.

Être patiente, ne pas se projeter, ne pas le brusquer. Ces mots tournent à toute vitesse dans mon esprit jusqu'à l'inévitable. Ils se heurtent les uns aux autres et explosent en des milliers de morceaux faits de questions et d'autant de doutes. Nous sommes-nous trompés? Sommes-nous trop différents? Est-il en train de le comprendre? A-t-il prévu de me quitter bientôt? Notre avenir dépend-il de ce que je vais lui répondre?

Si c'est le cas, c'est bien dommage, parce que tout ce que je trouve à lui renvoyer c'est: *Ok*.

Mon téléphone vibre à nouveau d'un message d'Olivier alors que je pose ma tête sur son oreiller pour retrouver son odeur: *Je t'aime*. Trop facile, moi aussi, je l'aime, il le sait. Mais, je me garde bien de lui dire. Je ne voudrais pas le brusquer!

Le 7 mai 2019

Une chambre d'amis, un atelier, une chambre pour le bébé. Cette pièce aurait pu en vivre des aventures. Quant au tableau, il est caché dans l'arrière-cuisine, en attendant son heure de gloire, à côté du portrait de ta fille. Je tenterai à nouveau d'offrir ce dernier à Mathilde. Pour le moment, il est temps d'appeler Annick et de lui faire part de ma décision.

Troisième sonnerie. Elle décroche. Malheureusement :

— Allô, Annick ? C'est moi, Amandine.

— Ah, Amandine. Ça me fait plaisir de vous entendre, vous allez bien ? Vous avez réfléchi ?

Elle ne passe pas par quatre chemins, ta mère, mon amour. Je me prépare à lui dire les mots qui ont tourné tant de fois dans mon esprit, ces mots qui sonnent faux :

— Je suis au regret de vous annoncer que je dois refuser votre proposition. J'en suis désolée, annoncé-je sur le même ton qu'un assistant vocal.

— C'est moi qui suis désolée, reprend Annick après quelques secondes de silence. Je m'en doutais, mais je vous imaginais tellement bien ici dans ce cocon aux murs de pierres…

… à deux pas de la mer.

Mon esprit s'évade quelques jours en arrière pour me replonger dans cette drôle de visite.

*

Après m'avoir bombardée de questions sur ma situation, Annick m'emmène au fond du jardin.

— J'avais remarqué, vous savez. Le prospectus d'annonces immobilières sous votre bras l'autre jour. Alors je me suis dit que vous étiez prête à tourner la page et aller de l'avant. Vous verrez, ça ne peut mieux tomber avec le bébé, me confie-t-elle, un trousseau de clefs dansant entre ses doigts.

Puis elle pousse le portillon du fond du jardin. Au lieu de foncer dans la dune comme le jour précédent, nous longeons le mur de pierres. Deux champs et trois maisons plus loin, nous nous retrouvons devant un terrain en friche entouré de rambardes de bois irrégulières.

Derrière moi, la Manche résonne, proche, assez proche pour attirer mon attention et m'inviter à l'admirer. Ici, une modeste dune nous sépare de l'eau. Les vagues n'ont que quelques mètres à parcourir pour venir lécher le pied des habitations.

J'imagine les volets des maisons s'ouvrir chaque matin et leurs résidents s'affairer, mélangeant l'odeur du café et du pain grillé à celles du sel et des embruns.

— Qu'en pensez-vous ?

Annick me montre du doigt une maison discrète et coquette cachée dans les herbes folles.

— C'est charmant, rétorqué-je sans savoir dans quoi je m'engage.

Et ça l'est : la façade en pierres, les tuiles en terre cuite, les volets couleur du ciel un jour de beau temps, les fleurs sauvages au milieu des hautes herbes…

— Et vous allez voir, il n'a pas chômé !

Qui ça, « il » ? Je redoute bien trop la réponse pour lui poser la question.

*

La voix d'Annick me ramène au présent :

— Amandine ? Vous êtes toujours là ?

— Pardon, j'étais dans mes pensées, réponds-je en collant à nouveau mon oreille au téléphone.

— Vous, vous étiez en train de vous imaginer dans la maison, s'enthousiasme-t-elle.

— Non, je pensais à autre chose… mens-je. J'ai vraiment réfléchi, Annick. Je ne dis pas ça à la légère. C'est au-dessus de mes forces.

— Sa démarche était sincère, vous savez ? Il était sincère, ajoute-t-elle, hésitante.

Comment est-ce que cette phrase, chargée d'autant de bonnes intentions, peut ricocher dans tout mon être comme des épines infectées ? Je lâche mes mots, rapidement, impatiente d'en finir :

— Je vous crois, Annick. Mais je dois vous laisser. J'ai du travail.

Par travail, j'entends sélectionner les meilleures photos de ma séance passée, tout en regardant les derniers épisodes de ma série du moment et en me régalant de tartines de guacamole.

— N'hésitez pas si vous changez d'avis, ajoute-t-elle.

Alors qu'Annick me souhaite une bonne fin de journée, mon Smartphone me prévient d'un nouvel appel. Ce dernier termine – comme la plupart – sur mon répondeur. Je laisse quelques secondes défiler avant de composer le numéro de ma messagerie pour découvrir qui a cherché à me joindre.

« Madame Fleury, c'est votre propriétaire. C'est bien dommage de ne pas réussir à vous avoir au téléphone. J'essaie de vous joindre depuis plusieurs jours. Vous avez sans doute reçu mes lettres. Je vous le redis de vive voix. Voilà, ma situation n'est pas facile. La vôtre non plus, j'en conviens. Mais j'attends toujours votre loyer du mois dernier, sans parler de celui en cours. Je suis quelqu'un de charitable, hein. Je préférerais, tout de même, attribuer ce logement à quelqu'un de fiable. Je ne peux pas vous mettre à la rue comme cela, mais je vais être honnête : au vu de votre activité d'indépendante, je n'aurais jamais accepté de vous louer cet appartement seule. Là, bien sûr, vous êtes dedans et votre conjoint, ex-conjoint, paix à son âme, a eu la présence d'esprit d'ajouter votre nom sur le bail. Tant mieux pour vous, n'est-ce pas. Lorsqu'il est… parti, je me suis dit que j'allais vous faire confiance. Alors voilà, madame, que faire de mon côté quand les loyers ne sont plus payés ? Comme je vous l'ai dit, je n'ai aucunement l'intention de vous mettre dehors. Cependant, je vous encourage fortement à partir de vous-même. Après avoir réglé vos loyers, bien sûr. Je vous souhaite une bonne journée, madame. »

Fichu loyer et fichue grossesse. Si je n'avais pas dû annuler mes prestations de mariage de cet été – pour cause d'arrivée de notre enfant –, je n'en serais pas là. Les revenus des dernières séances ne suffisent pas à subvenir à mes besoins quotidiens. Bientôt, le congé maternité débutera et tout ira mieux, je l'espère. *Jusqu'à ce qu'il faille acheter les affaires pour le bébé, de quoi meubler sa chambre, sans parler du budget crèche.* Merci de ton aide…

Devant l'inquiétude qu'occasionne cette montagne de dépenses, je ne vois qu'une solution : me remettre au fond du lit et m'y rouler en boule – même si j'en suis déjà une, de boule.

Tant pis pour le travail, tant pis pour cette journée, tant pis pour les décisions et les responsabilités.

Sous la couette, alors que mes paupières se font aussi lourdes que mon découragement, mon esprit divague à nouveau en pensant à cette bicoque à côté de chez Annick.

*

… à deux pas de la mer.

Ma guide ouvre l'imposante porte en bois, aidée par un petit coup de pied. « Tadaaaa » s'exclame-t-elle. Je ne m'attendais pas à autant de luminosité dans une construction si ancienne, protégée par des murs épais. Tout y a été rénové dans des matériaux chers à mon cœur. Du bois, de la pierre, de la brique repeinte en vert menthe sublimée par les murs blancs qui l'entourent. Des voilages se balancent devant les fenêtres, jusqu'à ce qu'Annick referme la porte.

Ma main caresse la table en bois clair au milieu de la salle à manger tandis que mes yeux découvrent avec envie les étagères du même matériau, intégrées directement dans le mur. Petite, chaleureuse, « réfléchie », apaisante, sont les mots qui me viennent à l'esprit à propos de cette maison. Ceux que j'ai le courage de prononcer se limitent à « C'est joli, c'est une maison de vacances ? ».

Pour toute réponse, Annick m'invite en souriant à faire le tour complet avant de lui poser des questions. Une main sur mon ventre, le bébé et le palpitant éveillés, j'obéis et déambule dans le reste de la pièce principale avec sa partie salon, puis dans la cuisine au bout du L. Le style se répète de meuble en meuble : plan de travail en bois clair, décoration dans les tons verts. Un bouquet de fleurs séchées trône dans un vase sur le bar. Mes amies les plantes vertes ont également envahi les lieux et viennent parfaire l'ambiance de ce cocon. Après quelques pas, je me retrouve au milieu d'un couloir, entourée de quatre portes, couleur menthe elles aussi. Sur chacune d'entre elles se trouve un Post-it, annoté à la main par une écriture que je connais bien.

As-tu fait tout ça pour nous, Olivier ? Mon ventre pèse lourd tout à coup et je le soutiens à deux bras. Mes poumons manquent de place et c'est à bout de souffle, et les épaules chargées d'émotion, que je reprends l'exploration.

« Salle de bains. » Je pousse la porte : une baignoire sur pied au fond – idéale pour les bains du bébé –, une grande douche dans l'angle et sa faïence bleu ciel, une vasque entourée de bois et un miroir doré.

« Notre chambre. » Je respire un bon coup avant de jeter un œil par la serrure. J'aperçois le lit double recouvert de coussins couleur lin et c'est déjà bien assez d'émotions.

« La chambre d'amis… » Tu te moques de moi ? Pourquoi trois petits points ? Pensais-tu à… ?

J'arrête mes mots en même temps que mes larmes. Comment peux-tu me faire ça ? Comment as-tu pu me faire ça ? Ce projet, ce magnifique projet, dans mon dos. Je comprends mieux ces dimanches en famille qui s'éternisaient. Tu y partais de plus en plus tôt pour en revenir de plus en plus tard. Je t'en voulais pour ça. Je te détestais pour ça. Ce qui devait être la plus grande preuve d'amour, la plus belle, la plus juste, est en train de me retourner l'estomac.

Je me concentre. Plus qu'un Post-it. Plus qu'une porte.

« Ton atelier. » La main tremblante sur la poignée, je me lance. Ici, tu n'es pas arrivé au bout de la rénovation. Une bâche recouvre le sol. Un chevalet, flambant neuf, installé près de la fenêtre, jure avec le reste.

Sur un pan de mur, le papier peint orangé n'est qu'à moitié arraché. À côté est posé un escabeau qui porte, sur la dernière marche, comme un vestige du passé, un de tes sweats – je me demandais bien où il pouvait être celui-là.

Mon état, déjà fragile, ne le supporte pas. La colère revient. Je claque la porte et m'effondre, à genoux dans le couloir, mes mains étouffant mes plaintes.

Je suis énervée, blessée, attristée. Je t'en veux. Tout ça, c'est de ta faute. Ce merdier. Je te dois mes insomnies, mes flots de questions, mes doutes, mes peurs. Je comptais sur toi pour m'épauler et me voilà seule à prendre des décisions que je ne suis pas prête à prendre, à planifier un futur que je n'imaginais pas affronter sans toi.

Lâche… *Je suis mort et je n'ai rien demandé.* Non, tu as fui, tu m'as fuie ! *Tu ne sais plus ce que tu dis, mon amour. Regarde autour de toi, regarde ce que j'ai fait pour toi, pour nous. Je ne voulais pas partir, bien au contraire, je voulais construire.* Pourtant tu as détruit. *Je t'interdis de dire ça. Nous avons construit !*

Un coup de pied plus haut que d'habitude me coupe le souffle. Apparemment, Bébé a compris que nous parlions de lui. *Et il est de mon côté.* Il a surtout hâte de quitter cette maison. *Lui ou toi ?*

Annick m'attend, inquiète, sur le canapé émeraude du salon. « Tout va bien, Amandine ? » Je la rassure et mens. Parce que rien ne va. Parce qu'on me prouve que l'homme que j'aimais se projetait et était prêt à s'investir dans notre relation. Parce qu'on me présente une solution à grand nombre de mes problèmes, et pourtant, je n'en veux pas.

Mes jambes veulent se prendre à leur cou. Mes poumons ne savent plus faire ce pour quoi ils sont prévus. Je sors.

Sur le pas de la porte, l'air de la mer apaise mon esprit. Mes émotions déménagent sur un palier acceptable, ni trop haut à m'en donner le vertige, ni trop bas pour ne pas traîner avec les angoisses cachées au sous-sol.

Sur le chemin du retour, Annick répond avec bienveillance à mes questions. Cette vieille maison de famille lui appartient. Olivier avait prévu de me la faire visiter une fois les travaux terminés. Si elle me plaisait, on en serait devenus propriétaires. Dans le cas contraire, Annick en aurait fait une location de vacances.

*

Location de vacances ce sera. Mon téléphone vibre : mon frangin. Désolée, Cédric, je suis occupée. Occupée à me vider de mon énergie.

J'active le mode silencieux de mon Smartphone puis me cache à nouveau sous la couette. Je tente d'éteindre ma machine à réflexions et de sortir cette maison de rêve de mon esprit, avant que ce souvenir ne tourne en cauchemar.

Le vert menthe

Autour de nous, dans le restaurant, les conversations vont bon train. La bouchée de pâtes à la carbonara à peine terminée, je lance l'interrogatoire :

— Elle est comment, ta fille ?

— Grande et blonde, répond Olivier simplement, m'offrant un ton des plus monocordes sans lâcher son steak du regard.

— Merci, je sais, j'ai vu les photos. Je veux dire dans la vie de tous les jours, son caractère ? m'impatienté-je.

— Ah, elle est adorable et très déterminée.

C'est tout ? Je n'ai pas le droit de les voir et en plus il faut que je me contente de ces quelques mots ? Cela ne va pas se passer comme ça. Mais avant, je plonge à nouveau ma fourchette dans mon plat, incapable d'y résister. De son côté, Olivier a toujours les yeux rivés sur son assiette sans y toucher.

— Bon, qu'est-ce qu'il a, ton steak ? m'inquiété-je.

— Rien, rien. Pardon, ma chérie, j'ai la tête ailleurs.

Et c'est le cas depuis son retour dimanche de chez sa mère, à Portbail. Je sais qu'il s'est passé quelque chose. Il ne veut rien me dire. Un mur. Je suis en face d'un mur qu'il a monté de ses propres mains. Sauf que d'habitude, s'il y a bien quelque chose qui peut lui faire jeter un coup d'œil par-dessus le mur, c'est bien une pièce de viande, servie dans sa brasserie favorite.

— Tu ne vas pas le manger ? insisté-je.

— Si, si, bredouille-t-il en coupant un premier morceau.

Je lui laisse le temps d'avaler sa bouchée, apparemment sans aucun plaisir, avant d'endosser à nouveau le rôle de l'enquêtrice :

— Et donc ta fille, tu peux m'en dire un peu plus ?

Il pose ses couverts, puis réfléchit. Le sujet qui le tracasse prend beaucoup de place derrière son front plissé. Penser à autre chose lui demande un effort phénoménal.

— Elle est étudiante (je sais), à Caen (je sais). Physiquement, elle ressemble beaucoup à sa mère (je ne voulais pas le savoir) et ne peut s'empêcher de s'inquiéter pour tout le monde.

Enfin, une information un peu plus personnelle. Pour fêter cela, je termine mes pâtes en deux bouchées.

— Et ton fils ?

— Quoi, mon fils ?

— Bah, comment est-il ?

— Ah, grand aussi et châtain.

Super. J'ai remis une pièce dans le juke-box.

En attendant qu'il finisse son assiette – ce qui risque de prendre du temps –, j'examine le menu de

La Fabrik à la recherche d'un dessert. Olivier m'interrompt alors que j'hésite entre un thé gourmand, une crème brûlée et une coupe glacée :

— Quelle est ta couleur préférée ?

Mon cerveau met quelques secondes à comprendre qu'il m'a adressé la parole, puis quelques secondes de plus à se remettre de l'absurdité de sa question.

— J'en sais rien, moi. Laisse-moi réfléchir…

Pendant ce temps, il interpelle un serveur.

— Le vert, déclaré-je avec très peu d'enthousiasme.

— OK, mais quel genre de vert ? Foncé, clair, pomme ? insiste-t-il.

— Qu'est-ce que tu manigances, Olivier ? Tu me fais peur. Ça va bientôt faire deux ans que nous sommes ensemble, tu ne m'as jamais demandé ma couleur préférée. Qu'est-ce qui te prend ?

À vrai dire, personne ne m'a demandé ma couleur préférée depuis l'école primaire.

— Si on ne peut même plus s'intéresser à toi, maintenant, sans que tu t'imagines des choses.

Je caresse le dessus de sa main et m'adresse à lui avec tendresse :

— Pardon, mon homme. Avoue que c'est perturbant.

— Vous avez fini, messieurs dames ? Tout s'est bien passé ? nous coupe le serveur, les yeux rivés sur l'assiette d'Olivier encore chargée.

— Oui, très bien, affirme pourtant ce dernier. Je vais vous prendre un café et madame prendra un dessert.

— Qu'est-ce que ce sera pour madame ?

Je claque le menu. Ma décision est prise.

— Une boule de menthe, s'il vous plaît.

Il s'éloigne tandis qu'un sourire niais s'affiche sur le visage de l'homme que j'aime et qui semble revenir parmi nous.

— Qu'est-ce que j'ai dit ?

— Rien, ma chérie. J'ai la réponse à ma question. Merci.

Le 22 mai 2019

Lorsque Mathilde entre, en enfonçant ma porte au passage, je suis gentiment installée dans le salon, sur le matelas de plage à moitié dégonflé, un casque sur les oreilles, écoutant le dernier album de Rose Keren.

À mes côtés s'étalent des épluchures de bananes, des tasses vides et des emballages de barres de céréales.

— Ça ne va pas, non ? m'écrié-je.

Les lèvres de Mathilde bougent, mais n'émettent aucun son. Encore sous le choc, je m'aperçois qu'il faut que je retire le casque si je souhaite comprendre ce que dit le pantin énervé agitant les bras dans tous les sens.

— Tu ne réponds plus depuis deux semaines ! Ça te fait plaisir de nous faire peur comme ça ? s'égosille ma grincheuse préférée.

— Et ça ne va pas de défoncer ma porte ? riposté-je, sans bouger.

Nous hurlons toutes les deux, moi paniquée, elle soulagée, mais nous hurlons tout de même.

— T'avais qu'à répondre. Au moins à Annick, la pauvre !

— On ne peut pas vouloir être tranquille un peu ? me plains-je, le cœur carburant à cent à l'heure.

— Pas dans ton état, imbécile ! Égoïste, va ! J'en reviens pas de m'être explosé l'épaule juste parce que tu veux être « tranquille » !

Ses doigts miment des guillemets tandis que son visage se déforme, davantage par dégoût que par colère.

— Et toi, espèce de, espèce de… bodybuildeuse, va !

Mathilde m'observe, ébahie par ma réponse. Mon manque de repartie a au moins l'avantage de calmer sa colère et de dérouter la mienne.

Je t'entends rire dans ma tête, Olivier. Ce n'est pas gentil de te moquer et je n'ai pas tort ! Tu as vu ce qu'elle a fait à la porte ? Elle est costaude, ta fille…

Le bois a cédé au-dessus de la serrure, des morceaux tanguent, suspendus par quelques millimètres de matière. La bodybuildeuse profite du silence pour essayer de raccrocher la poignée, sans succès.

— Bon, bah, elle est cassée…

Je feins l'étonnement :

— Non, c'est vrai !?

Les sourcils froncés, et après m'avoir tiré la langue, elle jette son sac à main au sol. Elle observe le mur à sa droite et secoue la tête devant ce drôle de style, puis s'approche de moi :

— Donc, malheureusement, tu vas bien ?

— Je pète la forme… réponds-je, une main posée sur les reins. Allez, viens m'aider à me lever maintenant !

— Sinon quoi ? rétorque-t-elle avec malice.

— Sinon, je te facture la porte !

Je ne peux m'empêcher de scruter la manche de son chemisier, à la recherche d'une goutte de sang. Rien.

— Comment va ton épaule ?

Elle balaie mon inquiétude en soufflant sur la mèche qui lui cache la moitié du visage.

— Elle va bien. Elle a vu pire.

J'ai du mal à m'imaginer comment, mais me satisfais de cette réponse. Mathilde ne se trouve qu'à quelques centimètres de moi. Son parfum vanillé me chatouille les narines. Je retiens l'éternuement à temps. Ses bras se logent sous les miens. Mes yeux plongent dans les siens et c'est dans les tiens que je me noie, Olivier.

— Merci, murmuré-je, une fois debout.

— De quoi ?

— De t'être inquiétée.

— Ce n'est pas moi. C'est mamie qui m'a mis la pression, persuadée que tu avais quitté la région avec l'enfant de son fils préféré…

— Je ne te crois pas une seconde, la taquiné-je.

Elle recule, comme si s'éloigner de moi physiquement pouvait la protéger d'un possible attachement. Comme si quelques pas en arrière pouvaient empêcher notre complicité grandissante. Je lui laisse croire que c'est le cas. Moi, je sais que c'est trop tard. Soyons honnêtes : je l'adore, ta fille, et je suis sûre que c'est réciproque. La preuve, elle irait jusqu'à se casser l'épaule pour moi.

*

Les épices du menu du midi traînent encore dans l'air de l'établissement et viennent perturber mon choix de gourmandises. La commissure des lèvres déjà moite, je déclare :

— J'ai envie de saucisson, de chorizo et d'un steak haché, c'est malin !

— Dit-elle, à 15 heures dans un restaurant qui privilégie la cuisine végétarienne… raille mon accompagnatrice en levant les yeux au ciel.

Mathilde fait signe à la serveuse que nous sommes prêtes à commander. Pour elle, ce sera un jus de pomme et pour moi une tisane verveine menthe. Plus loin, sur un plateau, une part de gâteau nous frôle puis repart dans la direction opposée :

— Ça, je veux ça aussi ! Mais en plus gros, s'il vous plaît… clamé-je, comme une enfant affamée en pointant le plateau du doigt.

Un léger sourire collé aux lèvres, la serveuse ajoute la sucrerie à notre note. Mathilde s'enfonce dans son fauteuil, dissimulant sa gêne derrière la carafe d'eau.

— Pardon. Les hormones… précisé-je en la regardant.

Ta fille a bien fait de me forcer à quitter l'appartement. Je lui en suis reconnaissante et mes oreilles également ; elles n'auraient pas supporté le bruit des réparations.

La perspective de mes papilles bientôt recouvertes d'une bouchée sucrée m'aide à oublier l'angoisse de ces derniers temps, les soucis financiers et ma situation de mère célibataire. Je compte les secondes jusqu'à l'arrivée de notre commande et grimace tandis que les boissons nous sont servies, seules.

En face de moi, dans un fauteuil vintage pourpre, Mathilde touille les glaçons dans son jus avec une paille en inox qu'elle a sortie de son sac.

— Ma mère m'énerve, reprend-elle.

— Malheureusement, je crois que c'est le rôle même d'une mère… Spécialement envers sa fille, souris-je.

— Elle voudrait que je lui rende visite, poursuit-elle sans relever mon mot d'esprit. Pour qu'on s'explique, mais il n'y a rien à expliquer.

— Vraiment rien ?

— Rien que je n'ai déjà dit.

— Comme quoi ? osé-je demander.

— Comme… Que tout est de sa faute !

Dans son verre, les glaçons ne font plus les malins. Je ne donne pas cher de leur peau. Broyés par la paille et le geste répétitif de Mathilde, ils éclatent les uns après les autres et fondent bien plus vite que prévu. Je les comprends, mieux vaut se faire petit dans ce cas-là… Pourtant, je fais l'inverse.

— Tiens, je croyais que tout était de la mienne ?

— Tout ne tourne pas autour de toi, tu sais ?

— Je sais, mais je peux désormais tourner sur moi-même… plaisanté-je.

Silence. Ma main se pose là où, il fut un temps, il y avait des abdominaux. L'arrivée du cheesecake au chocolat blanc interrompt l'acharnement de Mathilde sur les glaçons au fond de son verre. La serveuse me souhaite un bon appétit, je l'en remercie – bien qu'elle n'ait rien besoin de me souhaiter. Mon appétit est bien là. Il enserre ma gorge à la vue de ce gâteau, jusqu'à ce que je le soulage par une première bouchée.

— T'es pas drôle, tu sais ! grommelle-t-elle, une fois que les oreilles de notre serveuse se sont éloignées.

Puis elle se réfugie, vexée, dans les notifications de son téléphone. Sa réaction me surprend. Nous fonctionnons comme cela depuis des semaines, des mois maintenant. Elle parle. Je la charrie. Elle me charrie à son tour. Je l'écoute en prétendant ne pas le faire. Je suis là pour elle tout en la persuadant que sa vie m'importe peu.

Je replonge ma cuillère dans la gourmandise, puis ta voix, calme, apaisée, me parvient et m'englobe d'une douceur tout aussi réjouissante que celle que m'apporte cette nouvelle bouchée.

Vous avez changé toutes les deux. Ce n'est peut-être pas plus compliqué que ça. Pour mieux communiquer, désormais, sois juste toi-même. Sans calcul, sans arrière-pensées, sans peur de la perdre. Tu as toujours eu raison, j'aurais dû vous présenter quand j'en avais encore l'occasion. Je savais que vous vous entendriez bien. Je savais également que vous étiez deux sacrés bouts de femme et que si l'une de vous deux se braquait lors de votre première rencontre, il n'y en aurait pas de seconde… Et nous voici, à notre cinquième, sans toi. *J'en suis désolé, mais je suis fier de vous. Je vous aime.*

Une larme, discrète, se forme dans le coin de mon œil alors que Bébé a l'air d'apprécier cette dose de sucre. D'un revers de manche, j'essuie la preuve de tes touchantes révélations.

Je laisse le temps au mur à l'intérieur de se désagréger et à la tour de contrôle de prendre les commandes, afin de poursuivre la conversation avec ta fille plus sainement. *Elle ne partira pas, Mandine, je te le promets.* Tout comme tu me l'avais promis ? *C'est différent.*

Vraie, sincère, moi-même. C'est avec ces mots en tête que je m'adresse à nouveau à Mathilde :

— Pardon. J'ai compris que ce n'était pas le moment de faire de l'humour. Pour être honnête, je suis persuadée que si je t'écoute avec attention et intérêt, tu arrêteras de te confier… Tu fuiras.

— C'est complètement con ! riposte-t-elle avec ferveur, la tête relevée dans ma direction.

— Sans doute…

Je ne peux m'empêcher de lui sourire. Elle me le rend. La cuillère posée sur le bord de mon assiette, j'entremêle mes doigts et annonce solennellement :

— Vas-y, je t'écoute. Pour de bon, sans mauvaises blagues.

Elle arque un sourcil, me jauge, puis repose son Smartphone et reprend la conversation :

— Ma mère veut que je passe la voir pour être sûre que je me présente aux partiels dans quinze jours. Elle ne le dit pas, mais je la connais.

— Et tu as prévu de t'y rendre à tes examens ?

— Non, murmure-t-elle, n'assumant pas totalement sa décision. Elle doit penser réussir à me convaincre en face-à-face.

— Depuis combien de temps ne l'as-tu pas vue, ta maman ? me renseigné-je.

— Depuis le mois de mars.

— Et on est d'accord qu'elle habite pas loin ?

— Valognes…

À une trentaine de kilomètres de chez Annick et à seulement vingt d'ici.

— Effectivement… Ce doit être blessant pour une maman de savoir sa fille si près sans pouvoir lui parler, tu sais ?

— Je sais. Et je m'en moque ! Elle ne veut pas être là pour moi, ni m'écouter, ni me consoler. Elle veut seulement pouvoir dire à tout le monde que j'ai eu ma licence…

— Je pense juste qu'elle s'inquiète.

En face de moi, Mathilde se raidit. Ses bras déjà croisés, elle me répond :

— En fait, je préférais ton humour pourri.

Le silence s'installe tandis que Dany Brillant murmure au loin que « Tant qu'il y aura des femmes, le monde aura une âme… » Mais une âme bien compliquée, monsieur Brillant…

J'en profite pour terminer mon assiette. Un goût de trop peu sur les lèvres, je m'attelle à récupérer les dernières miettes avec les doigts, avant de me lancer à nouveau dans les sujets qui fâchent :

— Et ton copain dans tout ça ?

— Dans les bras d'une autre, apparemment.

Elle me dit cela comme elle m'annoncerait que mon lacet est défait. Je l'observe. Aucun geste ne trahit ses émotions.

— Je suis vraiment désolée…

— Il ne faut pas. (Elle laisse filer quelques secondes, dépliant ses bras et remuant sa paille dans un verre vide…) Il ne m'en a rien dit, je l'ai vu il y a quelques jours sur Instagram.

Il n'aura pas mis longtemps à appliquer le dicton « Loin des yeux, loin du cœur ». Ta fille n'est sans doute pas facile à vivre, Olivier, mais je lui souhaite de rencontrer un homme bien, respectueux, qui l'acceptera telle qu'elle est, comme tu l'as fait pour moi.

— Tu tiens le coup ?

— Toujours, affirme-t-elle avec fierté.

— Jusqu'au jour où ce ne sera plus le cas et où tu te retrouveras à jeter un pot de peinture sur un pauvre mur qui ne t'a rien fait… J'ai dit ça à voix haute ? ajouté-je devant une Mathilde au bord du rire.

Au moins, je lui change les idées.

J'ai faim, j'ai encore faim. L'émotion, ça creuse… Mais je dois faire attention, alors j'interpelle la serveuse, qui rapidement nous apporte un diabolo grenadine à chacune.

— Puisque nous sommes dans les confidences… Je ne voulais pas juste être « tranquille », avoué-je en mimant à mon tour des guillemets. J'avais et j'ai peur. Peur de l'avenir et c'est plus facile de faire comme s'il ne m'attendait pas. Comme si un être humain n'allait pas émerger dans quelques mois d'entre mes jambes… Un être humain à nourrir, à éduquer, à chouchouter, à aimer. Seule.

— Je ne sais pas quoi te répondre… s'excuse ta fille, une main dans les cheveux. Tu as déjà eu un animal de compagnie ?

— Pardon ?

— C'est pour évaluer tes capacités… ou des plantes vertes ? Tu es bien du style à raffoler de plantes vertes !

Les sourcils écrasés contre les paupières, j'analyse ta fille. Une malice flagrante s'est installée dans son regard et aux coins des lèvres.

— Tu peux parler de moi, hein. Je me confie sur un sujet lourd et important, sur mon statut de future maman et en réponse tu me demandes si j'ai la main verte ?

— C'est une question pas plus bête qu'une autre, réplique-t-elle en haussant les épaules.

Je repose mon verre qui emporte avec lui ce bruit que j'adore, celui des bulles qui pétillent.

— J'ai déjà gardé mes deux neveux, si ça peut te rassurer, noté-je.

— Ce n'est pas moi qu'il faut rassurer, c'est toi. Moi, je sais que tu t'en sortiras très bien.

Je reste bouche bée devant ce compliment lâché comme si de rien n'était.

— Tu ne pouvais pas commencer par ça pour me rassurer ? m'exclamé-je.

Ses doigts jouent du piano sur la table en bois, avant de se saisir de la paille et de la faire virevolter à toute vitesse dans le diabolo grenadine pour éliminer quelques bulles.

— Non, avoue-t-elle. Ça aurait été trop facile.

Cette fois-ci, plus besoin de l'étudier attentivement. La malice se pavane avec fierté sur chaque centimètre de son visage jusqu'au creux de ses joues. Pour compléter le tableau, une de ses mèches danse le long de sa tempe.

Nous laissons la devanture verte du Club Dinette dernière nous et parcourons les rues du centre-ville. Au-dessus de nous, le ciel gris a élu domicile et la brise se veut plus froide qu'attendue en cette saison. Je tente de recouvrir mon ventre. Mon gilet manque de largeur.

— Pourquoi tu refuses de t'installer dans la petite maison de mamie ? me surprend Mathilde.

— Tu es au courant ?

— Bien sûr que je suis au courant. Je le suis depuis longtemps. J'en voulais à papa de quitter la table avant tout le monde pour aller retaper cette vieille maison pour toi.

— Pardon… soupiré-je.

Elle hausse les épaules et sort de son sac à main un foulard qu'elle enroule autour de son cou, avant d'en libérer ses longs cheveux blonds :

— Tu n'en avais aucune idée. Je ne peux rien te reprocher sur ce coup-là. Et c'est bien dommage, ajoute-t-elle.

Je planque mes mains comme je peux sous mes bras pour mieux les réchauffer, avant de me confier :

— Ça m'a fait un choc, tu sais. Elle est parfaite, cette maison, comme s'il avait su lire dans mes pensées.

— Pourtant, tu n'en veux pas ?

— Non…

— Tu ne serais pas un peu compliquée ?

— Pas plus que toi !

Je me permets un petit coup de coude. Ce geste que je ne réserve d'habitude qu'aux membres de ma famille.

— Si tu changes d'avis, mamie est collée à son téléphone en attendant ton appel.

Mathilde souffle sur ses doigts avant de les mettre à l'abri du froid dans les poches de son jean.

— Tu es assez butée, comme femme, n'empêche, déclare-t-elle en toute innocence.

Mes jambes, déjà lourdes, s'immobilisent. Mathilde en fait de même puis reprend la parole :

— Tu veux juste pas qu'on t'aide, ni mamie, ni... papa... Tu refuses ce cadeau du ciel, tout en sachant que tu en aurais besoin !

Ta fille tape à nouveau dans le mille. Ma fierté et moi restons figées sur place. Je n'ai nullement l'intention de commencer ma vie de maman en étant assistée... *Qui te parle d'assistanat ? Ce n'était pas le but de ma surprise !* Quel est le but ? Qu'on y vive ensemble ? Tu n'es plus là ! Elle n'a plus de raison d'être, cette maison... *J'avais oublié qu'en plus d'être têtue, tu avais réponse à tout.* Pourtant, tout ce que je trouve à dire à ta fille, c'est :

— Sans doute. Tu as sans doute raison.

— Pas sans doute. J'ai raison ! se défend-elle.

Mathilde me raccompagne à l'appartement. Le menuisier s'attelle encore à la tâche lorsque nous arrivons sur le palier.

— J'y suis presque, Mesdames. Vous avez eu de la chance, la serrure n'est pas endommagée. Je vous conseille de remplacer l'intégralité de la porte bientôt.

Elle est fragilisée et un simple coup de pied suffirait à en venir à bout. Le quartier est calme, mais sait-on jamais ! Dans votre état, mieux vaut se sentir en sécurité, ajoute-t-il.

Dans mon état… Quel état ? Dans mon état de déesse, créatrice de vie, de femme forte et exceptionnelle ? Je le remercie pour la rapidité de son intervention avant de me tourner vers ta fille :

— Donc tu as entendu ? Un petit coup de pied la prochaine fois que tu veux me rendre visite et le tour est joué.

Elle grimace, mais ses yeux noisette pétillent. Une fois dans l'appartement, je lui propose une tisane qu'elle refuse :

— Je vais devoir y aller. Je dois rentrer rassurer mamie et lui dire que tout va bien. Tu es juste trop fière pour accepter de l'aide…

— Ne bouge pas d'ici, lui ordonné-je tandis que je quitte le salon, une idée en tête.

Je reviens de l'arrière-cuisine, avec en main un paquet que je lui ai déjà présenté auparavant :

— Si tu acceptes mon cadeau, j'accepterai de l'aide.

— Tu déménagerais dans la petite maison alors ?

— Ne t'emballe pas. Mais je mettrai ma fierté de côté pour y réfléchir à nouveau, et vraiment.

— C'est déjà ça.

— Alors, t'en veux ou non ? insisté-je.

Elle saisit le paquet puis, sans se retourner, sans même un au revoir, ni à moi, ni au menuisier, elle quitte l'appartement.

Je prends cela pour un oui.

Le 25 mai 2019

Aujourd'hui, je délaisse ma grotte pour la mer. Les femmes qui m'entourent m'ont assez rebattu les oreilles. Rose-Marie, Annick, Mathilde, mamie, maman, je vous ai comprises. J'ai repris le contrôle et suis ravie de sortir à nouveau, mais pas en votre compagnie.

J'ai choisi de passer un peu de temps avec les seules personnes qui ne me posent pas de questions quand les nouvelles se font rares : Cédric, sa compagne Estelle et leurs deux enfants. Habitués, ils connaissent tous les étages de mon ascenseur émotionnel, ils sont à l'écoute lorsque je me retrouve au plus bas, puis attendent sagement que je remonte la pente. Si besoin, c'est toujours avec plaisir et de grands sourires qu'ils m'accueillent. J'aime tellement profiter d'eux et de leur bonne humeur. Ma belle-sœur et mon frère se sont bien trouvés. Elle a quelques années de plus que lui et, malgré leurs métiers difficiles – Estelle est médecin gériatre en Ehpad –, ce sont deux vrais clowns.

En cet après-midi ensoleillé, je squatte sans honte leur sortie plage en famille et le transat de mon frérot tandis qu'il modèle une voiture de course dans le sable de Sciotot pour ses enfants.

La météo nous joue des tours en ce moment. Les vingt-deux degrés actuels ne me dérangent pas, mais ils me perturbent lorsque je les compare aux dix degrés de la semaine dernière. J'en ai profité pour ramener la panoplie complète de la touriste à la plage : cabas coloré, crème solaire, serviette Mickey, lunettes noires, chapeau de paille, magazine, livre et un paquet de bonbons pour le plaisir. Estelle m'a prêté un maillot de bain à fleurs resté dans son dressing depuis sa dernière grossesse.

Olivier, j'aurais aimé que tu sois là pour me voir me contorsionner dans la voiture, sur le parking, en essayant de rentrer dans ce fichu machin. Bien qu'il ait été trop tôt pour que des amoureux viennent admirer le coucher de soleil, je peux te garantir que certains ont déjà vu la lune…

— Estelle ?

— Mmh.

— Tu dors ?

— Non, je fais semblant pour être sûre que les monstres me laissent tranquille, murmure-t-elle les yeux fermés. Je t'écoute.

Ses monstres, Tom, cinq ans, et Maxime, huit ans, courent autour de leur père en l'encourageant à accélérer la cadence. Sans leur différence d'âge, ces deux petits bruns pourraient passer pour des jumeaux. Des jumeaux au teint hâlé comme leur mère.

— Je suis désolée d'avoir accaparé Cédric si souvent dernièrement, poursuis-je.

— Oh, ne t'inquiète pas. Ce n'était pas si souvent.

Soulagée, je poursuis :

— Ça tombe bien que tu le prennes comme ça, rétorqué-je. Parce que je l'aurais bien emmené à ma prochaine échographie, c'est plus facile quand il est là…

— Ahah, je m'en doutais ! Tu es fourbe, tu sais ? lance-t-elle en m'adressant un clin d'œil. Tu aurais pu me le dire directement !

L'enthousiasme dans sa voix n'a pas échappé aux oreilles des fripouilles qui débarquent à toute allure.

— Maman, j'ai faim, halète Maxime, le plus grand.

— Moi d'abord, se plaint Tom.

— Du calme, du calme, le goûter c'est dans très précisément (leur mère regarde une montre imaginaire accrochée à son poignet) dans douze minutes et dix-neuf secondes.

— Pfff, c'est nul, commente Maxime.

— Si c'est nul, je peux aussi offrir les pains au chocolat aux enfants là-bas qui ont l'air d'être polis et bien éduqués, eux !

D'un coup de tête, elle désigne une petite fille jouant à la marelle sur le sable mouillé et sa grande sœur se faisant sécher par sa mère.

— C'est des filles, c'est pas pareil, explique Maxime. Nous, on est des gars, on fait du sport.

— On a besoin de force pour nos muscles, ajoute Tom.

— Ouh la, vous ne savez pas dans quoi vous vous engagez les garçons, les préviens-je.

— Dis donc, Maxime, Tom, qu'est-ce qu'on a dit à propos des filles ? s'indigne leur mère.

— Fuyez, les garçons !

J'accompagne ma tirade d'un geste théâtral :

— Fuyez, tant qu'il en est encore temps !

Tom rigole, les mains sur sa bouche, et croise ses jambes comme pour retenir une envie pressante. Maxime, lui, secoue la tête :

— Tu es folle, Tata. Y a pas besoin de fuir, on la connaît la réponse !

— Par cœur, précise son petit frère.

La main sur le torse, ce qui change de leur habitude de l'avoir dans le slip – ça commence tôt, je l'ai vite compris en traînant avec ces deux-là –, ils récitent d'un ton monocorde :

— Les filles sont semblables aux garçons. Elles peuvent jouer au foot, faire de la gym, de la couture ou de la mécanique. Elles sont fortes et courageuses, elles sont sensibles et gentilles. Les garçons sont semblables aux filles. Ils peuvent faire de la danse classique, construire des cabanes, jouer à la poupée ou piloter une voiture télécommandée. Ils sont forts et courageux, ils sont sensibles et gentils.

— Très bien. Allez, ouste, maintenant ! ordonne leur mère.

Mais les frangins restent là et Tom se rapproche de moi :

— Dis, Tata… C'est vrai qu'on va avoir un cousin ? demande-t-il.

— Ou une cousine… le coupe sa mère, de son transat.

— Bien sûr que c'est vrai, se moque son grand frère. T'as pas vu comme Tata est grosse ?

Estelle glousse tandis que j'imite la carpe à la perfection. Elle me le paiera. Plus tard. Bien plus tard. Je raconterai à ses enfants, lorsqu'ils seront en âge de l'entendre, l'histoire de la première fois où elle nous avait rencontrés, mes parents et moi. Elle avait combattu le stress à coups de vin blanc et avait terminé debout sur la table du jardin en chantant « We Are Family ».

— Parce qu'il est là-dedans ? reprend Tom sans se démonter.

— T'es tellement bête parfois que j'ai honte d'être ton frère ! ajoute Maxime en croisant ses bras.

— Eh bien moi aussi, j'ai honte. Je voulais un grand frère gentil et toi, t'es un méchant. C'est pas ma faute si j'y connais rien en bébés. Le seul bébé dans le ventre que j'aie vu, c'était un bébé kangourou qui sortait la tête de la poche de sa maman au zoo. Et là, y a pas de poche.

Il incline la tête, plisse les yeux et reprend :

— Ou peut-être que si…

Je pouffe de rire, le plus discrètement possible en me cachant derrière le dernier livre de Virginie Grimaldi. Leur mère, dans le même état que moi, les somme de nous laisser tranquilles et d'aller jouer plus loin.

Moi qui n'avais aucune intention de me baigner aujourd'hui, c'est raté. Ma vessie ne supporte plus ces attaques de bonne humeur. Ce sera ma première trempette de l'année. Et avec une bouée grandeur nature en prime.

Alors que je corne la page de mon livre, Estelle me coupe :

— Tu veux un marque-page ?

— Non. J'ai l'habitude, t'inquiète.

— Amandine, t'es un monstre, ajoute-t-elle, faisant mine de ne plus me reconnaître.

Je me lève et abandonne mon gilet sur le transat.

— Je sais. Un monstre qui a besoin de se soulager. À tout de suite.

— Je comptais y aller aussi, avoue-t-elle. Je vais attendre un peu alors…

Une nouvelle fois, le ciel bleu me trahit. Il a communiqué à mon cerveau des images de cocktails accompagnés de leurs mini-parapluies colorés, de musique aux accents latinos et de vagues tièdes et agréables sur les doigts de pied.

La réalité est autre. Cette eau froide sur ma peau n'a rien de plaisant. Je devrais le savoir depuis le temps, qu'ici, la mer n'a de la Méditerranée que la teinte – les degrés n'étant pas compris dans la livraison. J'ai comme l'impression d'être une enfant, le matin de Noël, qui découvre sur la boîte de son cadeau cette phrase douloureuse : « Piles non incluses ».

Glacée ou non, je dois y entrer, au moins jusqu'aux hanches. Ma vessie ne m'en laisse pas le choix. Et sincèrement, l'aventure me manque. J'ai perdu ma folie ces derniers temps, celle qui me différenciait avec fierté des autres, qui m'aidait à me sentir vivante.

J'ai retenu la leçon, mon amour, depuis ma chute. Peut-être un peu trop. *J'ai bien envie de te dire que cette cheville en vrac, c'était une bonne chose, Mandine…* Pourquoi ça ? *Comment t'expliquer, sans te vexer… Parce qu'elle t'a immobilisée. Parce qu'elle t'a empêchée de vivre ton deuil comme j'avais peur que tu le vives. D'hystérie en hystérie, de coup de tête en coup de tête, en te mettant en danger, toi et le bébé, pour finir avec bien plus qu'une cheville cassée…*

La voix de Maxime interrompt notre conversation :

— T'as peur, Tata ?

Les yeux fixés sur une île Anglo-Normande au loin, je lui réponds :

— Non, pas du tout mon grand. Je réfléchis.

— À quoi réfléchis-tu ? s'intéresse-t-il.

Je me tourne vers lui et m'exclame en le saisissant sous les bras :

— Je me demande si j'y vais d'un coup ou si je t'y lance d'abord !

Ce petit démon rigole alors que je n'arrive même pas à le soulever. Ses pieds sont cloués au sol avec détermination. J'abandonne. Il en profite pour se positionner devant moi.

— Ah non ! Ah non, non, non ! le mets-je en garde.

Trop tard. J'avais dit jusqu'aux hanches, me voilà trempée jusqu'à la pointe des cheveux. J'ouvre la bouche pour crier. Grossière erreur. Nouvelle attaque. Je recrache du sel et prépare ma revanche, mes gestes ralentis par les centimètres d'eau.

— Tu vas me le payer, Max !

Trois pas. Il me suffit de trois pas pour tomber sur les fesses, sous l'hilarité générale. Surtout celle de mes neveux et de mon frère, témoin de la scène. Encouragée par ce nouveau fou rire, ma vessie se soulage. Innocemment, mais sûrement. Cédric vient me tendre une main bienveillante pour m'aider à me relever.

— T'es bien installée, là ?
— Très bien.
— Tu as trouvé un courant chaud en plus. Chanceuse.
— Ouaip…

Je profite de la vue tandis que nous remontons rejoindre Estelle. Derrière le sable, des galets. Derrière les galets, de l'herbe et des jeux pour enfants ; derrière ces jeux, des collines sur lesquelles des maisons aux styles variés trônent. Réchauffé par les rayons du soleil, le vert domine. Ma région, notre région, est magnifique et m'étonnera toujours. Comme beaucoup, j'ai passé l'après-midi attirée par la mer, en tournant le dos à un spectacle tout aussi envoûtant. La preuve qu'ici, peu importe où l'on pose les yeux, on voyage.

Les restaurants du bourg ont branché les machines à gaufres. Leurs effluves arrivent jusqu'à nous. Tom et Maxime ne perdent pas le nord et viennent réclamer leurs pains au chocolat. Cédric me propose de récupérer ma place sur le transat. Il s'assoit sur sa serviette. Je me blottis dans la mienne.

— Alors, tu as ouvert nos paquets ? me demande le troisième enfant de la famille, en tendant la main vers Estelle pour recevoir son pain au chocolat.

— Quels paquets ? m'étonné-je.

— Ceux que nous t'avons apportés avec Rose-Marie, voyons ! Ne fais pas l'innocente. Elle n'a jamais osé t'en reparler, persuadée que ton silence en disait assez.

Punaise, les cadeaux ! Ils m'étaient sortis de la tête.

— À moi tu peux tout dire, hein ? Si tu n'aimes pas, ça m'dérange pas. On refilera ça à quelqu'un d'autre.

— Le truc, c'est que… j'ai oublié, expliqué-je, honteuse.

— Oublié quoi ?

— Les paquets, que je les avais, que je devais les ouvrir. Ça m'est complètement sorti de l'esprit. Ça ne veut pas dire que je ne suis pas reconnaissante, hein ! Ils sont dans l'arrière-cuisine…

Son rire enfantin me surprend.

— Les femmes enceintes, toutes les mêmes !

Il continue de jubiler, même après avoir reçu un coup de magazine sur la tête de la part de sa femme.

— Bah quoi, c'est vrai. Toi, par exemple, explique-t-il en se retournant vers Estelle. Pour Maxime, tu as passé neuf mois à chercher partout des objets qui se trouvaient dans tes mains et pour Tom, tu confondais ta gauche et ta droite.

— Il n'a pas tort, avoue Estelle. En tout cas, ne te sens pas mal pour ça. Préviens juste Rose-Marie, qu'elle arrête de se persuader que rien ne te plaît.

La Rose-Marie avec qui j'ai parlé au téléphone pas plus tard que ce matin et qui ne m'a rien dit ? La Rose-Marie qui est passée me voir il y a quelques jours pour me dépanner d'un grille-pain sans une réflexion – je me disais bien que je trouvais son comportement étrange à regarder dans chaque recoin de l'appartement. La Rose-Marie qui m'aime à l'excès et me protège trop, au point de ne plus être capable de me rappeler à l'ordre ? Ma Rosie que je retrouverai bientôt pour me faire pardonner.

Le 5 juin 2019

— Voilà, c'est le dernier ! s'exclame-t-elle, aussi surexcitée que le jour où elle a appris ma grossesse.

— Merci. Assieds-toi maintenant, Rosie. Si tu arrives à trouver une place au milieu de tout ça, commenté-je.

Mon amie s'exécute, pousse quelques-uns des paquets qu'elle vient de ramener dans le salon et s'installe en face de moi.

— Par quelle surprise souhaites-tu commencer ? me demande-t-elle, enthousiaste. Par un petit, peut-être ?

— Oui, mais si je tombe sur un body riquiqui adorable et que c'est trop pour moi…

C'est moi qui l'ai invitée dans le but de tous les ouvrir et voilà que je ne m'en sens plus capable.

— Par un gros alors ? Y a moins de risques, note-t-elle.

— Une peluche géante ? Une déco à mettre dans sa chambre ? Alors qu'il n'en a pas…

Elle soupire et pose une main sur ma cuisse :

— Amandine, tu as conscience que Bébé arrive dans quelques semaines maintenant et qu'il va bien falloir t'équiper et t'y préparer ?

— Je sais bien qu'il arrive ! m'emporté-je. Il me salue tous les jours en ce moment. Son jeu préféré c'est de faire coucou à mes poumons.

— Je vais ouvrir le premier, propose Rosie, devant mon air renfrogné.

Le papier cadeau se déchire facilement. Trop facilement à mon goût. Il cache une boîte en carton avec une photo du produit. Je ne reconnais pas l'objet.

— Ah, le tire-lait ! Estelle m'a dit qu'elle te l'offrirait, s'extasie mon amie.

— Le tire-quoi ?

— C'est pour tirer ton lait et le conserver ou simplement soulager ta poitrine.

Elle attend une réaction de ma part. Je ne bronche pas, m'imaginant avec ces trucs accrochés aux seins.

— Tu es au courant que les jeunes mamans peuvent allaiter tout de même ? me taquine-t-elle.

— Très drôle, allez au suivant. Celui-ci.

J'attrape le paquet le plus proche, de diamètre moyen, en papier kraft. Il a l'air innocent. Il avait l'air… Je dépose son contenu sur mes genoux : un pyjama à rayures gris taille naissance et un doudou carré avec une tête d'éléphant dans la même teinte. Bientôt, de minuscules pieds s'agiteront dans ce vêtement et de petites mains sortiront de ces manches pour agripper le doudou.

— Ça va, Didine ? Ça te plaît ? C'est de ma part, ajoute Rosie avec fierté.

— C'est magnifique, lâché-je, la lèvre inférieure tremblante et serrant le doudou contre mon torse.

— Tout ira bien, Amandine. Tu verras, c'est un bonheur immense qui t'attend.

Rose-Marie m'a toujours offert une ouverture d'esprit sans limites. Mes confidences sont en sécurité avec elle. Alors, je décharge ce poids qui pèse depuis plusieurs mois sur mes épaules :

— J'aurais voulu être malheureuse plus longtemps. Pleurer mon homme comme il se doit. Le bébé cherche à m'en empêcher. Il tente de m'imposer ce bonheur sans que j'aie mon mot à dire. Il danse, il bouge, il s'immisce dans mes pensées constamment. Et je ne veux pas !

— Pourquoi pas ?

— Pour laisser la place à Olivier et au deuil, murmuré-je.

— C'est pour ça que le bébé n'a pas encore de chambre, dit-elle en me prenant la main.

Ce n'est pas une question.

— Entre autres. J'ai peur, Rosie…

— De quoi ?

— D'oublier, de l'oublier. D'être heureuse à en effacer la douleur et de ne plus entendre sa voix dans ma tête.

— Ne t'inquiète pas. Tu le retrouveras dans les traits de votre enfant, j'en suis certaine.

— Est-ce que ce n'est pas pire ? Et si c'était trop difficile ? Est-ce que je risque de rejeter mon propre enfant ?

— Je serai là pour te rappeler à quel point tu le voulais, cet enfant. À quel point c'est une chance, un cadeau inespéré.

Le silence s'installe, interrompu seulement par mes reniflements réguliers. Puis Rosie me tend un mouchoir et me propose d'ouvrir un nouveau paquet :

— Tiens, celui-ci, c'est sûr, il ne te fera pas pleurer.

Effectivement, la chemise de nuit géante à l'effigie de mon frère autoproclamé « Super Tonton en attente », chasse rapidement les larmes et attire les rires.

L'ouverture des cadeaux s'étire au-delà de l'heure du déjeuner. Rosie et moi grignotons des tomates cerises, des bâtonnets de carottes et des biscuits apéritifs au sésame entre deux déballages.

Le salon se transforme peu à peu en magasin de puériculture. Nous terminons en beauté par une veilleuse qui projette des étoiles au plafond, choisie par Tom et Maxime. Toi, ma cocotte, tu seras installée à côté de mon lit dès ce soir.

Avant de quitter les lieux, je jette un coup d'œil par-dessus mon épaule : une pile de livres pour enfants, un siège de bain, et de quoi habiller Bébé jusqu'à ses deux ans, dont de nombreuses pièces déjà portées par Maxime et Tom. À cela viennent s'ajouter des tétines, biberons, doudous, bavoirs, jouets à mâchouiller, peluches, gigoteuses. Pour moi, un mixeur, le fameux tire-lait, une robe de chambre, une chemise de nuit, des chocolats, des embouts en plastique pour protéger mes tétons et d'autres choses encore dont je ne suis pas pressée d'avoir besoin.

Je ferme la porte de l'appartement et rejoins Rose-Marie sur le palier. Elle a accepté de m'accompagner à Portbail, pour une contre-visite de la maison. Ta maman a ri de bon cœur lorsque je lui ai parlé de « contre-visite ». « Je ne suis pas agent immobilier, vous savez. Vous avez juste à me dire que vous aimeriez revenir », a-t-elle répondu avec bienveillance.

— Entrez, mesdames. Faites comme chez vous, déclare une Annick espiègle en me fixant du regard.

Je laisse Rose-Marie s'engager à l'intérieur en premier et s'imprégner des lieux. Je la suis en silence, enfermée dans une carapace solide qui m'empêche de voir plus loin que le bout de mon nez. C'est dans un état second que j'effectue le tour de cette maison. Je n'attends qu'une seule chose : l'avis de mon amie.

Lorsqu'elle pousse la porte de la chambre, mon cœur s'emballe. À côté du lit s'en trouve un second, bien plus petit, en bois, avec une literie toute neuve. Je l'aurais vu s'il avait été là, même par le trou de la serrure. Je suis une pro du déni, mais tout de même.

Je pivote pour appeler Annick. Elle est déjà là, dans le couloir et vient poser ses mains sur mes épaules. Un geste que tu faisais souvent pour me calmer.

— Je me suis dit que ça t'aiderait à te projeter, explique-t-elle en abandonnant le vouvoiement. Que ça te ferait plaisir. C'est le berceau d'Olivier lorsqu'il était petit. La peinture s'écaille, mais avec ton talent, tu arriveras à en faire quelque chose de bien.

Elle plonge ses yeux dans les miens et poursuit avec bienveillance :

— Il aurait voulu que tu t'installes ici, que vous vous installiez ici, le bébé et toi, que tu t'y sentes en sécurité.

Ma carapace s'effrite à chacun de ses mots. Les bras ballants, je laisse les larmes me piquer le nez et saler mes joues.

— Il me parlait de toi, tu sais. De ton grain de folie, de ta spontanéité, de ton amour pour les grands espaces. Il était fier de t'avoir à ses côtés et prêt. Il était prêt Amandine, à construire avec toi, à te présenter à ses enfants. Mathilde était très énervée au dernier repas avant sa mort, lorsqu'il leur a annoncé que tu serais là, le dimanche suivant, et qu'ils avaient intérêt à venir.

— Et c'est lui…

— Lui, qui ?

— Lui, qui n'est jamais revenu, murmuré-je entre deux sanglots.

Rose-Marie saisit une de mes mains immobiles et la serre dans la sienne. Dans cette position, entourée par la bonté de ces deux femmes, le temps s'arrête. Elles me laissent récupérer mes esprits. Alors je m'imagine ici, mère célibataire avec un petit être bavant et rampant.

Qu'en penses-tu, mon amour ? Pas de réaction. Tu me vois dans ces murs, ça te plairait ? Toujours pas de réponse. Mes peurs se confirment : à partir du moment où j'accepte le futur, le passé s'efface. Reviens, Olivier je t'en supplie. Je ne veux pas te perdre, pas une seconde fois. Je t'en prie !

Ma main se serre dans celle de Rosie, mes épaules se contractent. C'en est trop, il faut que je quitte ce lieu. Je sors et m'élance vers la mer, aussi vite que mes jambes tremblantes et mon énorme ventre m'y autorisent.

Je longe la côte quelques minutes pour m'y retrouver seule, loin des promeneurs. En face de l'immensité, je laisse mes poumons se vider et ma rage se défouler. Je vais te traiter de tous les noms, jusqu'à ce que… *C'est bon ? Tu as fini de m'enguirlander ? Ça va mieux ?* Enflure ! *Cette décision doit venir de toi et de toi uniquement… J'ai donc décidé de t'accorder un peu d'espace, mais je suis là.* Ne me refais plus jamais ça. Plus jamais, tu m'entends ? *C'est noté, Mandine. Mais, si je peux me permettre, je ne regrette rien…* Je peux savoir pourquoi ? *Me faire insulter par toi m'avait tant manqué ! Tout le monde est poli là-haut, c'est d'un ennui.*

Bébé tambourine sous mon nombril. J'y pose ma main pour le calmer, un petit sourire aux lèvres. Vous me faites rire tous les deux… Des bruits de pas précipités dans le sable m'annoncent l'arrivée de Rose-Marie :

— Eh bien, je préfère te voir comme ça, commente-t-elle une fois à ma hauteur.

— Moi aussi, avoué-je en me tournant vers elle.

Elle fixe l'horizon, une main au-dessus des yeux. Je l'interroge :

— Qu'as-tu pensé de la maison ?

— Honnêtement ? ironise-t-elle.

— Bien sûr, honnêtement. Tu n'as pas besoin de constamment me protéger, tu sais.

— Compris, me répond-elle penaude. Alors, j'en pense que tu es folle de refuser ce logement. Cet endroit est sublime, mais surtout, cet endroit c'est toi. Imagine la fierté que tu ressentirais en racontant à ton enfant que vous habitez dans une maison rénovée par son papa.

Ses yeux s'humidifient. Je la charrie :

— Ah non ! Tu me caches ces larmes tout de suite, ou tu devras assumer les miennes.

Elle s'essuie maladroitement le visage, ma remarque arrivant trop tard.

— Annick nous attend chez elle pour le thé, se reprend-elle, et Mathilde veut te parler apparemment.

À peine ai-je posé un pied dans le salon que Mathilde débarque et me tire par le bras. Le thé devra patienter.

— Où m'emmènes-tu comme ça ? Et bonjour, peut-être ? protesté-je.

— Oh, ça va. Bonjour. Ne fais pas ta rabat-joie ! J'ai une surprise à te montrer. C'est dans ma chambre !

Je m'arrête au beau milieu des escaliers. J'ai eu mon quota de surprises. Une de plus et je remplis les papiers pour une hospitalisation volontaire en psychiatrie. Mathilde comprend mon trouble et me rassure.

— Ne t'inquiète pas, tu la connais, la surprise. C'est toi qui me l'as offerte, dit-elle en reprenant la marche.

Oui, je la connais. Au-dessus de son lit est accroché son portrait. Celui que j'ai réalisé et que tu m'as demandé, mon amour.

— Merci, Amandine, chuchote Mathilde, le regard plongé dans le tableau. Il est superbe.

— De rien. C'était une idée de ton père, tu sais. Merci à toi de l'avoir accepté. Il est bien, là.

Le cadre se détache du papier peint rose et fleuri de cette chambre vieillotte qui jure avec le reste de la maison. La décoration n'a aucun sens. Les affaires de ta fille, son ordinateur, ses livres, ses produits de beauté, sont éparpillés au milieu de meubles en cerisier et de clowns et poupées en porcelaine.

— Ouais, je sais. C'est la chambre la plus laide que tu aies jamais vue, dramatise-t-elle. C'est la prochaine pièce à être redécorée ici. Mais ça devra attendre, puisque j'ai bien l'intention de la squatter encore longtemps.

— J'en déduis que c'est certain. Tu ne te présenteras pas à tes examens ?

— *Nope.*

Nous portons à nouveau notre intérêt sur le tableau. Mathilde reprend la parole :

— Bon, à ton tour, me défie-t-elle.

— À mon tour de quoi ?

— Le tableau est accroché. C'est la preuve que j'essaie d'aller de l'avant. À toi, maintenant. J'ai accepté ton cadeau, à toi d'accepter de l'aide.

— Et par aide, on est d'accord, tu veux dire…

— Je veux dire un trousseau de clefs, me coupe-t-elle. Ne te fais pas passer pour plus bête que tu ne l'es !

Le cauchemar

— Ne te fais pas passer pour plus bête que ce que tu es, continue Olivier sans s'énerver. Tu sais très bien que je n'ai rien fait de mal, ma chérie.

Les bras croisés et la fumée prête à sortir des oreilles, je me justifie comme je peux :

— Aujourd'hui, peut-être. Je me suis peut-être emportée pour rien. Mais demain ? Comment puis-je être sûre que tu ne me feras pas de mal demain ?

— Tu me réveilles et me juges coupable de quelque chose que je n'ai pas fait et maintenant tu me reproches ce que je pourrais faire dans le futur ? On va passer une chouette journée, me charrie-t-il sans se départir de sa bonne humeur.

— Il n'y a que toi que ça fait sourire. C'était horrible.

— Je sais. Je le vois, ma chérie. Reviens contre moi.

J'obéis et me blottis au chaud contre son torse avant de reprendre :

— Tu aurais vu ça. Elles te tournaient autour et tu te laissais faire. Pire ! Tu te prêtais au jeu. En plus, elles étaient toutes bien habillées et moi je vous regardais de l'autre bout de la pièce en jogging gris, la honte…

— Est-ce qu'au moins tu possèdes un jogging gris ?

— Non…

— Ah bah, tu vois. Rien de tout ça n'était réel !

Bizarrement, son argument fonctionne. Bien mieux que lorsqu'il m'a répété une dizaine de fois qu'il m'aimait.

— Ce n'était qu'un cauchemar, Mandine, reprend-il.

« Qu'un cauchemar ». Un de plus. Au moins, dans celui-ci, il ne me quitte pas, il ne meurt pas, il ne souffre pas.

Olivier observe le mur d'en face puis passe sa main dans ses cheveux avant de plonger ses yeux dans les miens.

— Mandine… hésite-t-il. Fais attention à toi, s'il te plaît. Parfois j'ai l'impression que tes peurs pourraient prendre le dessus et t'empêcher d'être heureuse.

Silence. Devant cette vérité alarmante, deux options s'offrent à moi. Je pourrais choisir la mauvaise foi et la fuite dans le mensonge qui va avec, ou bien accueillir ses propos, prendre le temps de les digérer et rassembler l'énergie nécessaire pour faire ce travail sur moi-même, juste au cas où il aurait raison… Et je le sais, au fond, qu'une nouvelle fois, il a vu juste. En entendant ses mots, mon cœur s'est serré, comme à chaque fois qu'on lit en moi comme dans un livre ouvert.

— Je vais faire attention, chuchoté-je.

— Promis ?

— Promis.

Le 10 juin 2019

Les trajets, le travail et les nuits difficiles avec Bébé ont sacrément puisé dans mes forces. Des cernes noircissent le haut de mes joues et les vertiges ont fait leur grand retour.

Je me concentre sur la route en direction de Portbail et remercie le ciel pour ses pleurs sur la Normandie. Les passages réguliers du soleil ont fait exploser le nombre de demandes de séances photo, dernièrement. Ce qui m'a permis de choisir mes clients et de refuser quelques séances grossesse. Vivement mon congé maternité ! J'en profiterai pour reprendre la marche, à mon rythme, pour soulager mes jambes lourdes et m'aider à trouver plus facilement le sommeil.

Olivier, j'ai suivi les conseils de Mathilde et ai accepté la proposition de ta maman. Tu aurais vu la réaction de la propriétaire de l'appartement lorsque je suis allée lui porter le chèque des loyers en retard. Elle était tellement déçue de ne plus avoir de raison de me mettre dehors. Mais, lorsque je lui ai annoncé que je souhaitais quitter l'appartement rapidement, en raccourcissant le préavis de trois mois à quarante-cinq jours, je suis devenue sa meilleure amie.

C'est donc avec une propriétaire prévenante, souriante et pleine d'humour que j'ai organisé mon départ. Il ne me reste plus qu'à planifier mon arrivée à Portbail et c'est exactement dans ce but que je m'y rends.

Des cartons entiers de vêtements de bébé, des jouets en bois anciens, des portraits de toi enfant, voilà ce qui m'attendait chez ta mère. Le pire étant ce ballon rose hors norme et l'image qui l'accompagne : une femme d'un certain âge assise dessus, son bassin s'en donnant à cœur joie au rythme de sa respiration.

— Tu vois, c'est facile, précise-t-elle. Et ça fera des merveilles contre tes douleurs de dos et pour tes premières contractions.

— Merci, Annick, c'est adorable. Je venais surtout pour parler du logement… expliqué-je, gênée par sa générosité.

— Que veux-tu savoir ? me demande-t-elle, encore installée sur la bulle de chewing-gum géante.

— Avez-vous une préférence pour ma date d'arrivée ? Une contrainte ? Un conseil ?

— Oh non, viens quand tu veux. C'est déjà chez toi. Ça l'a toujours été. Je ne me suis jamais imaginé en faire autre chose. Olivier s'est donné tant de mal.

Elle se lève et plonge ses mains dans les poches de son pantalon en toile noir.

— Tiens. Voici les clefs.

— Et pour l'état des lieux ? osé-je lui demander, sachant pertinemment que cela ne lui plaira pas.

— L'état des… ? sourit-elle avant de poursuivre. S'il t'entendait, il te sermonnerait jeune fille !

Ma mère a raison. Sauf pour la « jeune fille »… Vous n'allez pas vous y mettre à deux.

— Tu as compris qu'on ne parle pas d'une location, Amandine ? ajoute-t-elle. Tu es chez toi et je te promets que dans quelques mois, tu le seras officiellement.

J'ouvre la bouche pour protester puis reste muette. Je l'ouvre à nouveau pour la remercier puis la referme. Aucun mot ne pourrait refléter la réalité.

Derrière le masque que je m'efforce de garder, les émotions s'enchaînent et se mélangent. La reconnaissance envers cette femme qui me connaît à peine, mais qui fait confiance à ton jugement, mon homme. L'amour soudain que j'ai pour elle et pour toi. La joie et les larmes que je retiens. Également la peur de ne pas être digne de cette opportunité, après ces crises que tu as dû supporter, ce tracas que je t'ai causé. Puis l'autre crainte, celle d'être heureuse sans toi, de t'oublier, de ne pas te réserver le deuil que tu mérites, les mois, les années de pleurs que je devrais te consacrer.

Parce que je le sais, éperdument : à partir du moment où ce petit bout de vie poussera son premier cri, je serai à la fois la plus heureuse et la plus malheureuse.

Pourquoi crois-tu que je tente au maximum de ne pas me projeter ? De ne pas profiter de ma grossesse et de ce bébé au creux de mon ventre ? *Tu ne peux pas arrêter le temps, Mandine. Que tu l'acceptes ou non, que tu en profites ou non, il sera là bientôt et moi non. Il chassera le deuil d'un gazouillement, il réparera ton cœur d'un sourire aux anges. Mais je te promets qu'il t'empêchera de m'oublier.*

— Merci, bredouillé-je en direction d'Annick, avant de me laisser tomber dans le canapé. Je ne sais pas quoi dire d'autre.

— Alors ne dis rien. C'est un plaisir. C'est ce qu'Olivier aurait voulu. Un cadeau de naissance de lui et moi, ajoute-t-elle avant de s'installer à mes côtés. Amandine, je peux te poser une question ?

— Bien sûr ! la rassuré-je.

Elle hésite et se gratte l'intérieur de la main.

— Vous étiez heureux, Olivier et toi ? Il était heureux, mon fils ? s'étrangle-t-elle.

Les souvenirs s'enchaînent, mes doutes, mes frustrations, nos disputes, et ton soutien malgré tout. Non, la réponse est non, tu ne l'étais pas. *Tu te moques de moi ? Et le reste ? Nos sorties, nos soirées télé nus comme des vers, nos câlins, nos tête-à-tête, tes folies, notre passion, ton humour si singulier et nos rires ?*

— Oui, il l'était, je crois, réponds-je, encouragée par tes propos.

Ta fille choisit ce moment pour entrer dans la pièce, en maillot de bain, entourée d'une serviette, une casquette sur la tête et un sac de plage suspendu à son épaule. Je m'étais gardée de lui annoncer la nouvelle, espérant la voir aujourd'hui.

— Salut Amandine, qu'est-ce tu fais là ?

— Je prends des cours de gym, plaisanté-je en désignant le ballon rose.

Elle se débarrasse de ses affaires puis ses yeux noisette se posent sur le trousseau de clefs que j'ai encore en main :

— Je vois que tu as écouté la voix de la sagesse. Autrement dit moi, me nargue-t-elle.

— Je vois que les révisions se passent bien, rétorqué-je en la regardant de haut en bas.

— Gnagnagna ! Je peux en dire autant de ton régime...

— Mesdemoiselles, je suis ravie de voir que vous êtes heureuses de vous retrouver. Si ça ne vous dérange pas, j'ai du jardinage à faire avant que l'air ne se rafraîchisse. Amandine, je te laisse farfouiller dans les cartons, récupère ce que tu voudras, j'ai déjà fait mon tri. Mathilde, ne t'inquiète pas, j'ai gardé quelques pépites pour toi, pour ta première grossesse.

— Pour ressembler à ça, non merci, raille-t-elle en me montrant du doigt. Je file sous la douche pour retirer cette image de mon esprit !

Mathilde fait mine de frissonner.

— Et félicitations ! Appelle-moi pour la crémaillère, me murmure-t-elle avant de quitter la pièce.

On frappe à la porte. Je sors la tête du carton spécial linge de lit du bébé. Quelqu'un cogne chez Annick et je suis seule dans le salon. Le bruit répétitif est de plus en plus fort. Puis, une voix l'accompagne :

— Annick, Mathilde, ouvrez-moi, s'il vous plaît !

C'est ta femme ! *Mon ex-f...* Chut. Je n'ai pas le temps pour tes bêtises, là ! Il est hors de question que je la voie, surtout dans cet état. Sylvie est-elle au moins au courant de ma situation ?

— Si personne ne m'ouvre, j'entrerai sans permission !

Ta fille a de qui tenir. Les cachettes potentielles défilent dans ma tête. Je suis tellement stressée, mon amour, que j'ai envisagé de me planquer sous la table de la salle à manger. Je ne peux décemment pas ouvrir n'importe quelle porte de chez Annick à la recherche d'un abri. Ce serait lui manquer de respect.

Que dois-je faire ? Pourquoi ai-je toujours l'impression d'être l'autre femme ? La fautive ? L'amante ? Et lorsqu'on est l'amante, une seule solution s'impose à nous, comme une évidence. Une évidence un peu moins certaine lorsque je comprends que le bébé et mon énorme ventre m'empêchent de fermer complètement la porte du placard de l'entrée.

Des pas rapides dévalent l'escalier. Mathilde s'apprête à accueillir sa mère. Et si elle lui propose de ranger ses chaussures ou déposer son manteau là où je pensais être en sécurité ? Ou pire ? De rester manger ? Je ne fais pas confiance à ma vessie pour tenir des heures ici sans faire un caprice.

Respire, ma chérie, moi je tente de ne pas mourir – une seconde fois – de rire et toi tu respires. Ça va aller. À ta place, je ne ferais pas trop le malin. C'est de ta faute si cette femme me fait peur alors qu'elle ne m'a jamais rien fait. Si tu t'étais engagé à temps, je ne me serais pas fait tous ces films sur ton envie de retourner à ses côtés…

La main sur la poignée, Mathilde jette un coup d'œil dans le salon avant d'ouvrir la porte :

— Qu'est-ce tu fous ici ? s'emporte-t-elle.

J'ai déjà entendu ces mots... Le ton qu'elle m'a réservé par le passé est un bonbon tendre à côté de la tête brûlée qu'elle offre à sa mère.

— Il faut qu'on parle.

— Je me demande bien de quoi tu voudrais parler...

L'ironie dans sa voix est palpable. J'aimerais voir leurs visages, lire leurs expressions et apercevoir celle que je craignais pendant si longtemps et que je tenais responsable de ton incapacité à aller de l'avant.

— Ne fais pas la maligne, Mathilde. Tes études, je viens te parler de tes études qui ne sont pas à prendre à la légère !

— Et ma santé ? Elle est à prendre à la légère, elle ?

— Tu es en pleine forme, ma fille. Assez pour passer tes journées à te baigner et à faire des parties de volley-ball avec les enfants des voisins. J'ai mes sources, souligne Sylvie.

— Tu t'en fiches de moi, en fait, et de comment je vais, comment je vais vraiment ! déclare Mathilde, la voix altérée par l'émotion.

— Le départ de ton père a été un choc pour nous tous, ma puce. La vie doit reprendre son cours, un jour ou l'autre.

— Je choisis l'autre, grogne la jeune fille.

— Mathilde, tes examens débutent dans trois jours et tu vas t'y rendre, sinon...

— Sinon quoi ? la coupe-t-elle.

Elles apparaissent toutes les deux dans mon champ de vision, dans l'entrebâillement de la porte du placard.

Sylvie s'est avancée vers sa fille qui, elle, recule. Puis, dans un mouvement non chorégraphié, mais parfaitement synchronisé, elles s'arrêtent.

— Sinon, tu le regretteras toute ta vie, soupire Sylvie.

Les bras de Mathilde se croisent face à cette triste perspective. Le silence s'installe entre elles et m'effraie. Mon estomac ou ces vieilles portes pourraient me trahir à tout moment. Le gainage n'a jamais été mon fort pourtant, tout de suite, chaque muscle de mon corps, vessie comprise, est contracté. Heureusement, Sylvie reprend rapidement la parole.

— Combien de temps encore vas-tu t'en vouloir et te le faire payer en sabotant ton avenir ?

— M'en vouloir pour quoi ? Je n'ai rien fait.

— Moi, je sais que tu n'as rien fait. Je ne suis pas sûre que tu arrives à te le dire à toi-même, une fois seule. C'était bien plus facile quand tu t'énervais sur Amandine, quand tu la tenais responsable de tout et de cette dernière dispute avec ton père !

Mathilde porte à nouveau le regard sur le salon, vérifiant sans doute que mes oreilles ne sont pas à la portée de leur conversation. Raté.

— Amandine n'y est pour rien, murmure-t-elle.

— Ton discours a changé. C'est elle qui t'a mis ces idées saugrenues dans la tête, c'est ça ? Quitter ton copain ? Quitter la fac ? Rendre les clefs de ton logement étudiant en douce ?

— Maman, je suis assez grande pour prendre mes décisions toute seule.

— Grande ou pas, tu es ma fille. Je ne vais pas rester là sans rien dire alors que tu fiches ta vie en l'air !

— Elle est déjà fichue ma vie ! J'ai perdu mon père ! Il est parti sans savoir que je l'aimais. J'étais bloquée sur des futilités et maintenant c'est trop tard, je dois vivre avec ça et je n'en suis pas capable.

Les larmes coulent sur ses joues. Ses mains ne les essuient pas. Elles sont bien trop occupées à se mettre en boule.

— Ma puce… s'inquiète sa mère.

Sylvie meurt d'envie de prendre sa fille dans ses bras, chaque centimètre de son corps le prouve : l'ouverture de ses mains, ses épaules en avant, son pied droit prêt à faire un pas.

— Laisse-moi aller mal, maman, la coupe Mathilde. Laisse-moi faire des erreurs, baisser les bras, être égoïste et me remettre de tout ça ! Après on verra…

— Tu reprendrais tes études à la rentrée ? lance sa mère, enthousiaste, en se rapprochant d'elle et replaçant une de ses mèches blondes derrière son oreille.

Sa fille interrompt ce geste tendre avec violence.

— Lâche-moi. Va-t'en, va te faire ! Si tout ce qui t'importe c'est ce fichu diplôme, je ne veux plus te voir…

Ce n'est pas une simple déclaration, c'est un cri du cœur. Puis Mathilde fuit. L'escalier se plaint de la colère des pas de cette dernière. Seule reste Sylvie.

En l'absence de sa fille, sa posture s'étiole. Ses épaules s'avachissent tandis qu'elle plonge sa tête dans ses mains. Les sanglots se font discrets, pudiques. Puis elle se redresse et sèche ses larmes à l'aide d'un mouchoir en tissu. Quelques secondes plus tard, la porte d'entrée claque et plus aucun bruit n'ose s'aventurer dans la maison.

La voix de Billie Eilish, modifiée par les haut-parleurs, comble le silence pour recouvrir, sans doute, la colère de Mathilde.

Par précaution, et pour laisser le temps à mon palpitant de recouvrer son calme, je profite de ma cachette quelques instants de plus. Je suis contente de ne pas m'être retrouvée entre ces deux-là. Je te tire mon chapeau, Olivier, pour ces années durant lesquelles c'était ton rôle.

Lorsque j'arrive devant sa chambre, ta fille est allongée sur son lit, les yeux – encore humides – rivés sur son téléphone. Je reste plantée là, dans l'encadrement, attendant une invitation qui ne vient pas.

— Comment te sens-tu ? osé-je lui demander.

— Ça se voit, non ?

Son ton est le même que celui destiné à sa mère. Il m'envoie une décharge électrique désagréable le long de la colonne vertébrale. Retour à la case départ.

— J'ai tout entendu, tu sais ?

Mathilde s'assoit en tailleur sur l'édredon à grosses fleurs orange. Ma révélation ayant beaucoup plus d'intérêt que son fil d'actualité Facebook, elle pose son téléphone et baisse le son de sa musique.

— Par curiosité, où étais-tu planquée pour tout entendre ? lance-t-elle en se frottant les joues.

Son regard se veut désormais malicieux.

— Oh… pas loin. Dans la chambre de ta grand-mère, improvisé-je.

— Sa chambre est à l'étage…

Zut, les chambres de grand-mère, c'est au rez-de-chaussée, d'habitude. Autant admettre la vérité. Elle va s'en régaler. Si cela peut aider à lui faire oublier sa peine, je signe tout de suite.

— Bon, j'avoue. J'étais dans le placard de l'entrée. Voilà, t'es contente ?

— Tu n'as pas idée !

Mathilde tapote une place à ses côtés et je suis soulagée de m'asseoir après toute cette émotion.

— Par rapport à ce que tu as entendu… commence-t-elle.

— Rien que je n'avais déjà compris, ne t'inquiète pas.

— Je tiens juste à te dire que ce n'était pas de ta faute. C'est ma personnalité qui est à remettre en cause…

— Ne pas supporter que son père refasse sa vie avec une autre, et une autre bien plus jeune, ce n'est pas une question de personnalité. Ce serait difficile à encaisser pour beaucoup.

— C'était juste… soudain. Il ne parlait jamais de toi, et paf! Il nous annonce que tu vas venir manger le dimanche suivant.

— Ton père était maladroit, c'est vrai, soupiré-je. Il pensait vous protéger, puis il a dû se rendre compte, au passage, qu'il me faisait souffrir également.

— Résultat, c'était l'horreur pour tout le monde !

— On peut le voir comme ça. Il a fait de son mieux.

Sans prévenir, alors que je le pensais sagement endormi, Bébé se met à remuer. Il semble avoir inventé une nouvelle acrobatie : roulade arrière, plongeon en piqué, salto avant.

— Du calme, dis-je à l'attention de mon ventre.

Mathilde m'observe, intriguée :

— Il a bougé ?

— Il ne fait que ça, en ce moment !

— Je peux ? bafouille-t-elle, les joues rosies par une soudaine timidité.

Je n'attends que ça…

— Oui, bien sûr.

Je lui saisis la main et la place à l'endroit où Bébé s'en donnait à cœur joie, il y a quelques instants. J'y laisse également la mienne. Sous ma tunique étoilée, Bébé décide de se faire discret. Je profite de l'intimité du moment pour livrer à Mathilde ce que j'ai sur le cœur. Il faut que l'information rentre dans son cerveau et elle a un paquet de murs à franchir pour y arriver !

— Tu t'en sortiras Mathilde, tu le sais ? déclaré-je d'une voix que je souhaite la plus douce et la plus crédible possible. Quoi que tu décides, examens ou pas examens, études ou pas études. Tu t'en sortiras. Tu es une femme forte. Une vraie tête de mule. Et les têtes de mule, ça va loin, parce que rien ne les arrête.

Sa lèvre inférieure se met à trembler, mais je continue. D'autres paroles ont besoin de s'échapper pour rassurer ce petit bout de femme duquel je suis de plus en plus proche.

— Ton père t'aimait, quoi que tu en dises. Et quoi que tu lui aies dit avant sa mort. S'il y a bien une personne qui ne s'attache pas aux mots que l'on prononce sur un coup de tête, c'est ton père. Sinon, notre relation n'aurait pas dépassé le stade des trois mois.

Je tente un clin d'œil discret.

— Merci, Amandine. Merci de ne pas m'en vouloir pour mes accès de colère et mes mots plus gros que mes pensées.

— Oh, non, je ne t'en veux pas, mais je note tout dans un petit carnet et j'ai bien l'intention de me venger un jour, ajouté-je avec malice.

Elle sourit pour de bon, et déplace sa main sur le tissu à la recherche de Bébé. À ma grande surprise, elle se penche, se met à l'encourager… à sa manière :

— Dis donc, toi. Si tu voulais me prouver que tu étais buté comme ta mère, c'est fait, j'ai compris. Je ne vais pas rester là trois heures à attendre que tu te remues le popotin. Alors, je te conseille de…

Sa voix s'interrompt tandis que le bébé, obéissant, reprend la java. Je ne peux m'empêcher d'être émue devant Mathilde qui s'extasie.

— Il m'a comprise !

Elle se penche à nouveau vers mon ventre :

— Ça va là-dedans, Bébé ? C'est pas trop écœurant ?

De drôles de coups, réguliers, se font sentir et me surprennent.

— Il a bu la tasse ? raille Mathilde.

— Je crois qu'il a le hoquet.

C'est une première. Heureusement que j'ai lu ce sujet dans mon *Encyclopédie de la grossesse*, sinon je serais en train de m'inquiéter. Le mouvement continue, constant. Mathilde récupère sa main qu'elle place sous son menton.

— Peut-être que si je lui fais peur ou que je te pose une cuillère en argent sur le ventre, ça le calmerait ? plaisante-t-elle.

Sa bonne humeur retrouvée me fait chaud au cœur.

Délicatement, je soulève ma tunique et fais glisser mes doigts sur ma peau. Ma tête penchée au maximum, je chuchote :

— Tout va bien, Bébé. Je suis là. Voilà, comme ça. Rendors-toi, tranquillement.

Ma propre voix me rassure. Au bout de quelques secondes, le hoquet cesse. Moi qui ai passé les derniers mois à t'épuiser, mon amour, je ne me pensais pas capable d'apaiser si facilement un être humain. Qu'est-ce que c'est bon ! Ce moment, ce doux moment, me redonne confiance en l'avenir. Et cette fois-ci, bien à l'abri dans mon esprit, je chuchote qu'on va y arriver, Bébé.

— Même si ça me fait suer de te faire un compliment, ajoute Mathilde, tu seras une bonne mère, tu sais. Un peu folle et souvent mal habillée, précise-t-elle en me dévisageant de haut en bas, mais une bonne mère quand même.

Le 7 juillet 2019

Postée devant le mur peinturluré du salon, je prends le temps de souffler. La joie et la peine que je ressens à l'idée de quitter ce lieu se mélangent. Autour de moi, Cédric et Rose-Marie s'activent et terminent les cartons. Dans quelques minutes, le dossier sera plié.

Avant leur arrivée, j'ai préparé une valise pour le bébé et une pour mon séjour à la maternité – grâce aux cadeaux de Cédric, Estelle, Annick, Rosie et aux envois réguliers de tricots de ma mère. Une autre valise contient les affaires que j'ai gardées de toi : des photos, des vêtements, ton ordinateur portable et quelques bricoles. Toutes importantes à mes yeux. Ta tasse préférée est enroulée dans ta chemise, ton parfum dans un de tes sweats et tes lunettes de soleil dans un short.

— Je crois que tu peux dire adieu à la caution, lance mon frérot en contemplant le mur, un carton de livres en main.

— Surtout lorsque la propriétaire verra l'état de la porte d'entrée, s'égosille Rosie pour être sûre que nous l'entendions depuis la cuisine.

Cédric quitte l'appartement pour commencer le chargement de ma voiture. Heureusement que ces deux-là sont présents pour alléger l'atmosphère et accessoirement soulever ce que je ne peux pas. J'ai peur, Olivier. Si tu savais comme j'ai peur. C'est une page qui se tourne. Je devine ce que tu vas dire, qu'il serait temps que je l'accepte et que j'aille de l'avant, blablabla. *J'allais juste te souhaiter bon courage, Mandine… Tu vas déjà de l'avant. Te rends-tu compte de la force que tu déploies face aux complications que t'apporte la vie ?* Je n'appelle pas ta mort une « complication ». *Et le bébé installé au chaud, tu appelles cela comment ?*

Un bonheur.

Le mot m'échappe avant même d'en réaliser l'importance. Je sens ton sourire jusqu'au plus profond de mon être. Tu m'as bien eue. Bonheur. Ce bonheur que je ne voulais pas ressentir, par respect pour toi. Il est là. Il est bien là et a un cœur qui bat à quelques centimètres du mien. Tu m'en veux si je l'accepte et profite de la fin de cette grossesse comme il se doit ? *Tu rigoles, j'espère ? Fonce.*

J'avais besoin de l'entendre. Je place mes mains sur mon ventre et fredonne un air inventé pour l'occasion. Dans ma tête, des paroles défilent, une comptine improvisée. Une histoire de trèfle à quatre feuilles que l'on cherche pendant des années et qui jamais n'accepte de se montrer. Ce n'est que lorsqu'on se résigne qu'il pointe le bout de son nez.

Lorsque Rosie me rejoint dans le salon – un mouton de poussière dans les cheveux –, je danse d'un pied sur l'autre et termine ma chanson, enlaçant toujours ma poche à bébé.

— Ça fait beaucoup de bien de te voir comme ça, ma Didine, s'exclame-t-elle. Ne t'arrête pas pour moi.

Alors je lui saisis les mains et la fais tournoyer.

— Ça ne s'arrange pas vous deux on dirait, intervient mon frère.

J'ignore sa remarque et répète le refrain de ma comptine : « Trèfle-bonheur, veux-tu te montrer ? / Est-ce sous les fleurs que tu es caché ? / Tant que tu me chercheras / Tu ne me trouveras pas / Regarde ailleurs, regarde par là / Admire les roses et les lilas / Et me voilà ! »

*

Les pieds dans le sable chaud – bien que je ne puisse plus les admirer – je profite de la présence rassurante du soleil sur ma peau. Si tu n'avais pas rejoint la terre avec une partie de mon cœur, je serais tentée de dire que la vie est belle.

Rosie et Cédric font de même, les chaussures à la main, face à la mer, ils respirent les embruns et sourient aux estivants. Nous avons bien mérité ce repos.

Les cartons m'attendent derrière la dune, dans ce nouveau chez-moi. Ils patienteront encore un peu. À peine l'essentiel déposé dans le salon, j'ai ressenti ce besoin de fuir et de voir la mer. C'est en sa compagnie désormais que je vivrai, auprès d'elle que je m'épancherai. Ne sois pas jaloux, Olivier. En venant ici, je me rapproche de toi, de la maison de ton enfance et de ta dernière demeure.

Rose-Marie sort trois bouteilles de son sac à dos : deux bières et un jus de pomme. Nous trinquons à ce nouveau départ, à cette journée passée ensemble et à ce moment sous un ciel bleu typiquement normand.

Moi, chauvine ? P'tèt ben que oui, p'tèt ben que non.

— À nous ! lancé-je les yeux pétillants de joie.

— À toi et au bébé surtout, souligne mon amie. À cette joie qui t'attend.

— Tu parles. Elle va en baver, oui, ajoute mon frère en levant sa bouteille en ma direction. À la parentalité, aux nuits courtes, aux couches qui débordent et aux vomis surprises dans la voiture !

Après ces sages paroles, nous marchons sur la plage, le long de la dune, notre breuvage à la main, sous les regards curieux des promeneurs et touristes. Puis mon frère rompt le silence.

— Bon, c'est sympa tout ça, mais il serait peut-être temps de défaire des cartons et d'installer confortablement la future maman et son bébé, non ?

— Ne t'inquiète pas pour ça. Je vais prendre le temps de le faire dans les prochains jours. Je n'ai plus que ça à faire de toute façon, lancé-je.

— Tu es sûre que ça va aller ? se préoccupe mon amie.

— Bien sûr. Pourquoi cela n'irait-il pas ?

Je mens. Je détiens moi-même bien trop de réponses à cette question. Parce que je suis épuisée par les émotions de ces derniers jours. Parce que c'est encore difficile de ne pas t'imaginer t'attelant aux travaux dans chaque pièce. Et parce que dans cette maison m'attend l'aménagement d'une chambre pour Bébé – et d'un atelier – avec un ventre énorme comme obstacle.

— Pour rien. Tu as raison. Tout va bien se passer, ajoute Rosie, pour nous rassurer toutes les deux.

Je suis reconnaissante pour leur proposition et, dans mon état, je devrais sans doute l'accepter. Mais quelque chose m'en empêche. J'ai besoin d'être seule, de prendre mon temps, d'apprivoiser ces murs sans eux.

La promenade s'achève. Je les serre chacun leur tour dans mes bras. J'ai pris l'habitude de me mettre de profil et de poser ma tête sur l'épaule de mon frère, pour ne pas écraser Bébé.

Ils remontent dans la voiture de Cédric, direction Cherbourg. Ils s'éloignent et je reste là. J'habite ici désormais – je me le répète pour mieux accepter cette réalité. Loin de ces deux piliers dans ma vie.

Quarante kilomètres nous sépareront. C'est peu et beaucoup à la fois. Au revoir les invitations de dernière minute d'Estelle, les dîners réguliers chez elle et mon frère, et les visites surprises de Rose-Marie.

L'automobile quitte mon champ de vision et j'ai le sentiment qu'ils quittent le pays.

C'est donc seule que je pousse la porte de la maison. Dans la pièce de vie, les cartons ralentissent ma progression. Ils ne sont pas nombreux, mais restreignent l'espace déjà exigu.

En toute logique, je devrais préparer mon lit, déballer de la vaisselle et chercher les boîtes de conserve pour mon repas de ce soir. Mais la logique a fui mon esprit dès lors que j'ai accepté ma maternité. Je me dirige avec détermination vers l'atelier. Rien n'a bougé. Ton sweat repose toujours sur l'escabeau.

Prenant mon courage à deux mains, même à quatre – Bébé m'aidant à affronter cette épreuve –, j'attrape le vêtement puis le monte à mes narines. Sous le résidu de poussière, au loin, ton parfum est là. Celui que tu portais se mêle à celui de ta peau après l'effort.

Je reste un instant les yeux fermés à serrer le tissu contre moi et à t'imaginer à nos côtés. J'y passe un bras, l'autre, et enfin la tête. Malgré la taille de mon ventre, il le recouvre. Rassurée par ton souvenir et par la douceur du textile, je m'attelle à ma mission : faire de cette pièce un cocon pour Bébé et moi, un lieu de détente, d'expression et de créativité.

Il est temps d'arrêter là l'arrachage du papier peint. Mes bras me réclament une pause. Dehors, le soleil n'est plus là, l'heure bleue l'a remplacé. J'ouvre la fenêtre pour profiter du spectacle et de la douceur des premières étoiles.

Après un détour par la cuisine – et l'absorption d'une soupe chinoise en un temps record – je me lance dans un nouveau projet : retaper le berceau du bébé. J'ai repéré le papier de verre dans le cabanon collé à la maison et dans lequel tu as abandonné tes outils.

Mais avant d'aller les chercher, il faut que je transporte le couffin de la chambre à l'atelier. Ce qu'il est lourd ! Le pousser jusqu'au couloir me demande une énergie excessive, une énergie que je n'ai plus. Mais c'est pour Bébé que je fais tout ça. Alors j'insiste et, au prix de nombreux efforts, le berceau franchit la porte de l'atelier, non sans craquer de toute part et protester contre la bâche. Je change de playlist et abandonne les Red Hot Chili Peppers pour quelques mélodies de Yann Tiersen.

Je suis soulagé de te voir épanouie comme cela, ma chérie. Épanouie, c'est un bien grand mot, mais j'avoue que préparer l'arrivée du bébé, m'autoriser à me projeter, me fait énormément de bien. Ce bruit du papier sur le bois, qui fait peau neuve, me rassure.

Peut-être est-il temps pour moi également de laisser tomber mes écailles de vieille peinture et reprendre des couleurs ?

Les véritables, celles qui font de moi qui je suis. Mon enthousiasme, ma joie de vivre, ma soif de vivre même. Moi qui ai toujours eu besoin de projets, de tout ressentir intensément, j'ai passé les derniers mois à subir, à m'empêcher d'être heureuse ou de m'exprimer. Les chants, les pas de danse, les élans de créativité se sont faits rares.

Ce soir, je tiens ma vengeance. J'irai au bout de ce projet. Mon installation ici sera une réussite.

Plus déterminée que jamais, j'abandonne le berceau pour la chambre d'amis, la future chambre de Bébé. J'y emporte l'escabeau et y grimpe pour accrocher au mur mon tableau – celui du phare de Gatteville et ses drôles d'animaux. Car c'est ici, entre ces murs, que tout commence…

Une douleur me saisit au bas du ventre tandis que je descends la dernière marche. J'y place hâtivement ma main en retenant un cri. Une contraction d'entraînement. Rien de plus. *Tu es sûre, ma chérie ? Tu m'inquiètes.* Tout va bien, Olivier. J'ai passé la soirée à me contorsionner. Les muscles réagissent, c'est tout. Je vais aller manger un peu, reprendre des forces et ça va aller, tu verras. *Sauf que je ne vois rien du tout. Si ce n'est ma femme, s'agrippant au bar de la cuisine, les dents serrées et le chagrin dans les yeux. Mandine, fais quelque chose !*

Pardon, mon amour. Pardon. J'ai mal, j'ai peur. Je ne crois pas que ce soit de la faute de Braxton Hicks cette fois-ci. Je n'ose plus bouger. Je ne sais qui appeler, c'est de toi dont j'aurais besoin à mes côtés. *Le SAMU. Appelle le SAMU !* Ne crie pas, s'il te plaît.

Mes jambes me portent avec difficulté jusqu'à mon téléphone. Au moment de composer le numéro d'urgence, c'est le vide. Mon cerveau est bien trop occupé à s'inquiéter pour le bébé pour se souvenir d'un numéro. Une nouvelle décharge dans le bas de mon dos m'arrache une plainte longue et alarmante. Le 15, c'est le 15. Ça sonne.

— Écoute-moi bien, Bébé, accroche-toi, supplié-je tremblante. Donne tout ce que tu as pour rester au chaud et en sécurité encore un peu. Je t'en prie.

Le chemin en friche

— Tu ne veux pas rester au chaud encore un peu ? me supplie Olivier. S'il te plaît ?

— Non, je dois vraiment y aller. J'ai persuadé mes clientes de se lever tôt pour profiter d'une belle lumière, ce n'est pas pour leur faire faux bond maintenant, lui expliqué-je, tout en enfilant mon polaire. Tu n'as qu'à venir avec moi. Un peu d'air frais ne peut pas te faire de mal.

— C'est le week-end, soupire-t-il.

— Justement, on se balade le week-end !

— Oui, mais pas à 6 heures du matin !

Et pourtant, il est là, à mes côtés sur le parking, bonnet sur la tête et tête rentrée dans les épaules. J'ai emménagé chez lui il y a quelques semaines et ai remarqué une chose : jamais il ne sortira de son plein gré. Il me faudra souvent le secouer pour partir à l'aventure. J'espère qu'il tiendra le rythme. À mes côtés, il devra s'accrocher.

Peu importe son âge, notre avenir, je le vois plein de randonnées au grand air, de batailles de polochons improvisées, de passion et de bébés. Pour ce dernier sujet, j'attends deux trois mois supplémentaires avant de lui en parler. Moi, l'impatiente, j'ai hâte de découvrir sa réaction.

Le petit couple de futures mariées n'est pas encore là. Alors, dans la pénombre, Olivier et moi empruntons le sentier du littoral au-dessus de la baie de Quervière et vérifions si le chemin est praticable jusqu'à mon endroit préféré. La pointe du Cormoran, cette falaise qui se meurt dans les flots. De là-bas, la vue est imprenable : la baie à droite, la mer en face et la côte qui s'étend vers l'est comme vers l'ouest. Encore faut-il que la météo ait épargné ce coin de La Hague, ces derniers jours. La plupart du temps, le sentier n'est qu'un bain de boue et la végétation un repaire à moucherons.

La chance est avec nous. La terre est sèche et les insectes absents. Les derniers mètres se corsent. Des branches et de hautes herbes barrent notre progression. Olivier, déterminé et enivré par cette aventure au petit matin, se charge de les écarter, jusqu'à ce que la verdure disparaisse et que la roche se révèle sous nos pieds. Je ne pourrais emmener mes clientes jusqu'ici sans risquer l'accrochage de gilets, collants ou cheveux. Alors, nous profitons de la vue, en amoureux.

À l'horizon, le ciel rougit et je me glisse dans les bras d'Olivier qui m'accueille avec tendresse. Une bourrasque nous encourage à nous serrer plus fort l'un contre l'autre tandis que le ciel se pare de couleurs chaudes.

— Tu as bien fait de venir, hein ? le taquiné-je.

— C'est pas mal, me sourit-il. Je vais rester ici je pense, pendant ta séance.

Je donne un coup de pied dans un caillou qui se détache de la roche :

— D'accord, si tu veux. Je ne vais pas tarder à y aller. Elles devraient bientôt arriver. On se retrouve à 9 heures sur le parking, OK ?

Pas de réponse. Les yeux d'Olivier sont plongés dans le vide. Je me garde bien de lui préciser que sa présence ici me vaudra de nombreuses retouches sur les photos prises depuis la baie.

Je m'éloigne, inquiète devant un homme qui fait face à la Manche, en silence, les mains rentrées dans les poches. J'ai quitté ses bras depuis peu et le voilà déjà loin, ailleurs, perdu dans ses pensées, les sourcils froncés. J'aimerais rester à ses côtés, l'écouter, le rassurer, mais le travail m'appelle.

Une heure et demie de séance, de rires, de complicité et de mauvaises blagues pour détendre l'atmosphère. Plus d'une heure durant laquelle Olivier n'a pas bougé. Sa silhouette vacillait au gré des rafales. Il s'était protégé les pupilles d'une main à l'arrivée des premiers rayons.

Lorsqu'il me rejoint à la voiture, ses mains traînent encore dans ses poches et ses yeux brillent. Je lui demande, soucieuse :

— Ça va ? Tes yeux sont tout rouges.

— Avec le vent, j'ai dû me prendre un truc dans l'œil, explique-t-il en baissant le menton pour mieux me fermer l'accès à ce miroir de l'âme.

— Dans les deux ? Ce n'est vraiment pas de chance…

L'ironie de mes propos ne parvient pas à briser la bulle dans laquelle il s'est enfermé. J'espère que mes mains en seront capables. Elles l'enlacent et je le serre contre ma poitrine. Il souffle, un soupir long qui en dit tout autant. D'une voix tremblante, il se confie :

— Je suis épuisé…

— Je sais. Ce n'est rien.

— Désolé de ne pas être l'homme fort que tu attendais et dont tu aurais besoin.

— Tu es celui que je veux. Tu as juste besoin de te retrouver et de prendre soin de toi.

Dans ma nuque, son souffle chaud se mêle à des larmes discrètes. Il prend le temps de les effacer avant de se redresser :

— Excuse-moi, je ne sais pas ce qui m'arrive…

— La magie du lever de soleil peut-être ?

Il me sourit, comme pour nous remercier d'être là, ma bonne humeur et moi, alors qu'il a laissé la sienne s'échapper.

Nous savons tous les deux que c'est bien plus que cela, que ce n'est pas la beauté du monde qui le met dans cet état. Le divorce, sa peine, la colère de ses enfants, devoir se reconstruire à un âge où l'on pense que tout est acquis, voilà les vraies causes de son tourment.

Mais il ne le dit pas et n'en a pas besoin : je le comprends, je le connais, je l'aime.

Le 13 juillet 2019

À vouloir constamment encaisser en silence, tu as sacrifié ton énergie pour celle de tes proches : ne pas blesser tes enfants, ni les forcer à m'accepter, ni attrister ton ex-femme. Tu as vu ? J'ai dit « ex », mon amour…

Malheureusement, j'ai participé à ton épuisement. Alors, quand tu laissais tes peines s'exprimer dans mes bras, j'étais la plus fière au monde. C'était moi – petit bout de femme – ton pilier, et je me pardonnais mes erreurs et nos disputes dont j'étais toujours le moteur.

La pluie frappe contre les carreaux et je donnerais tout pour aller danser sous ses gouttes. Cela fera une semaine demain que je suis enfermée ici. Au loin, sous le gris, la rade lutte contre les vagues. « Repos, repos, et repos », m'a ordonné le médecin.

Bien qu'il n'ait pas parlé d'alitement, Cédric a pris les choses très à cœur et c'est chez lui, sur les hauteurs d'Octeville, que je purge ma peine. En sortant de l'hôpital, mon frangin a couru m'acheter des bas de contention. J'ai tout de suite compris où il voulait en venir.

« Votre col s'est légèrement aminci, madame Fleury. Essayez de ne pas trop vous en inquiéter. » Facile à dire. À ces mots du médecin, j'ai vidé toutes les larmes de mon corps. Je me suis rongé les ongles depuis, ainsi qu'une bonne partie de mes cuticules.

Mes proches ont eu très peur. *Et moi également, Mandine.* Moi aussi, au point de me réjouir, désormais, de chaque coup de pied de Bébé. Peu importe qu'il s'acharne sur mon estomac, qu'il m'empêche de respirer ou de dormir… Je lui pardonne et le remercie d'être toujours là.

Ma mère m'a passé un de ces savons en utilisant mamie comme couverture pour ses propres émotions. « Tu te rends compte de l'inquiétude qu'elle a dû ressentir à son âge ! » Lorsque j'ai appelé ma grand-mère, elle m'a simplement dit qu'elle en avait vu d'autres et qu'elle s'était endormie devant son feuilleton juste après le coup de téléphone de sa fille…

Mon père m'a fait promettre de faire plus attention à l'avenir. Cédric m'a traitée d'inconsciente avant de lancer qu'il m'aimait quand même. Estelle n'a rien dit. Des larmes ont extériorisé ce qu'elle était incapable d'exprimer. Rosie m'a protégée en déclarant que je n'y étais pour rien – elle a tort.

Annick m'a affirmé qu'elle passerait bientôt me voir et Mathilde n'a pas donné signe de vie. Une punition bien sévère. Elle devrait être contente de savoir que je me suis donnée à fond pour me projeter dans ma nouvelle maison.

Peut-être un peu trop à fond, ma chérie ? Oui, pardon. Je me suis excusée tant de fois. *Tout le long du trajet en ambulance – pauvre brancardier – et encore un peu aux urgences.* Ma bêtise était en train de déranger et de tracasser tout le monde, c'était la moindre des choses. Dès que les contractions me laissaient tranquille, il fallait que cela sorte, à défaut du bébé qu'ils m'encourageaient à garder au chaud.

Si tout va bien, d'ici quelques semaines, je pourrai quitter la maison d'Estelle et Cédric et finir d'aménager la mienne avant l'accouchement. Pas besoin de râler, Olivier. Je ne le ferai pas seule et donnerai simplement les ordres !

En parlant d'ordres, Cédric débarque dans la chambre, sans même s'annoncer. Je proteste :

— Ne frappe pas à la porte, surtout. Fais comme chez toi !

— Tu as de la visite, Didine, signale-t-il en récupérant mon plateau-repas et sans prendre la peine de me répondre. Je dois retourner au travail. Je te préviens, elles ne peuvent pas rester plus d'une heure et interdiction de te lever, de t'agiter, de rire trop fort, de…

— Respirer ?

— Fais ta maligne.

En réalité, je suis reconnaissante pour son temps, ses attentions et sa présence. Je me sens bien ici, frustrée, mais bien. Mes neveux me couvrent de dessins : un petit kangourou, un cousin super-héros et un autre à quatre bras, une femme à poches – pratique –, un ogre ayant avalé un ballon de foot. *Ce n'était pas censé être toi ?* Chut, voyons. Un peu de respect pour la déesse porteuse de vie que je suis. Une déesse aux cheveux éteints, à la peau grasse, portant des bas de grand-mère, affalée dans son lit. J'interpelle mon frère avant qu'il ne quitte la pièce :

— Est-ce que tu peux au moins m'attraper un coussin, pour que je me redresse ? supplié-je.

À contrecœur, et une grimace greffée au visage, il obéit et m'aide à mieux m'installer pour les accueillir. « Elles » ne peuvent être que…

— Annick et Mathilde ! Entrez. Ne faites pas attention à l'infirmier grincheux, il doit partir de toute façon. N'est-ce pas, frangin ?

— Le devoir m'appelle, encore et toujours ! lance-t-il fièrement, replaçant la couverture sur mon ventre et m'embrassant sur le front. Prenez soin d'elle, glisse-t-il à mes visiteuses avant de nous quitter.

Ta fille attrape une chaise et s'installe, dos à la fenêtre. Elle plonge la tête dans un magazine qui a pour sous-titre « Savourer la douceur de vivre et le bonheur des choses imparfaites » tandis qu'Annick me prend la main :

— Ne nous fais plus peur comme ça, Amandine. Comment te sens-tu ? s'intéresse-t-elle.

— Bien, merci, et vous ? Enfin, et toi Annick ? hésité-je, pas tout à fait habituée à la tutoyer.

— Ça va mieux. Je suis rassurée de te voir et rassurée d'être arrivée jusqu'ici vivante malgré ces fous sur la route.

— Apparemment, mamie ne sait plus où se trouve le bouton du clignotant, commente la ronchonne. Alors, forcément, on s'est fait klaxonner tout le long du trajet. Ne faites pas attention à moi, on m'a forcée à venir.

Forcée ou non, je suis ravie que ta fille soit là et soulagée de découvrir qu'elle se porte bien. Une préoccupation de moins ne peut me faire que du bien.

— Je peux savoir ce que j'ai fait encore pour mériter ta mine renfrognée ? lui demandé-je.

— Rien, ou si, comme d'hab, quoi, bredouille-t-elle.

— Quoi, « comme d'hab » ?

— Je vais vous abandonner quelques instants, intervient Annick en se levant. J'ai un appel à passer, je serai dans le couloir si vous avez besoin de moi.

Elle salue mon ventre d'un coucou de la main et chuchote au bébé de me laisser me reposer s'il ne veut pas qu'à sa naissance sa maman ressemble davantage à un panda qu'à un humain. Le visage caché par ses mèches, Mathilde pouffe de rire. Mes cernes sont si prononcés que ça ?

Le silence s'installe dans la pièce dès qu'Annick la quitte. Seuls les ongles de ta fille, percutant le papier glacé, le chassent de temps en temps.

— Bon, alors ? l'interrogé-je.

— Alors quoi ?

— Pourquoi fais-tu cette tête ?

Ses épaules sursautent. Aucun mot ne la quitte. C'est le moment que choisit une nouvelle contraction pour durcir mon ventre. Celle-ci ne me fait pas peur, elle est douce, nécessaire et sans risque. Mais ça, ta fille ne le sait pas.

Je place une main sur mon ventre, l'autre dans le bas de mon dos. Discrètement, pour ne pas voir Annick débarquer avec une équipe de pompiers, je geins :

— Argh, ouf, ouche…

Ma mauvaise interprétation fait tout de même son effet. Mathilde lâche son magazine et se plante à mes côtés, les yeux grands ouverts :

— Ça va ?

J'imite le chien, comme elles le font à la télé. *Vu que tu n'as jamais voulu te rendre à un cours de préparation à l'accouchement…* Oh, ça va, je n'étais pas prête à être entourée de femmes radieuses et de couples heureux. Je regarderai des vidéos sur YouTube.

— Ça va passer, la rassuré-je d'une petite voix et les poings serrés pour retenir un fou rire.

— Tu vois, c'est pour ça que tu m'énerves ! commente-t-elle en dégageant une mèche de son visage. Tu ne fais pas attention à toi et après on s'inquiète tous, alors qu'on devrait s'en moquer royalement. Comme avant !

— Ah, le bon vieux temps ! glissé-je entre deux sursauts qui mettent à mal ma vessie.

Le rire secoue mon torse et me creuse les joues sous le regard ahuri de Mathilde.

Elle s'est inquiétée ! Si tu savais comme ça me ravit, mon amour. Cette jeune femme me rend folle, elle saute de la colère à l'altruisme comme je passe du malheur au bonheur, mais je l'adore.

Sa frénésie rassure la mienne. J'espère qu'elle restera longtemps dans les parages, plus longtemps que toi, et que Bébé profitera de son humour aiguisé, de sa repartie et de sa bienveillance.

— T'as pas mal en fait ? réagit-elle, les sourcils écrasés l'un contre l'autre.

— Non, mais regarde…

Je lui attrape la main et la plaque sur mon abdomen durci par cette nouvelle contraction.

— T'as quand même pas fait du sport dans ton état ? s'interroge-t-elle, les sourcils en accent circonflexe.

— Non, andouille ! Ce sont les muscles qui s'entraînent.

— Andouille toi-même ! s'écrie-t-elle.

Pour la taquiner davantage, je chantonne avec une voix tout droit sortie de la cour de récré :

— Tu t'es inquiétée !

— T'as failli accoucher ! me répond-elle de la même manière en mimant mon gros ventre avec ses bras, avant de prétendre en perdre le contenu sur le sol.

C'est officiel, je l'aime ! Je ne peux m'empêcher de sourire. Mathilde souffle de soulagement, les yeux encore brillants, puis se rassoit. Si on m'avait dit que je développerais cette complicité avec elle, avec cette jeune fille qui ne souhaitait même pas me rencontrer, j'en serais tombée à la renverse.

Il y a quelques jours, j'avais peur d'être seule au monde, dans mon nouveau chez-moi, loin de mes piliers. Alors qu'une alliée précieuse se trouvait dans une maison voisine.

Ne le prends pas mal, mais… Ça commence bien. *Tu as toujours vu uniquement ce que tu voulais voir. Mes maladresses, mes blocages, mes refus, au lieu de voir mes preuves d'amour, mes progrès, ma patience. Et tu continues de le faire. Tu as tendance à te persuader que, sans moi, tu seras forcément seule et malheureuse, mais c'est ta propre croyance, tes propres peurs. Il serait temps d'ouvrir les yeux…*

— Tout va bien, Amandine ? s'inquiète Mathilde. Ton sourire vient de se casser la figure d'un coup.

Je laisse mon esprit s'imprégner de tes mots avant de revenir à la réalité. Tu as raison. J'observe ta fille, ses yeux, tes yeux, son front plissé, et je la rassure :

— Oui, tout va bien.

— À quoi pensais-tu ?

— Je me demandais s'il n'était pas trop tôt pour retrouver le bonheur…

— Tu rigoles ! s'exclame-t-elle en se rasseyant à sa place. Papa nous a fait faux bond, on ne va pas, en plus, se punir pour ça.

Elle replonge la tête dans les pages, comme si de rien n'était. Je ne peux m'empêcher de voir dans sa réponse l'inverse de ce qu'elle pense. Elle s'en veut tellement depuis ton départ.

La conversation entre elle et sa mère me revient à l'esprit. Bien que je ne sois pas d'accord avec les méthodes employées par Sylvie, elle n'a pas tort. Il est temps pour Mathilde de tourner la page et de se reprendre en main.

— C'est assez étrange d'entendre ces mots de la bouche de celle qui a mis sa vie sur pause, commenté-je.

— Je ne vois pas pourquoi tu dis ça.

Je pousse le vice jusqu'à lui demander :

— Comment va ta mère ?

Annick nous rejoint alors que Mathilde me tire la langue et que je m'apprête à faire de même. Puis, toutes les trois, nous causons de tout et de rien. Je leur parle d'Estelle qui s'enferme avec moi, après son boulot, pour fuir son mari et ses enfants afin qu'on passe la soirée ensemble, devant des comédies plus ou moins romantiques. Je mentionne également Rose-Marie qui me rend visite un jour sur deux malgré le travail sous lequel elle croule, avec les nombreuses prestations que j'ai dû lui confier.

Annick ne perd pas une miette du compte rendu de ma dernière échographie, à laquelle Cédric m'a emmenée – en m'obligeant à m'allonger à l'arrière de sa voiture. Tu me diras, Olivier, je m'attendais à pire : le voir débarquer avec un brancard et un camion de pompiers !

À leurs côtés, l'heure se transforme en deux, puis trois, puis s'étend sur l'après-midi. Cédric, furieux en rentrant du travail, met fin à cet agréable moment. J'avoue lui en être reconnaissante, Morphée me tend les bras. Rassurée d'être si bien entourée, je ferme les yeux pour le rejoindre.

— Olivier, je vais prendre soin de ta fille et tenter de la réconcilier avec sa mère. Et cette conversation-ci n'inclura pas de me tenir debout cachée dans un placard. Le médecin ne veut pas !

Le 27 juillet 2019

Mon amour, je t'avais dit que je serais présente pour ta fille. Je me demande si je n'ai pas été trop loin… Tu comprends, alitée chez Estelle et Cédric, je m'ennuie. Et apparemment, quand je m'ennuie, je fais des bêtises.

Dans quelques minutes, Sylvie sera là. Mathilde l'est déjà. Pour faire revenir cette dernière, l'excuse était toute trouvée. Elle me rapporte des affaires de la maison, notamment – très important – ma valise pour la maternité. Je me suis bien gardée de lui préciser que mon frère m'a proposé d'aller la récupérer maintes et maintes fois, au cas où.

Lorsque Sylvie frappe à la porte, je l'attends déjà dans l'entrée. Tout se déroule comme prévu : Cédric surfe, Estelle et les garçons se promènent au parc et Mathilde prépare des crêpes dans la cuisine. La grossesse a eu bon dos sur ce coup-là. J'ai feint un désir soudain et incontrôlable auquel elle n'a pas su dire non – « des crêpes au beurre ou je fais un malheur ».

J'entrouvre la porte, prenant soin de ne montrer que ma tête. Sylvie n'est pas seule, Ludovic se tient à ses côtés. Il n'a peut-être pas tes yeux, mon homme, mais il a tes épaules.

J'y suis peut-être allée un peu fort pour qu'ils se présentent à deux. *Tu leur as simplement dit que Mathilde avait débarqué ici, chez ton frère, pour t'en coller une, et que tu avais dû la ficeler à une chaise pour qu'elle se calme, je continue ?* Et qu'il fallait qu'ils viennent la chercher, sinon, j'appelais les flics…

— Où est-elle ? s'égosille Sylvie, en tapant du poing sur la porte que je retiens de toutes mes forces pour ne pas qu'elle m'écrase le ventre.

J'affiche mon plus beau sourire et tente de la rassurer sur cette drôle de situation :

— Tout va bien, elle va bien, lui réponds-je avec douceur. Je voulais être sûre que vous feriez le déplacement, alors… Alors, j'ai menti.

Ludovic ne bronche pas. Sa mère bouillonne :

— Comment ça, vous avez menti ? s'emporte-t-elle. Où est ma fille ?

La réponse n'a pas le temps de quitter ma bouche que Mathilde rapplique derrière moi :

— Qu'est-ce qu'elle fiche ici ? Et lui ?

Je me racle la gorge et, après une grande inspiration, propose de ma voix la plus douce :

— Maintenant que vous êtes tous là… On s'installe pour un thé dans la véranda ?

Six yeux se posent sur moi et, dans chacun d'entre eux, la sidération est reine. Mais Sylvie ne se fait pas prier et entre la première :

— Pas la peine de vous cacher, je suis au courant ! dit-elle à ma tête, le reste de mon corps se contorsionnant toujours entre la porte et le mur.

Ton fils ne dit mot ni me regarde. Il lève simplement les yeux au ciel en suivant sa sœur, comme habitué à ce genre de drame et à ne pas se poser de questions.

À peine ont-ils mis un pied dans la pièce que je ferme la baie vitrée derrière eux avant de leur lancer :

— Je vous préviens, si l'un d'entre vous essaie de sortir avant que vous n'ayez réglé vos soucis, je fais des squats ! Préparez-vous à m'aider à accoucher à domicile…

— Elle plaisante ? demande Sylvie à sa fille, qui ne peut s'empêcher de rire, mais ne lui répond pas.

Je m'installe confortablement avec le dernier livre de Gilles Legardinier, dans un fauteuil duquel je vais avoir du mal à me relever. De l'autre côté de la vitre, l'ambiance est glaciale. Dans la famille bras croisés, je voudrais la mère, la fille, le fils… *et le père ?* Pioche…

Les minutes défilent et les langues se délient enfin. Mathilde et Sylvie, assises chacune sur un transat en plastique blanc, se parlent sans se regarder.

Des bribes de leur conversation me parviennent aux oreilles et m'empêchent de me concentrer sur l'histoire de mon roman.

— Tu n'es pas la seule à avoir perdu un être cher…

— Un être cher que tu avais viré de la maison, je te le rappelle ! lance la jeune fille.

— Il souhaitait partir, tu sais ?

— Tu m'étonnes…

Aujourd'hui, face aux élans de colère de sa fille, Sylvie ne bronche pas, comme un pas vers elle que cette dernière ne remarque pas. Ludovic, quant à lui, longe la vitre de la véranda tel un lion en cage. Un lion en cage fasciné par la botanique. Il observe avec attention chaque fleur, chaque arbuste, chaque haie de ce jardin que Cédric a mis des années à façonner.

— Qu'as-tu pu bien lui dire pour t'en vouloir à ce point ? tente Sylvie.

— Ça ne te regarde pas.

J'ai de la peine pour ton ex-femme. Elle et moi ne serons jamais les meilleures amies du monde, mais l'image que j'avais d'elle se modifie à chacune de nos rencontres. Elle tente de faire de son mieux face à une enfant peinée qui lui interdit tout accès.

— Peux-tu seulement me dire ce que tu me reproches ? insiste Sylvie.

— Ça, c'est facile ! De me forcer à faire comme de si de rien n'était, à reprendre mes études alors que je n'y suis pas prête.

Ton ex-femme se tait, se lève et, les mains dans le dos, examine à son tour la flore de l'autre côté de la vitre. Mathilde me fixe et lève les bras en signe d'abandon :

— Tu peux aller enfiler ta tenue de sport pour tes squats, parce que j'en peux plus. Il faut que je sorte d'ici, me lance-t-elle. Ouvre-moi !

Le livre posé sur mes genoux, une main sur le ventre, je me lamente :

— J'aimerais tellement… Mais je dois me reposer pour Bébé, tu comprends. Il vaut mieux que je reste assise.

— Bourrique, va !

Je m'apprête à lui présenter mes gros yeux lorsque Ludovic effectue deux pas vers elle, la soulève et l'enferme dans ses bras, sans aucune violence, avec une détermination effrayante. Son geste ressemble davantage à une contrainte qu'à un câlin.

Sa petite sœur se débat, impuissante. Ses jambes de pantin s'agitent dans le vide, sous le regard attendri de Sylvie. Attendri ? *Il faut la comprendre, ma chérie. Ces deux-là n'ont plus d'interactions depuis des mois, voire des années. Alors ce moment, qui en rappelle tant d'autres, est bon à prendre.*

— Lâche-moi, sale brute !

Ludovic la libère en gémissant. Ce qui n'est pas bon à prendre, ce sont les dents de Mathilde dans son avant-bras. Je cache mon visage au bord de l'explosion, derrière les pages. Ton fils frotte vigoureusement sa peau, là où demeure la marque des dents de sa petite sœur. Sa voix me surprend :

— Ça ne va pas, la tête ? Tu es toujours aussi folle !

Mathilde lui tourne le dos. À vrai dire, elle nous tourne le dos à tous, le front posé dans l'angle de la véranda.

— Mathy, reprend ce dernier, il n'est pas question pour toi de sortir de cette pièce. Si on est coincés là, c'est de ta faute. Assume tes responsabilités et parle à maman ! lui ordonne-t-il.

Je connais ce ton ; c'est celui que tu prenais avec moi quand j'allais trop loin, vraiment trop loin. *Pas si souvent que ça.* Je le connais par cœur… *Bon, d'accord.*

En voyant débarquer ton fils plus tôt, je n'avais aucune idée qu'il deviendrait un allié si précieux dans l'histoire.

— Pour quoi faire ? se lamente Mathilde.

— Tu ne peux pas prendre plaisir à nager dans ta propre colère éternellement en aspergeant constamment les autres. Tu dois te défaire de tout ça. C'est fini la crise d'adolescence ! poursuit-il en s'approchant d'elle.

Mathilde se retourne, les yeux humides et les dents serrées.

— Ce n'est pas moi qui passe mes journées chez *môman* à traîner en pyjama et jouer à la console.

— Tu ne sais même pas de quoi tu parles…

Sylvie intervient enfin, se positionnant entre ses deux enfants et prenant la défense du plus grand.

— Ton frère est revenu à la maison pour économiser quelques mois de loyer. Il déménage à la rentrée et part s'installer en Finlande.

— Qu'irait-il faire en Finlande ? vocifère Mathilde.

— Travailler pour le SAV d'une grande boîte, explique-t-il. Un ami m'a pistonné.

— Tu vas donc nous abandonner et t'envoler à des kilomètres d'ici pour répondre au téléphone ?

— Est-ce que ça changera quelque chose à ta vie, honnêtement, Mathy ?

— Non…

— C'est bien ce que je pensais.

Il reprend son poste d'observation à la fenêtre et le silence retombe sur eux, tout comme la pluie ne va pas tarder à le faire sur le jardin. Sylvie s'approche de la baie vitrée et me demande :

— Et maintenant, quoi. Quelle est la suite de votre plan ?

Maintenant, quoi… Je n'en sais rien. Je m'étais imaginé les choses différemment : des confidences, des pleurs, des retrouvailles, des câlins, des blagues. Pas des reproches, ni l'annonce d'un départ au pays du père Noël, encore moins une morsure et ce silence !

Je hausse les épaules d'un air désolé. L'envie de rire m'a quittée. Ce rôle de gardien de prison pour cette famille au cœur brisé me met de plus en plus mal à l'aise.

Je m'apprête à déverrouiller la serrure lorsque Mathilde pose une main sur l'épaule de sa mère. Cette dernière se retourne vers elle.

— Je lui ai dit que je ne voulais pas rencontrer sa bimbo et être témoin de sa crise de la cinquantaine. Voilà mes derniers mots pour papa.

Une décharge électrique remonte le long de ma colonne vertébrale, je la chasse d'un mouvement de tête. Je me rassure : tout va bien, Mathilde parle du passé…

— Et alors ? C'était vrai. Tu as eu raison de l'exprimer. Sauf pour le mot bimbo, bien entendu, précise Sylvie à l'intention de mes propres oreilles.

C'est donc ça qui serre le ventre de ta puce depuis des mois, Olivier, et l'empêche d'avancer ? *Pour être honnête, je ne m'en souviens plus…* Tu ne pourrais pas lui dire, pour la rassurer ? *Il n'y a que toi qui aies l'estomac assez bien accroché pour que je me permette de te parler.*

En ce moment, mon estomac n'est accroché à rien et se déplace au rythme des envies de Bébé. Ou peut-être suis-je la seule folle à t'avoir recréé de toutes pièces dans mon esprit ? *C'est possible.*

— Je lui ai dit bien pire ! lâche Sylvie.

— Si tu penses qu'il t'en veut pour ça, confie Ludovic à sa sœur, tu te trompes ! À croire que tu n'aies pas connu papa si bien que ça. C'était l'homme le moins susceptible au monde, je te rappelle.

Bien dit, mon grand ! Mais, face à moi, je ne suis pas sûre que cela ait été une qualité. J'aurais parfois préféré que tu t'énerves, que tu t'emportes. J'aurais appris à faire plus attention… *Tu parles.* Bon, d'accord, ça n'aurait sans doute rien changé.

Le visage de Mathilde s'adoucit. Elle se rassoit sur le transat et invite sa mère à l'y rejoindre.

— Maman, quels étaient tes derniers mots pour papa ?

Sylvie ne peut s'empêcher de glousser et j'attends sa réponse avec curiosité. Si on m'avait dit il y a quelque temps qu'on plaisanterait de ton départ, de nos derniers mots, de l'épreuve la plus douloureuse que j'ai eu à traverser dans ma vie, je ne l'aurais pas cru. Pire, j'aurais pu casser le nez à qui aurait osé le faire.

— J'ai honte. Tellement honte, commence-t-elle. Je l'ai croisé en sortant du cabinet d'avocat il y a plus d'un an, la convention de divorce revenue de chez le notaire sous le bras. Il m'a confié être en route pour récupérer son exemplaire. Alors, pour adoucir l'ambiance, j'ai chanté « Libérée, délivrée », avant de traverser la rue…

Mon rire est irrépressible et rejoint celui de Mathilde. Sylvie se mord la lèvre pour contenir le sien. Ton fils a beau être de dos, ses épaules le trahissent. Puis il se retourne vers sa mère et sa sœur, les yeux rouges :

— Je lui ai dit qu'il me manquait, avoue-t-il.

— C'est pas juste ! s'écrie Mathilde en lançant à son frère un vieux coussin terni par le soleil. Toi t'as dit un truc trop chouette !

— C'est une question de chance, tu sais. Le repas de famille précédent s'était fini autrement et nous aurions dit encore autre chose au suivant.

Il se rapproche d'elle et s'assoit à ses côtés. Le plastique craque sous le poids de la famille au complet.

— Ce que tu lui as dit ne fait pas de toi quelqu'un de méchant, explique Ludovic. Juste quelqu'un avec un mauvais timing.

Ton fils passe son bras autour du cou de sa frangine. Installés l'un à côté de l'autre, leur ressemblance avec toi est flagrante. L'un t'a pris ce que l'autre a piqué à sa mère. Mathilde a tes yeux et ta peau claire, parfois ton sourire. Ludovic a tes sourcils, tes épaules et la forme de ton visage. Sylvie saisit la main de sa fille.

— Tu es toujours la bienvenue à la maison, tu sais. Pour une courte visite ou pour y poser tes valises.

Après une longue pause et une grande inspiration, elle reprend :

— Je n'ai rien contre une année sabbatique…

Le cri de joie de Mathilde la coupe dans son élan, mais elle ne se démonte pas et enchaîne alors que sa fille est désormais accrochée à son cou :

— À condition qu'elle te permette de réfléchir à ce que tu veux faire et que tu reprennes tes études, plus motivée que jamais, à la rentrée suivante !

Je me sens de trop, mais je ne peux détacher mon regard de ce tableau qui n'aurait pu exister sans mon coup de pinceau : Mathilde, soulagée, dans les bras de sa mère, Ludovic, discret et ému de les voir se retrouver petit à petit.

Comme dans toute relation, dans toute famille, il y aura d'autres hauts, d'autres bas, d'autres incompréhensions, confrontations, mais le temps fera son œuvre. Et ces trois-là sont sur la bonne voie.

La porte d'entrée claque dans mon dos. Mathilde se lève subitement. Apparemment, ta fille n'est pas la seule avec un mauvais timing. Estelle, de retour du parc avec Tom et Maxime, est de mauvaise humeur. Elle plonge ses yeux dans les miens tout en déclarant :

— Les garçons, filez dans votre chambre ! Je dois passer un savon à Tata et à ses invités. Ça ne va pas être beau à voir !

— On n'a même pas enlevé nos chaussures, se plaint Tom.

— Et on veut jouer avec Tata comme elle est plus coincée dans son lit, proteste Maxime.

— Elle devrait y être, dans son lit, leur explique-t-elle.

J'en profite pour ouvrir aux captifs et me cacher à leur place dans la véranda. Mathilde s'avance vers les enfants.

— J'ai fait des crêpes ! me sauve-t-elle.

— Maman, on peut manger les crêpes ? supplie Tom.

— S'il *tou please*, ajoute Maxime, les mains priant le Dieu de la gourmandise.

— Va pour des crêpes… et après, je dispute Tata !

Mathilde enlace son frère avant qu'il ne remonte en voiture. Des « à bientôt », « on s'appelle » sont échangés. Puis le jeune homme pivote dans ma direction :

— Merci. Pour ma sœur et pour les crêpes, dit-il simplement.

Je lui rends son sourire timide.

— Je t'en prie.

C'est au tour de Sylvie de prendre congé. Nous hésitons toutes les deux quant à la manière de nous dire au revoir et, après plusieurs tentatives d'embrassades ratées, nous nous serrons la main.

— Merci d'être venue, déclaré-je.

— Merci d'avoir kidnappé ma fille, plaisante-t-elle.

Sylvie regarde mon ventre, ses enfants, mon ventre à nouveau, et déclare :

— Vous verrez, être mère n'est pas si simple. L'accouchement, c'est une partie de plaisir à côté de ce qui vous attend dans les prochaines années…

Les derniers mots

Ce matin, je ne me lèverai pas pour lui souhaiter une belle journée. Je le ferai de ma couette, luttant contre une fatigue intense qui me tient compagnie depuis quelques jours.

Heureusement, ses bruits réguliers m'aident à rester éveillée. L'eau qu'il fait couler pour s'asperger le visage, la ceinture qu'il referme sur son jean, la bouilloire qui gronde, la cuillère qui se débat contre le rebord du bol, son lourd manteau dans lequel il passe les mains et le tintement des clefs qu'il fourre dans sa poche. Ces dernières servent de signal. Sa silhouette apparaît dans l'encadrement de la porte.

— Je suis prêt, Mandine. Je file.

— Bon courage, mon homme.

J'enroule mes bras autour de son cou tandis qu'il se penche pour m'embrasser. Ses yeux, cernés, auraient aimé profiter de quelques heures de repos supplémentaires. Mes doigts glissent sous le col de son manteau, puis de sa chemise. Sa peau est chaude, son parfum me rassure.

Son déjeuner en famille hier a eu l'air de lui faire beaucoup de bien. Je ne sais ce qu'il s'y est passé, mais Olivier a changé. Sa tendresse est différente, intense, présente. Je le questionnerai dès qu'il sera rentré du travail.

Ses mains passent dans mes cheveux, son souffle se rapproche de mon oreille :

— Repose-toi bien, ma femme… murmure-t-il.

« Ma femme », ça aussi, c'est nouveau ! Nouveau, mais comme ça fait du bien ! Ce sera une bonne journée, je le sens. J'ai hâte de le retrouver ce soir, de profiter de lui et de ce nouvel état d'esprit. Je lui montrerai quelle femme je peux être. Nous ferons l'amour comme jamais. Je lui promettrai de travailler sur mes démons pour qu'ils nous laissent construire une relation saine et sereine. Je lui déclarerai accepter une vie avec ou sans enfant tant que j'ai une vie avec lui. Une vie de bisous sur le front tous les matins, d'embrassades rassurantes, d'humour piquant. Une vie en sécurité, aimée, à prendre soin l'un de l'autre.

Les larmes sont prêtes à trahir mon émotion, je les bloque à temps et les garde pour plus tard. Alors, tout ce que je trouve à lui dire, c'est :

— N'oublie pas de passer prendre la pizza à la boulangerie ce soir !

Le 19 août 2019

Mon cerveau me joue des tours. Je n'avais pas été capable de me remémorer ces mots jusqu'à ce soir, mais ils m'offrent une nouvelle fuite. Mieux vaut m'inquiéter du passé que d'affronter la réalité et le futur imminent.

Désespérée, j'attrape mon téléphone à la recherche d'une preuve que notre histoire ne s'est pas arrêtée sur ma peur de te voir oublier le repas du soir… *Tu crois vraiment que c'est le moment, là ?* Je ne t'écoute pas et ouvre ce que je n'ai pas osé ouvrir depuis des mois : notre conversation sur Messenger.

Bien arrivé au travail, ma chérie. De nombreuses réunions aujourd'hui, je risque de ne pas être joignable et j'ai déjà le crâne en compote.

GIF de Pikachu en pleurs.

Ne t'inquiète pas, je te chouchouterai ce soir.

Et qu'est-ce que tu vas me faire ?

GIF de Mr Bean qui lève les sourcils avec espièglerie.

Te masser les doigts de pied…

Ce n'est guère mieux. Je prends une capture d'écran de ces messages et l'envoie à Mathilde, accompagnée de : « *Voici mes derniers mots pour ton père* ». Sa réponse ne se fait pas attendre, mon téléphone vibre. Je décroche.

— Bien joué, commence-t-elle, son sourire transporté par les ondes.

— J'étais sûre que ça allait te plaire !

— Tu n'as pas mieux à faire ? m'interroge-t-elle.

Qu'est-ce que vous avez tous, aujourd'hui ?

— Pas vraiment. Et toi, tu n'es pas censée dormir à cette heure-ci ?

— Je n'y arrive pas... J'attendais de tes nouvelles.

— Les nouvelles, c'est qu'il n'y en a pas, voilà. Tu peux te recoucher tranquillement. Je te laisse, Cédric approche !

À peine le temps de raccrocher qu'il est déjà à mes côtés, mon dossier de grossesse sous le bras.

— Bon, les infirmières m'ont confirmé qu'il n'y a rien d'autre à faire que patienter. Je te ramène à la maison ?

— Pas question ! J'y ai passé suffisamment de temps comme ça, affirmé-je.

Bébé a été courageux et discipliné ces dernières semaines. Il est resté bien au chaud et a continué de grandir.

Ce soir, il m'a fait croire qu'il était prêt. Prêt à vivre, prêt à me rencontrer. Les contractions se sont faites plus intenses et plus rapprochées. Je n'ai pas crié lors de la première, sous le choc de cette douleur encore différente des autres. J'ai pleuré pendant la seconde et hurlé pour la troisième à l'intention de mon frère.

Après un examen – minutieux et très désagréable –, le verdict est tombé : il est trop tôt pour sortir les confettis et écarter les jambes. Le col est à peine ouvert, m'allonger sur un lit d'hôpital ne ferait que ralentir le travail.

Je plonge ma tête entre mes mains. Olivier, je n'ai aucune envie de m'enfermer chez mon frangin en regardant tourner les aiguilles de l'horloge.

— Elles m'ont dit que marcher pouvait aider sinon, me confie Cédric à contrecœur devant mon état.

Je reprends du poil de la bête :

— Voilà, il fallait commencer par ça. On va faire ça ! Je vais me balader, réponds-je, excitée à l'idée d'aider mon corps à faire son devoir et ravie de retrouver un semblant de liberté.

Mon frère hésite :

— Tu t'en sens capable ? Elles en sont où tes contractions ?

— Ça va bien mieux. La dernière remonte à plus de vingt minutes maintenant, mens-je.

— OK, je viens avec toi, s'exclame-t-il.

— Non ! m'étranglé-je. Tu… Ça va me stresser si tu es là, inquiet à mes côtés, et ce ne serait pas bon pour le bébé.

Cédric me dévisage quelques instants. Préoccupé, il fait craquer ses phalanges et poursuit :

— Alors, promets-moi de ne pas aller loin. Juste des tours du quartier, que je puisse te voir passer souvent. Et téléphone-moi si ça ne va pas. Je vais appeler maman en t'attendant.

— Pour quoi faire ? me plains-je.

— Pour la tenir au courant, tout simplement.

— Tu vas l'inquiéter plus qu'autre chose.

Cédric lève les yeux au ciel et se tourne à nouveau vers l'entrée des urgences de Cherbourg. Il s'y assoit sur un muret, l'oreille déjà collée au combiné.

Une nouvelle douleur me brûle les reins et me fusille le ventre. Je serre les dents et les poings. Mes yeux brillent. La nuit les camoufle. Puis mon dos se détend. Quelques respirations et la promenade peut commencer.

J'entreprends de longer l'hôpital, la rue est déserte, les Cherbourgeois dorment. Presque tous. Une petite voix freine ma progression. Adossée au mur, une infirmière en pause fume une cigarette :

— Première grossesse ? me sourit-elle.

— Ça se voit tant que ça ?

— Vous marchez à 1 heure du matin, devant les urgences. Alors qu'une *pluripare** serait encore chez elle, à mater la télé, luttant seule contre les contractions, le futur papa ronflant paisiblement dans la pièce d'à côté.

Ces mots respirent le vécu et son visage bienveillant m'encourage à me confier. Et c'est ce que je fais :

— Il n'y aura pas de père…

— Désolée de l'apprendre, répond-elle avec sincérité.

Elle tourne la tête pour expulser la fumée dans la direction opposée. Je reprends la conversation avec cette femme qui ne me juge pas.

---

* *Pluripare* se dit d'une femme qui a accouché plusieurs fois, par opposition à *primipare*.

— Je ne devais plus bouger pendant des semaines et voilà qu'il faut que je marche, maintenant ! expliqué-je.

— Personne n'a dit que c'était simple de devenir maman.

— Vous avez des enfants ?

— Deux. Et pour le premier, on m'avait conseillé de monter et descendre des escaliers pour tenter d'accélérer les choses. Je ne peux pas savoir si ça m'a aidée, mais ça a passé le temps et ça m'a fait les cuisses.

Après un clin d'œil, elle tire une nouvelle bouffée sur sa cigarette et vérifie sa montre.

— Je vais devoir y retourner. Je vous souhaite bien du courage.

— À vous aussi.

De rares voitures viennent briser le silence de la nuit. Je remonte le col de mon pull, le plus haut possible. Après avoir salué mon frère, j'ai désobéi et me suis engagée de l'autre côté du pont tournant.

Je longe le quai en direction de la coopérative maritime. Des bateaux de pêche, moteurs allumés, s'apprêtent à quitter leur attache. Au milieu de la route, des goélands se disputent une boîte de kebab vide.

L'air est humide et la ville, débarrassée d'une partie de son activité, a retrouvé ses effluves de bord de mer. Dans cette odeur de sel, ma main se laisse aller à une danse familière, celle qui rassure, celle qui soulage un corps tendu – la danse du vent.

Les rires d'un groupe de femmes me parviennent aux oreilles. Dans quelques secondes, nos existences si différentes se croiseront. Elles profitent de la vie, là où j'en attends une. Elles sont soudées, là où je suis seule.

Des mots anglais s'échappent de leur conversation. L'une d'entre elles ne me quitte pas des yeux. La distance se réduit. Ce n'est pas moi qui l'intéresse, mais mon état. Elle me sourit timidement. Je lui rends, la main posée sur mon ventre comme un réflexe. Le calme revient. La promenade semble éloigner les contractions. Les infirmières ont peut-être raison, il est trop tôt.

J'entreprends de rejoindre Cédric lorsqu'une douleur vient contrarier mes plans. Celle-ci résonne le long de ma colonne vertébrale et immobilise mes jambes. Une main sur ma hanche, j'étouffe le juron dans mon coude.

J'ai peur et suis encore loin des urgences. Je ne me sens plus capable de marcher davantage et me concentre sur l'exercice de respiration. Petit à petit, la douleur s'estompe. Elle me laisse le temps de souffler. Seulement quelques minutes et la revoilà. Cette fois-ci, le cri fend la nuit. *Calme-toi, mon amour, respire, tu es toute rouge.* Je m'appuie sur une bitte d'amarrage. Une vague vient me chatouiller les jambes. *Quelle vague ? Il n'y a pas de vague ! Le port est paisible, Mandine.* Je baisse les yeux sur mon pantalon. Trempé.

La douleur est sous contrôle, vive la péridurale. La tête de l'infirmière émerge d'entre mes cuisses :

— Ça risque d'être encore long. Le père est en route ?

Je commence à m'habituer à ce genre de questions. À l'intérieur, j'ai monté un rempart, que seuls les mots de notre enfant pourront mettre à mal. « Pourquoi j'ai pas de papa ? Où est papa ? C'est pas juste, les autres ont un papa, moi, j'ai qu'une maman ! » Je repousse cette triste pensée de mon esprit et me concentre sur l'infirmière.

— Le tonton est dans le couloir, me justifié-je. Pourriez-vous lui dire que s'il ne vient pas me soutenir sur-le-champ, il perd le titre de super tonton !

Cédric passe la tête dans l'encadrement de la porte :

— J'ai déjà donné moi, pour les deux miens !

L'examen terminé, je resserre mes jambes et le supplie :

— S'il te plaît, mon frangin adoré…

— Je veux bien vous tenir la main, moi, si vous voulez ? plaisante l'infirmier qui installe le monitoring.

— Toi, mon coco, m'emporté-je, c'est vraiment pas le moment de me draguer !

— Je repasse demain, alors ?

Un sourire et il s'en va. Entre celui qui ne veut pas venir et celui qui s'invite… C'est toi que je veux, Olivier. Viens. Prends-moi la main, dis-moi que tout va bien se passer, que je suis forte et que tu es là pour moi… Je n'y arriverai pas sans toi. Le bébé va rester coincé pour toujours. Il faudra le déloger manuellement.

Cédric s'installe enfin à mes côtés. Je le soupçonne d'avoir remarqué les larmes en préparation derrière mes paupières. Il saisit ma main et tente de me rassurer :

— Je suis là, Didine. Ça va aller.

Mais l'inquiétude me gagne et les doutes s'amoncellent :

— C'est trop tôt, me lamenté-je. Ce machin n'a pas de chambre, pas de père et pas de prénom !

Je te laisse choisir l'ordre d'importance, mon homme.

— Ce n'est pas toi qui arpentais Cherbourg en pleine nuit il y a une heure encore pour que le travail commence plus vite et que Bébé arrive ?

— Si. Je voulais surtout que les douleurs s'arrêtent et pouvoir profiter à nouveau de mes jambes...

Il reprend calmement.

— Pour la chambre, c'est réglé. Tu remercieras Annick, Mathilde et Rosie pour leur travail, sourit-il.

Elles auraient œuvré ensemble pour préparer la chambre du bébé ? J'ai du mal à imaginer cette collaboration entre la mamie bienveillante, la furie à l'humour aiguisé et ma douce et pragmatique amie.

— Pour le prénom, tu ouvriras le calendrier ! poursuit Cédric. Et il n'a pas de père, mais il a une grande famille impatiente de le ou la rencontrer.

Son pouce caresse le dessus de ma main. C'est fou lorsqu'on y pense : je me souviens de sa tête en nous présentant ses propres enfants. Je me remémore également celle qu'il faisait petit tandis que je lui courais après dans le jardin, ou encore sa bouille de bébé tout joyeux alors que je boudais pour rester fille unique...

Et aujourd'hui, il est là, à mes côtés, pour l'arrivée de mon bébé. Le temps file à toute allure. Ta mort me l'a confirmé, il faut profiter de chaque instant. J'ai bien l'intention de le faire avec notre enfant. *Tu veux dire qu'il va être pourri gâté, mais que tu as une bonne excuse?* C'est exactement ça! Je suis ravie que tu sois là. Reste, s'il te plaît. *À une condition!* Laquelle? *Repose-toi avant le grand spectacle.*

C'est l'heure! Trois personnes en blouse s'affairent autour de moi. Mes pieds sont de retour dans les étriers. Deux femmes m'encouragent à pousser. M'encouragent ou m'engueulent, la frontière est infime. Je ne sens rien, ni mon ventre, ni mes jambes. La mission s'avère compliquée. Je suis rouge, à bout de souffle. J'ai beau essayer, rien ne se passe. Sur le monitoring, le cœur du bébé ralentit pour la troisième fois. J'attends, broyant la main de mon frère, que le bip retrouve un rythme acceptable. Accroche-toi, mon bébé. On ne peut pas avoir traversé tout ça pour abandonner maintenant.

— Poussez, madame! Vous pouvez le faire. Il va falloir sortir votre bébé de là le plus rapidement possible.

J'ai envie de hurler. Je ne suis peut-être pas la mère parfaite, mais je fais ce que je peux. Je n'ai pas remarqué ma grossesse avant des semaines. J'ai hésité à m'en débarrasser et ai prolongé le déni en reportant les achats et en ignorant les cours de préparation à l'accouchement. Mais, Olivier, je te promets que là, tout de suite, je fais de mon mieux. *Je te crois, ma chérie.*

Ma respiration à nouveau bloquée, j'imagine: sa petite main dans la mienne, la découverte du sable

– non, ce n'est pas comestible –, son premier mot, ses siestes dans mes bras. Je pousse.

— Voilà, c'est très bien, me félicite la sage-femme. Allez, une pause de cinq secondes et on est reparti.

Les yeux clos, le dos en sueur, ma tête tourne.

— C'est super, Mandine. Continue comme ça.

— Olivier ?

— C'est moi, ma chérie.

— Je ne sais pas ce qu'ils m'ont injecté comme drogue, mais elle est corsée !

— Ce n'est pas le moment de plaisanter, la vie de Noélie est entre tes mains.

— Noélie ? C'est une fille ?

— Pousse, sors-la de là et tu verras.

— C'est dur. Vraiment dur, tu sais.

— Je t'ai connue bien plus têtue que ça !

— Tu as raison... Je t'aime, mon homme, tu me manques.

— Je t'aime, ma femme.

— Je suppose que si j'ouvre les yeux, tu disparais ?

— Tu me retrouveras...

Le bip de la machine me fait revenir à la réalité. Son cœur décélère à nouveau. Alors, j'enfile le costume qui me va le mieux, celui de la tête de mule et au signal, je ne respire plus et pousse de toutes mes forces. Je n'ai pas besoin de cet air, c'est à elle de respirer désormais. Mon souffle me quitte dans un cri avant que ma tête ne retombe lourdement sur l'oreiller. Les doigts de Cédric déplacent des mèches collées à mon front.

Victoire.

Dans le brouillard, un cri, qui me perce davantage le cœur que les tympans, se fait entendre.

— Bravo, madame Fleury ! claironne une infirmière.

Mes poumons se remplissent à nouveau et je mets quelques secondes à réaliser. Elle est en vie, ma fille est en vie. J'ouvre les yeux, petit à petit.

Au bout de quelques minutes, on m'installe un être minuscule et tout bleu sur le sein, auquel elle s'accroche avec envie. Je la laisse faire. J'accueille cette nouvelle vie sur terre, cet enfant, notre enfant, avec les joues aussi inondées que le cœur. D'une voix toute neuve de maman, je m'adresse à elle :

— Coucou, Bébé, c'est moi, ta maman. Tu m'as fait peur, tu sais…

Elle plonge ses yeux dans les miens, comme si j'étais la septième merveille du monde, alors qu'elle est la mienne.

Ce sentiment indéfinissable, dont j'ai tant entendu parler et que je mourais d'envie de comprendre, s'est emparé de mon être tout entier.

Plus rien n'a de sens, ni d'importance à part ce regard. Tout disparaît : le passé, la complexité du futur, je ne ressens que de l'amour pour le présent, pour cet instant, pour cette petite fille, ma fille.

Cédric m'embrasse le front et me ramène doucement à la réalité. Il caresse ensuite le front de ma fille dont le crâne est déformé. Je jette un regard inquiet à mon frère qui me répond :

— Ventouse, ce n'est rien. Ça va passer.

Entre mes jambes, la sage-femme s'affaire – je t'épargne les détails, mon homme – et, malgré l'inconfort, je n'ai d'yeux que pour notre fille. Cédric, les joues humides et le sourire aux lèvres, pose sa main sur la pommette de sa nièce :

— Félicitations, ma Didine, pas de peau verte et pas de nageoires, c'est un beau bébé.

— Je t'aime, frangin.

— Moi aussi, je t'aime… Maman !

Le regard vissé sur Noélie, sur ce petit être fragile, je souris mais ne perds pas le nord. C'est la première et dernière fois que mon frère m'appelle ainsi…

Le 21 août 2019

Noélie nagera dans le rose. Ma mère n'a pas respecté mes recommandations et a débarqué à la maternité avec deux valises pleines à craquer de vêtements « pour filles ». Les infirmières ont protesté. Ma maman ne s'est pas laissé faire et a pris le temps de me présenter chaque pièce avant de débarrasser la chambre. Du rose, du rose, du rose et du violet.

Qu'aurait-elle fait si c'était un garçon ? J'imagine deux autres valises, remplies de tenues bleues et vertes, abandonnées dans le couloir de la maison de mon enfance.

Le calme est revenu depuis le départ de mes parents. Noélie somnole dans mes bras, les yeux fixés au plafond. Elle n'émet aucun son et semble attendre, tout comme moi, la prochaine visite.

— Je compte sur toi pour la charmer, ma puce. J'ai confiance. Tu es le plus beau bébé du monde. Tu as bien réussi à faire pleurer Papick à chaudes larmes.

Aux côtés de mon père, ma mère levait sans cesse les yeux au ciel. Mais au fond, elle était dans le même état que moi : sur un nuage, le cœur en ébullition devant cette petite boule d'amour dans les bras d'une bien plus grande, à moustache.

Mes doigts jouent avec ceux de ma fille, si petits. Je pourrais les manger. Une partie de moi en a envie. Elle est à croquer. Je lui caresse la joue. Elle s'endort paisiblement.

On frappe à la porte alors que je suis en pleine séance d'inhalation de sa tête. Le bonnet remis en place, nous sommes prêtes à accueillir Mathilde, pile à l'heure. Annick, Rose-Marie, Estelle et les garçons passeront dans les prochains jours. Tout de suite, c'est ta fille, Olivier, que je suis ravie de retrouver.

— Entre.

Mathilde s'exécute. Timidement, elle s'approche du lit, les yeux rivés sur le nouveau-né dans mes bras. Sans bruit, sans paroles, elle tire la chaise et s'installe à côté de nous.

Son visage est aujourd'hui si lisse, si détendu, si différent de celui que j'ai aperçu pour la première fois, le jour de ton enterrement. Ta fille ne lâche pas Noélie du regard et c'est à elle qu'elle réserve ses premiers mots :

— Salut, toi. Comment ça va ? chuchote-t-elle avec délicatesse et retenue.

Noélie ouvre doucement les yeux au son de cette nouvelle voix et, les mains sur la bouche, Mathilde fond devant son regard. Je comprends ce qu'elle ressent, j'ai eu la même réaction en découvrant ces yeux gris emplis d'amour, de douceur et de curiosité. Je tends ma main vers la jeune femme qui l'accepte et me la serre avec intensité.

— Elle est tellement belle, murmure Mathilde.

— Elle est parfaite, ajouté-je en approchant ma puce d'elle.

J'entame les introductions :

— Mathilde, je te présente Noélie. Noélie, je te présente…

— Ta grande sœur, me coupe cette dernière, une goutte se dessinant sur le haut de sa joue.

De mon côté, j'ai envie de crier, de céder au soulagement après toutes ces épreuves, mais je n'y parviens pas. L'émotion me brûle le ventre. L'amour pour ces deux-là m'incendie les lèvres. Pourtant je ne dis rien, perdue entre ce bonheur intense et ce manque insupportable que toi seul pourrais combler.

Si je t'entendais encore, je sais ce que tu me dirais. « Laisse-toi aller, ma chérie. Profite. Ne t'en veux pas d'être heureuse. Tu te ferais du mal et tu priverais notre fille d'une mère épanouie, folle, souriante, présente. »

Mais je ne t'entends plus et ne peux que l'imaginer…

— Je peux ? demande Mathilde en tendant ses bras vers le poupon.

— Bien sûr, réponds-je, la voix tremblante, tandis que la jeune femme m'assène le coup de grâce.

Tout est flou et au milieu de mes larmes Mathilde danse, d'un pied sur l'autre, berçant sa sœur avec amour. *Sa sœur*. Je n'en reviens toujours pas. Elles sont liées : ma petite puce et la casseuse de porte, ce bébé que je désirais tant et celle qui ne voulait pas me voir.

Mon estomac se tord sous le poids de l'émotion. Tout défile, ton départ, ma décision, ces peurs portées seule, ces difficultés, ces peines que cette naissance est en train de réparer. Et ta fille, ta première fille, cette rencontre inespérée, électrique, touchante, renversante. Je les aime tellement. Merci, Olivier. Merci.

La voix de Mathilde recouvre mes pleurs alors qu'elle s'adresse à Noélie :

— Coucou, petite sœur. Je suis ravie de faire ta connaissance et te souhaite la bienvenue dans ce monde de fous. Je suis désolée que ton frère ne soit pas là aujourd'hui. Il s'appelle Ludovic. Laisse-moi quelque temps et je te promets de le persuader de faire ta connaissance. Il me suffira de lui envoyer une photo de toi et il changera d'avis. Parce que tu es divine, petit bout d'chou. Et si ça ne fonctionne pas, je t'apprendrai quelques noms de fleurs pour être sûre de le faire craquer…

Mathilde tourne le dos à la fenêtre pour protéger sa frangine de la lumière. Noélie ne perd pas une miette de ce que cette jeune fille aux yeux noisette lui raconte :

— Tu sais, lui et moi avons très bien connu ton père, et nous prendrons le temps de t'en parler.

Les manches de ma chemise de nuit ne suffisent plus à éponger mes larmes. Je m'attaque au drap et y enfouis ma tête en écoutant la suite avec attention :

— J'ai décidé de rester dans le coin encore un peu, poursuit Mathilde, pour te voir grandir et surveiller ta maman… Et si elle en a besoin, je lui donnerai un coup de main de temps en temps. Je t'apprendrai aussi tout ce que je sais sur elle : comment la rendre dingue, comment la faire rire.

Je sors la tête de ma cachette. Mathilde poursuit sa tirade :

— Et on pourra faire des parties de cache-cache géant chez mamie, mettre des fleurs dans nos cheveux, courir dans les dunes et faire des parties de lutte sur la plage. Tu vas voir, Noélie, même sans papa, la vie sera belle.

Ta fille s'interrompt et plonge ses yeux dans les miens :

— Elle l'est déjà.

Mon cœur se brise. La douleur se veut à la fois amère et douce. J'en ai besoin. Elle m'est nécessaire pour avancer. La gorge nouée, je m'allonge à nouveau sous le drap et ferme les yeux. Pour apaiser la peine qui se mêle au bonheur, je me répète les mots de ta fille, pendant qu'elle cajole la mienne.

« La vie sera belle. Elle l'est déjà… »

Un cœur s'est éteint, un autre bat.

Et le mien, chamboulé, a grandi.

Noélie, lorsque tu n'étais pas là, je pleurais ton absence, les mains posées sur un ventre vide. Puis, je n'osais plus le toucher, ce fameux ventre, quand j'ai appris qu'il t'abritait.

Grâce à toi, la vie a repris son cours, et un très joli cours qui, comme celui de l'eau, sera tantôt tumultueux, tantôt calme et délicieux. Mais dans lequel je me jette avec confiance et envie.

Tu n'imagines pas tous les bons moments qui nous attendent : les week-ends chez mamie Mamours et

Papick, les repas avec ton arrière-grand-mère, les sorties à la plage en compagnie de tes cousins, les mauvaises blagues que t'enseignera Tonton, les goûters chez mamie An' et les visites animées de Mathilde. Sans oublier nos aventures à deux, nos parties de chat glacé, nos séances de chatouilles, nos ateliers peinture avec les mains, les pieds, le nez, les cheveux…

Je t'épaulerai également dans les moments plus difficiles : les rages de dents, les frustrations, les bagarres dans la cour de récré, les cauchemars, les jalousies. Tu pourras compter sur moi. Mais pour l'instant, profite. Profite de cette tendresse que tu reçois et dont ta drôle de famille recomposée t'inonde dès tes premiers jours.

Regarde l'amour que ta sœur te porte. Je suis fière que ce sacré personnage – que je ne connais que depuis quelques mois et qu'il m'est, à présent, inconcevable de perdre de vue – fasse partie de ta vie. Si tu pouvais juste éviter de tenir d'elle, ou de moi, et t'inspirer davantage du calme de ton papa pour te construire, je t'en serais reconnaissante…

Olivier. Merci pour ta patience. Merci de m'avoir acceptée telle que j'étais. Merci pour cette courte vie à deux qui bouleverse mon avenir et pour ce cadeau du ciel, cette petite fille aux joues roses et au nez retroussé.

Même si Noélie grandit sans toi, elle nous connaîtra tous les deux, c'est promis. Je prendrai le temps de lui parler de son papa, cet homme drôle, bienveillant, attentif aux autres, le cœur sur la main, protecteur et surtout patient.

Et, lorsqu'elle sera prête, je lui montrerai cette simple note, trouvée sur le bureau de ton ordinateur, cette preuve que tu la désirais autant que moi. Regarde comme elle est belle notre fille. Si tu savais comme je l'aime et comme je t'aime.

Tu me manques, mon homme. Ce manque m'accompagnera pour le restant de mes jours. Et comme je le redoutais, dès lors qu'est arrivée Noélie, je t'ai définitivement perdu. Ta voix a disparu…

Mais tu avais également raison. Hier, le 19 août 2019, à 9 h 19, dans la salle d'accouchement de l'hôpital de Cherbourg, alors que notre fille découvrait le monde pour la première fois et plongeait ses yeux dans les miens, je t'ai retrouvé.

Ce regard, c'est le tien, elle a tes yeux, mon amour.

Remerciements

Merci à vous, lecteurs et lectrices, vous qui êtes arrivés jusqu'ici par hasard ou par envie. Que vous ayez eu le courage d'ouvrir le livre d'une auteure inconnue, ou que vous ayez déjà découvert mon nom grâce à l'auto-édition, je vous suis reconnaissante. Une grosse pensée pour mes tout premiers lecteurs avec *Là où l'herbe est plus verte* et leurs retours encourageants qui m'ont permis de continuer, de travailler et d'arriver jusqu'ici (je touche du bois, mais ce n'est que le début…)

Bref, chers lecteurs et lectrices, je suis ravie que vous ayez pu, à votre tour, faire connaissance avec Amandine, Mathilde et tous ceux qui les entourent. J'en ai profité pour vous emmener dans mon chez moi depuis quelques années : le Cotentin, une presqu'île pleine de charme, aux paysages variés, où il fait bon vivre et respirer (et crier apparemment, n'est-ce pas Mathilde).

Donner vie à ces personnages n'a pas été simple, ils sont venus à moi pendant une période de doutes et de peine, mais traverser tout ça à leurs côtés a été un plaisir, et au bout du compte une bénédiction puisque leur histoire me permet de mettre pour la première fois les pieds dans le monde de l'édition traditionnelle. Et cette nouvelle aventure est un régal, grâce aux équipes de Librinova, notamment Andrea, mon agent littéraire, et aux éditions l'Archipel avec Virginie Fuertes, ma super éditrice qui en peu de temps a su dompter ma drôle de personnalité. Anxieuse, moi ? Si peu… Merci à elle pour sa patience, sa gentillesse, et son écoute.

Je n'oublie pas celles qui m'avaient aidé à faire d'un brouillon un beau roman et qui m'avaient aidé à chasser le syndrome de l'imposteur. Miana, Tamara, Shauna, Julie, c'était un plaisir de collaborer avec vous !

Quant aux auteurs et autrices rencontrés lors de mon parcours en auto-édition, vous me compliquez la tâche… Vous avez été nombreux et nombreuses à jouer un rôle important dans mon parcours et à rendre les difficultés plus acceptables. Je vais tout de même prendre le temps de citer certains d'entre vous en m'excusant auprès des autres. Alors, un grand merci à Shauna Deschamps, Emily B., Florent Beauvois, Mélanie Desforges, Stéphanie Manitta, Clara Héraut, Sonia Dagotor, et Georgina Tuna Sorin. Et belle route à vous.

Chères petites sœurs et cher grand frère, merci pour votre soutien, votre courage et votre humour à toute épreuve. Je sais d'où je tire la complicité entre mes personnages. On leur dit qu'à l'époque, quand on jouait à « la ville » à l'étage, moi, grande amoureuse des livres, je tenais le rôle de la libraire. Et on leur dit que Fabien s'occupait de la banque et du casino pour pouvoir nous arnaquer plus facilement... Merci pour tous ces souvenirs, les bons comme les mauvais, Noémie, Solène, Fabien, je vous aime.

Papa, merci pour ton courage, pour ta tendresse et ton amour envers maman jusqu'au bout. Merci pour cet humour si particulier dans lequel j'ai grandi et merci de rendre mes personnages masculins tendres et attachants. Quant à Maman, je me demande si elle aurait lu ce livre en voyant ma tête à la place de celle d'Amandine, comme elle l'avait fait pour le premier... Je suis certaine qu'elle aurait été touchée par cette nouvelle relation difficile qui s'apaise avec le temps.

Ti'chou, mon Eliott, je suis fière du petit garçon que tu es et du grand garçon que tu deviens. Merci pour nos fous rires, pour tous ces moments où l'on plonge tous les deux dans notre imagination pour créer de drôles d'histoires et des jeux vidéos sans écran. Ton honnêteté (avec toi, adieu les filtres), ton impatience et ton humour m'ont beaucoup aidé dans la construction de Maxime et Tom.

Emmanuel, partenaire de danse, partenaire dans la vie, qui subit mes hauts et mes bas, merci d'être là. Je ne sais toujours pas comment tu fais pour rester amoureux et bienveillant, que mon énergie soit à zéro ou à 200 %, mais ce que je sais, c'est que j'ai de la chance !

Chers amis et chères amies, merci d'être là et de m'accepter comme je suis, quand je souris et quand je râle, quand je plaisante ou quand je m'enferme dans ma bulle. Merci à ceux.elles avec qui je danse, avec qui j'arpente le Cotentin, avec qui je me lance dans une eau à dix degrés, ou encore avec qui je passe du temps au téléphone, et pardon à ceux.elles qui n'ont que très rarement de nouvelles (ce n'est vraiment pas mon point fort...).

Et enfin, merci à mes personnages pour tout ce qu'ils m'apportent, ce qu'ils me font vivre, ce qu'ils me permettent d'extérioriser, et de découvrir. Petite, j'ai vite compris que les mots feraient partie de mon histoire, mais je ne savais pas à quel point leur pouvoir était grand... Et je compte bien continuer à les utiliser pour que leur magie touche de plus en plus de cœurs.

Cet ouvrage a été composé
par Atlant'Communication
au Bernard (Vendée)

Impression réalisée par

BUSSIÈRE
à Saint-Amand-Montrond (Cher)

en janvier 2024
pour le compte des Éditions Archipoche

#lisez! engagé
www.lisez.com

Pour plus d'information :

Imprimé sur du papier issu de forêts gérées durablement.

Imprimé en France
N° d'impression : 2075841
N° d'édition : 18
Dépôt légal : février 2023